Eines Nachts

Satz: Media Design: Rizner.at, Salzburg
Druck: Friedrich Pustet, Regensburg
ISBN 3-902497-26-0

PEER HULTBERG

Eines Nachts

Roman

Aus dem Dänischen
von Angelika Gundlach

JUNG
UND
JUNG

Das Haus, in dem Rudolf Loften wohnte, gehörte zum älteren Baubestand. Seine Wohnung lag ganz oben, im dritten Stock, und er öffnete vorsichtig die Tür zum Treppenhaus und lauschte. Der Nachbar gegenüber war eine alleinstehende Dame, er kannte ihren Rhythmus, wußte, daß sie noch nicht zu Hause war. Das war die gefährlichste Zeit des Tages, die Leute kamen von der Arbeit, viele gingen die Treppen hinauf. Und er muß hinaus – bevor die Läden schließen. Er schlich eine Treppe hinunter und stand auf dem Absatz mit dem Fenster zur Straße. Nein, keiner näherte sich dem Haus. Aber am riskantesten waren die Autos. Sie waren voneinander nicht zu unterscheiden, und manche konnten sogar ziemlich lange parken, bis plötzlich jemand heraussprang und zur Haustür stürzte. Heute jedoch war der Straßenrand vor dem Haus leer, und er wußte, daß nicht viele Menschen zu Hause waren, denn es waren Sommerferien. Und noch immer kein Laut im Treppenhaus. Und als er die Ohren spitzte, konnte er hören, daß auch niemand in den Fluren der Wohnungen war, zumindest nicht zwei Etagen abwärts. Also ging er weiter, schnell, aber nicht übereilt, im Gegenteil, ganz normal, nicht gehetzt, sondern Stufe für Stufe, falls trotzdem jemand kommen sollte, falls jemand durch das kleine Guckloch spähte.

Als Rudolf Loften unten angekommen und auf die Straße getreten war, stakste er eilig quer über die Fahrbahn und bog nach links in eine kleine, fast nicht befahrene Allee ein, wo so gut wie nie jemand von den Hausbewohnern auftauchte. Er hatte sich gerade gehalten, solange man ihn von den Fenstern aus sehen konnte, und fast taten ihm die Rippen weh. Jetzt sank er zusammen, ließ den Oberkörper schlaff auf den Hüftpfannen ruhen, den Bauch vorfallen, blinzelte in das stechende Sonnenlicht. Nach der abgedunkelten Wohnung wirkte es so grell, daß ihm Wasser in die Augen stieg. Und er wischte es mit dem Handrücken ab, obwohl die Hände so schmutzig waren. Und er spürte stachelige Bartstoppeln auf den Wangen. Und er wechselte hinüber in den Schatten. Nach dem gekünstelten Gang, mit dem er die Straße überquert hatte, schlurfte er jetzt die Hecken entlang, erschöpft von seinem energischen Schritt. Noch dachte er nicht, ging nur: Erst an der nächsten Kreuzung mußte er sich die Frage stellen – wohin?

Rudolf Loften hatte eine innere Karte über seinen Teil der Stadt. Hier waren Straßennamen nicht notwendig: Sie diente in Wirklichkeit nur der Orientierung zwischen bestimmten leuchtenden roten Punkten, anderes war nicht eingezeichnet; doch, vielleicht hier und da eine kleine Bank. Die Seite der Karte war scharf abgegrenzt – die, die dem Stadtrand, dem Villenviertel, zugewandt war, wohin er nie einen Fuß gesetzt hatte; die andere Seite, dem Zentrum zugewandt, war verwaschen grau, hier und da mit einem kleinen leuchtenden Punkt und einer vereinzelten Straße, wie die weißen Niemandsländer von Nachbarstaaten auf Karten in nationalen Atlanten, wo die wichtigsten Städte mit Punkten und größere Flüsse mit dünnen Linien angedeutet werden. Die leuchtenden Punkte waren die kleinen, anonymen Geschäfte und die Relationen zwischen ihnen die Entfernung und die vergangene Zeit: wie weit er gehen konnte, wann er zuletzt dort gewesen war. Denn Rudolf Loften zitterte vor den großen Supermärkten – der Demütigung, in grellem Licht Schlange zu stehen, mit Hausfrauen, die starrend ihre Kinder wegzerrten, wegrissen, damit die nicht besudelt wurden; der anzüglichen Wachsamkeit der Kassiererinnen, als hätten sie Angst, sie würden in die Kasse eintippen und es würde sich zeigen, daß er nicht bezahlen konnte, oder als verdächtigten sie ihn, die Preisschilder ausgetauscht zu haben; den Geschäftsführern, die ihn unter Beobachtung hielten, während sie mit auffallender Gleichgültigkeit bei den Dosentomaten herumwühlten – nein, dann lieber die kleinen Geschäfte, wo es staubig war, vollgeräumt, nach Waren roch, wo man den Rücken zum Licht hatte, wenn man hereinkam, wo man murmeln und doch verstanden, vielleicht sogar akzeptiert werden konnte, während man zerknitterte Geldscheine herausfingerte, wo selten andere Kunden waren, wo man draußen warten konnte, bis man ganz sicher war, daß alle weg waren, wo man nicht herumrennen mußte, mit seinem einzigen Einkauf vor aller Augen klirrend in kreischenden Stahldrahtwagen.

Er war schon bis zur Ecke gekommen. Er blieb stehen. Und während er seine innere Karte aufrollte, hörte er noch das schnatternde Fazit der Kassiererinnen und das Quietschen der Einkaufswagen. Wie er diese Stadt haßte. Wie er ihre Häßlichkeit haßte. Wie er ihre Architektur haßte, bei der jeder Schmuck vom knauserigen Hinnehmen eines kollektiv verwässerten Geschmacks zeugte, bei der nichts großzügig war, selbst nichts einen kitschigen Gestus von Panache hatte, bei dem alles kleinlich und zugleich prätentiös war. Er war stehengeblieben. Hier an der Kreuzung war kein Schatten mehr, die Sonne schien scharf auf das Quadrat, das die beiden Straßen bildeten, und sie zog den Grauschleier des Asphalts über Hecken, Büsche und niedrige Obstbäume und die trostlos schlecht instandgehaltenen Rückseiten der Wohnhäuser hinauf, die Wahrheiten (wie Gemeinschaftstoiletten auf den Hintertreppen) verrieten, die die notdürftig polierten Fassaden zu verbergen versuchten. Große, unverputzte Flächen mit tiefen, plump reparierten Rissen in den Mauern und Fenster mit abgeblätterter Farbe und Scheiben, die lebensgefährlich locker saßen, festgehalten nur von ein paar Nägeln und den Resten ausgetrockneten Kitts. Nein, es war unmöglich, sich zu entscheiden. Er wußte nicht, wie, hatte keine Ahnung. Und in seinem Zögern und seiner Unentschlossenheit, für welche der drei Straßen er sich entscheiden sollte, war es, als schwankte Rudolf, als müßte er etwas finden, worauf er sich stützen konnte, zum Beispiel den Laternenpfahl an der Ecke, wo er sich anlehnen konnte, mit geschlossenen Augen, nur eine Sekunde, eine einzige kleine Sekunde, als er das Polizeiauto vor sich sah.

Er sieht das Polizeiauto vor sich, ein Polizeiauto des neuen Typs. Und das Bild der Welt wird scharf. Der graue Schleier verschwindet. Die Farben bekamen Tiefe, was Rudolfs Gesichtsfeld um den dunklen Wagen mit dem blau blinkenden Licht auf dem Dach verengte. Er entdeckte jetzt auch, daß auf dem gegenüberliegenden Trottoir in einem Halbkreis Leute standen. Mit dem Rücken zu ihm. Also hatte niemand seinen Anfall bemerkt, vermutete er erleichtert. Das Auto hielt vor einer Kneipe. Randale so früh am Tag? Die sonst geschlossenen braunen Butzenfenster standen offen, und einige wenige Männer steckten die Köpfe heraus, während die meisten einfach mit den Gläsern vor sich auf ihren Fensterplätzen sitzen blieben und den Auftritt verfolgten. Ein Beamter mit Sturzhelm, Mikrofon vor dem Mund und ausgestopft mit soviel Sachen, daß die Körperproportionen grotesk wirkten, saß rittlings auf seinem Motorrad. Zwei weitere Beamte standen da und redeten mit ein paar jungen Burschen, vermutlich die Urheber des ganzen Theaters. Aber die Szene war ruhig, sie wirkte beinah wie ein alltägliches Gespräch. Was war wohl passiert? Nur eine normale Schlägerei? Fensterscheiben waren keine zu Bruch gegangen. Dann gab einer der Beamten einem der Burschen einen freundlichen kleinen Schubs, rauf mit dir in den Wagen, und der zweite Beamte fing an, auf einer Rutsche ein paar Mopeds hinaufzuschieben. Würden sie wohl im Wagen geschlagen werden, während sie zur Wache fuhren? Würden sie provoziert: ‚Was, hier herumschubsen, gleich werd ich …' Rudolf wollte sich fernhalten, er stand ganz hinten, hinter dem grauen Halbkreis der Zuschauer. Er wollte am liebsten gehen. Er hatte Lust zu gehen. Warum ging er dann nicht? Er sollte gehen. Abschwirren. In eine der beiden Seitenstraßen. Damit der Blick der Beamten nicht auf ihn fiel. Das hier war jedenfalls nichts für ihn. ‚Los, jetzt geh schon, Mann. Verschwinde. Es geht dich nichts an. Es ist uninteressant', sagte er sich selbst, während er sich seinen Weg durch die Leute bahnte. Rudolf hatte die Zuschauer beiseite geschoben. Er ging quer über die Fahrbahn. Bestimmt, vielleicht sogar rücksichtslos. Er hielt sich so gerade, daß ihm fast der Rücken weh tat. Er schwankte nicht, ging nicht unsicher. Gleich würde er auf dem Trottoir stehen. Er trat dicht an die Beamten heran. Er sah ihnen trotzig direkt in die Augen, herausfordernd in die offenen Gesichter. Der mit dem Motorrad war abgestiegen und stand aufrecht da, er war sehr groß, überwältigend, und mit seiner ausgestopften Jacke glich er einem Theaterriesen. Er hatte den brutalsten Gesichtsausdruck von ihnen, aber vielleicht lag das nur an dem Mikrofon vor seinem Mund. Die anderen beiden waren sommerlich leicht gekleidet, ohne Jacken, nur in Hemden. Sie sahen aus wie ganz gewöhnliche junge Männer, etwas konventionell persönlichkeitslos vielleicht, aber ganz nett. Sie tauschten ein paar Bemerkungen aus. Was sagten sie? ‚Sollen wir ihn nicht auch gleich einbuchten, wenn wir schon mal dabei sind?' Sagten sie das? ‚Früher oder später kriegen wir ihn jedenfalls.' Rudolf wandte den Blick ab, das Gesicht, ging an ihnen vorbei, hielt sich immer noch aufrecht. Sie konnten ihm nichts tun. Er hatte keine Angst vor ihnen. Er war ein gesetzestreuer Bürger. Soviel würde er ihnen jedenfalls zeigen. Und ein gesetzestreuer Bürger wurde nicht ohne weiteres mitten auf der Straße, mitten am Tag verhaftet, zumindest nicht hierzulande. ‚Sollen wir ihn nicht gleich schnappen, wenn wir schon mal hier sind?' spürte er ihre Fragen stechend im Rücken, spürte er ihre Blicke, die ihm folgten. Aber er ging nicht auffällig steif, und andererseits torkelte er auch nicht. Ob sie ihm wohl nachgingen? Aber er war ein ordentlicher, respektabler Mensch, er hatte nichts verkehrt gemacht, sie konnten es sich nicht erlauben. Hatte er vielleicht nicht das Recht, über eine Straße zu gehen, an einer Kreuzung, wenn er sich an den Fußgängerüberweg hielt? Und darüber hinaus nicht schwankte. Sein Rücken war so gerade, daß er ihm weh tat. Hatten sie sich entschlossen, ihn zu schnappen? Wie auch immer. Er bog schnell um die nächste Ecke. Er ließ seinen Körper zusammenfallen, beinah mit einem Ruck. Er wünschte, er hätte stehenbleiben, sich auf etwas stützen, sich an etwas anlehnen können, die Augen schließen, nur eine Sekunde, eine einzige kleine Sekunde. Aber es ging nicht. Er traute sich nicht. Er ließ sich von seinen Beinen weitertragen. Stolz wie ein kleiner Junge, trotz allem.

Allmählich mußte sie einräumen, daß sie fand, sie könnte sich die Behauptung erlauben, daß sie von den drei Geschwistern das schwerste Schicksal gehabt hatte, und das übrigens gleich von Kindesbeinen an, immer hatte sie im Schatten gestanden, und der Schatten schien allmählich ihr Platz in diesem Leben zu sein, denn was war aus ihr geworden, geschieden ohne Kinder und Musiklehrerin, um es zu sagen, wie es war, eine geschiedene Musiklehrerin, gab es etwas Rührenderes, höchstens eine unverheiratete Musiklehrerin, und das war ja in Wirklichkeit genau das, was sie war, denn sie hatten nie geheiratet, das wäre also das Resultat aller Ambitionen, Brigit Loften, Musiklehrerin, Fräulein, Familienstand ledig, im Begriff, eine alte Jungfer zu werden, es war, als ob sich immer alle gegen sie verschworen hatten, ihr Leben lang, aber die anderen beiden kamen zurecht, Kit – die große Schwester, versumpft in Bürgerlichkeit, Rudolf – der große Bruder, der nur für seine altgriechischen Verben lebte, oder was zum Teufel das war, und hier konnte die gescheiterte Pianistin sitzen und einen talentlosen Musikhochschüler nach dem anderen zur Tür hinausschicken und zwischen ihnen eine Atempause von gerade mal zehn Minuten haben, und das auch noch in dem Wohnzimmer, das immer noch so war wie damals, als sie zusammenlebten, sie und Curt, nichts war verändert, abgesehen davon, daß seine entsetzlichen Erbstücke von sogenannten Queen-Anne-Stühlen rausgeflogen waren, sie hätten in Windsor Castle gestanden, hatte seine Mutter beteuert, während sie irgend etwas in sich hineinstopfte, die Provenienz war sicher, ja, die Domestiken mußten ja auch etwas haben, worauf sie sitzen konnten, hätte sie beinah geantwortet, ihr Abscheu vor seiner Mutter, sie hatte danach das Porzellan abkochen müssen, ohne daß Curt dies je geahnt hatte, aber sie lernte früh genug, die Mutter im Sohn, dem Boxertyp mit der flotten, plattgedrückten Nase, wiederzuerkennen, es war eine Erleichterung, als die Stühle verschwanden, und sie schlug eine große Terz an, und dann klingelte es an der Tür, und sie ging hinaus, und mit Gewalt riß sie die Wohnungstür auf, „ach, Sie sind's", sagte sie, mußte aber dennoch durch den Tonfall verraten, daß sie sehr wohl wußte, wer es war.

Sie wußte kaum, wie er hieß, doch, sie wußte besonders gut, wie er hieß, und er zitterte vielleicht wegen des unfreundlichen ‚Ach, Sie sind's', aber das war seine Sache, und er trug ein weißes Hemd mit kurzen Ärmeln, und auf dem kleinen Aufschlag daran waren in einem Schlitz kleine blaue Knöpfe, und er trug eine enge blaue Hose mit aufgenähten Taschen, und er sagte „guten Tag", nur ‚guten Tag', als ob nichts wäre, und ging rein, als wäre es sein Recht, in jedes Zuhause, wo er vorbeikam, einfach so reinzugehen, und sie schloß die Tür, und er legte seine graue aluminiumrechteckige Leichtgewichtsmappe auf den Stuhl und nahm die Noten heraus und stellte sie auf und sah sie an, und das war das erste Mal, daß sich ihre Blicke begegneten, und sie sah schnell an ihm vorbei und registrierte nur, daß er die Armbanduhr abnahm und auf den Flügel legte.

„Na, und was ist heute dran?“ hörte sie ihre Stimme, während sie in Wirklichkeit etwas hätte sagen sollen wie – aufmunternd: ‚na, ist ja spannend zu hören, was inzwischen mit Opus 111 passiert ist‘, munter: ‚na, haben Sie bei dem schönen Wetter seit dem letzten Mal an Opus 111 etwas machen können?‘, freundlich interessiert: ‚na, gibt es Fortschritte bei Opus 111, was meinen Sie?‘, oder nur warm: ‚na, wie geht es so mit Opus 111?‘, und seine Antwort lautete entsprechend tonlos: „Opus 111“, „ah ja, stimmt“, und sie sprach weiter, als hätte ihre Stimme ihren Ausgangspunkt irgendwo hinter ihr und benutzte sie nur als Sprachrohr: „ich begreife eigentlich nicht, warum es für junge Pianisten das Alleinseligmachende sein soll, sich mit Opus 111 zu beschäftigen, der erste Satz ist ein unpianistisches Gepolter, das überhaupt keinen Sinn ergibt, wenn man die Wiederholung spielt, wie man eigentlich sollte, und der zweite Satz ist technisch und musikalisch so schwierig, daß man ja bald ich-weiß-nicht-wer sein muß, um überhaupt ein bißchen herauszuholen, es gibt im Grunde kein Stück, von dem ich so viele schlechte Darbietungen gehört habe wie von Opus 111, aber jetzt können wir ja sehen, was Sie daran gemacht haben“, und er saß da mit gebeugtem Kopf, und sie hatte keine Antwort erwartet und sich auch keine gewünscht, trotzdem kam von ihm schüchtern, das sei ja eines von Beethovens letzten großen Werken für Klavier, vielleicht nur, um einen kleinen Dialog in Gang zu bringen, um ihr Zusammensein etwas menschlicher zu gestalten, weil er doch eine solche Äußerung nicht übergehen konnte und weil er jetzt Woche für Woche, tagaus tagein an Opus 111 gearbeitet hatte, ein schwacher, etwas trauriger Protest, nahezu ein klägliches Aufmerksammachen auf seine und Beethovens Existenz, „nicht immer werden die Letzten die Ersten sein", schnitt sie ihm das Wort ab, denn das Argument war so erbärmlich, daß es unerträglich war, es auch nur mit rudimentärer Logik zu behandeln, „wie weit sind wir gekommen", und sie lenkte das Gespräch auf das Konkrete, „an und für sich haben wir letztes Mal den ersten Satz durchgearbeitet", an und für sich, an und für sich, hatten sie oder hatten sie nicht, aber sie hütete sich, das zu sagen, jetzt mußte sie aufhören, „nun, Sie können ja etwas vom ersten Satz spielen, damit Sie wieder reinkommen, und dann gehen wir direkt über zum zweiten Satz."

Es schien, als ob ihn die nüchterne Instruktion der letzten Worte beruhigte, oder vielleicht genoß er es einfach, Befehle zu bekommen, er begann mit dem Hauptthema und hatte wahrscheinlich die Absicht, den ganzen ersten Satz durchzuspielen, deshalb erwartete er wohl nicht, daß sie ihn unterbrechen würde, und das schaffte sie auch nicht, sie konnte sich nicht konzentrieren, denn heute abend kam Curt wieder, zum ersten Mal seit ihrem Bruch oder ihrer Scheidung oder wie zum Teufel man es nennen sollte, vor über einem halben Jahr, an und für sich eine banale Situation, warum etwas Besonderes daraus machen, warum sich aufregen, etwas Alltägliches, Triviales, etwas, das jeder kennt, jeder erlebt hat, ein banales Leben, und heute abend würde sie mit dem banalen Mann konfrontiert werden, mit dem, wie entsetzlich das klang, so weit hatte er sie also in die Banalität hinuntergezogen, in schäbige Kleinbürgerlichkeit mit regelmäßigen Mahlzeiten und Atriumhaus von elender handwerklicher Qualität und festen Schlafenszeiten und geschmackvoller Mischung aus alten und neuen Möbeln, so tief war sie gesunken, daß bei den banalen Worten ‚heute abend kam Curt wieder', dem banalen Gedanken ‚heute abend kommt Curt wieder' ihre ganze geistige Tätigkeit stocken konnte, Worte und Gedanken, die sie daran hinderten, sich auf Höheres zu konzentrieren, sie in eine banale Rolle, eine Geschlechterrolle, zwangen, und während er auf dem Flügel lospolterte, das entsetzliche und an und für sich banale Thema im Diskant, dann im Baß, gehämmert in so gut wie allen Tonarten, irgendwie ein Fugenthema, das sich in der Stadt verlaufen hatte, das etwas anderes hätte sein sollen, es aber nie wurde, wie sie selbst, nur ein leichterer hysterischer, konventioneller erster Satz, ja, genau – das war sie, eine bessere Beschreibung ließ sich nicht denken, ein erster Satz das ganze Leben, nur ein erster Satz, und sie hätte schick und gepflegt aussehen wollen, sie hätte braun und knackig sein sollen, sie hätte Zeit haben sollen, sich die Haare herzurichten, aber stattdessen mußte sie sich dieses Machwerk anhören, mitten in der

Ferienzeit, als ob sie selbst nicht das Recht auf ein bißchen Ferien gehabt hätte, alle anderen hatten jetzt Ferien, und sie hatte sich morgens auf die Waage gestellt, nachdem sie gepinkelt und bevor sie gefrühstückt hatte, und die war immer noch bei 65 stehengeblieben, und die vier Kilo saßen da immer noch und immer noch genauso verkehrt, und sie war zurückgegangen und hatte es noch einmal versucht, denn vielleicht hatte sie im Halbschlaf vergessen, den Morgenmantel wegzulegen, hatte ihn in der Hand behalten, aber der Zeiger stand immer noch bei genau 65, und dann war er fertig mit dem ersten Satz.

Einen Augenblick sitzt er still, der C-Dur-Klang vibriert noch immer in dem Instrument, überlegte er vielleicht, ob er gleich zur Arietta übergehen soll, denn direkt gerührt über seine Leistung kann er wohl nicht sein, oder wartete er vielleicht, daß sie sagte: ‚das war ja ausgezeichnet, das geht doch ganz prima, ich finde langsam, Sie haben es richtig gut in den Griff bekommen', oder daß sie mit konstruktiver Kritik kam: ‚wäre es nicht eine Idee, den Lauf etwas langsamer zu bringen, mehr appassionato und weniger brillant, ich hätte nicht solche Angst vor dem Adagio vor Tempo I, besonders nicht in der Reprise, ich glaube schon, das H verträgt es, daß man es etwas mehr markiert, wenn das Thema im Baß wiederholt wird, da steht trotz allem sforzando', aber sie schwieg, und sie sah, daß er sich auf die Arietta vorbereitete, aber gab es da eine wirkliche innere Vorbereitung, sah es nicht danach aus, daß er erst richtig in die Musik hineinkommen wollte, wenn er die ersten Takte gespielt hatte, und gerade als er sich etwas melodramatisch noch tiefer über die Klaviatur beugte, hörte sie ihre Stimme: „warum spielen wir eigentlich nicht Bach?“, kühl, distinkt, und sie schrak beinah genausosehr zusammen wie er, und er wandte sich ihr zu, und seine blauen Augen wirkten sehr blau, und es sah aus, als ob er eine nähere Erklärung erwartete, er begriff es nicht, aber sie ließ die Frage einfach ausklingen, sie stand vibrierend zwischen ihnen, erforderte eine Antwort, deshalb sammelte er sich, „ich finde im Grunde, ich habe so viel Bach gespielt“, entschuldigend kleinlaut, „aber nicht hier“, „nein, das stimmt“, „Sie dürfen nicht vergessen, daß Bach für alles, was pianistische Selbstdisziplin heißt, besonders wichtig ist, auch wenn er nach und nach völlig in die Hände der Gruppe gescheiterter Pianisten gefallen ist, die sich Cembalisten nennen und die glauben, sie könnten ihre Haut retten, indem sie sich auf das abscheuliche alte Gänsefeder-auf-Vogelbauer-Instrument verlegen, nein, was einmal tot ist, sollte nicht wiederbelebt werden, das Gesetz der Geschichte ist nun einmal richtig und gerecht, na, aber Sie sollten nun lieber mit der Arietta anfangen“, und das hatte er jetzt davon.

Sie hätte ihn unterbrechen sollen, aber sie konnte sich nicht konzentrieren, sie hätte etwas sagen, ihn auf den dreigeteilten Rhythmus aufmerksam machen sollen, der auch in den langen, ruhenden

Dreisechzehntelnoten zu empfinden sein müßte, sie sind wie latente, intensive Schubertsche Triolen, erst wenn man ihr Pochen im Körper spürt, bekommt man die Ruhe und Grazie und das Singende in die Melodie, erst dann wird die Betonung richtig, es besteht ein Unterschied zwischen einem dreigeteilten Rhythmus und den verlängerten Vierteln, mit denen er sich durchmogelte, sie hätte ihn fragen sollen, wie er den Rest des Satzes zu schaffen gedachte, bei dem Tempo, mit dem er anfing, wie er dieses molto semplice, nach dem cantabile stand, auffaßte, cantabile, stellen Sie sich vor, wie es ein Violinist spielen würde, denken Sie sich, daß Sie den Rhythmus in ruhigen Triolen schlagen, aber sie konnte nicht, denn sie hätte heute abend hübsch sein sollen, hätte schick, jugendlich sein sollen, ‚nein, mir fehlt nicht das geringste, es geht mir blendend, ich komme glänzend allein zurecht, ich genieße es, ich selbst zu sein', und dabei war sie fett geworden und aufgebläht, und der Rock, den sie hätte anziehen wollen, spannte und schlug nach oben hin Falten, nein, sie hielt es nicht aus, und damals, als sie selbst Opus 111 gespielt hatte, da war sie jung und geschmeidig gewesen, und ihr Rhythmus war jung und geschmeidig gewesen, und man hatte sie dafür gelobt, und sie hatte es frisch und mit Verve gespielt, nicht dieses schwächliche Plätschern, mit dem er aufwartete, aber konnte sie es nicht gerade noch schaffen, bevor die Geschäfte schlossen, war nicht gerade noch genug Zeit, loszufahren, loszufahren und einzukaufen, ‚es soll doch nicht klingen wie ein Sack Kartoffeln, der eine Treppe runterpoltert', das war eigentlich Harrys Ausdruck, aber sie benutzte ihn oft selbst, jetzt versuchte sie nur, sich zu erinnern, gegenüber wem, seinerzeit hatte Harry es zu einem indischen kleinen Mädchen gesagt, es ging auch um Opus 111, und der Ton war freundlich gewesen, aber trotzdem war das Mädchen völlig gebrochen, „es soll doch nicht klingen wie ein Sack Kartoffeln, der eine Treppe runterpoltert", und ihre Stimme überschlug sich, und er hörte plötzlich auf, „das haben Sie letztes Mal auch gesagt", und es war ganz still, draußen fuhr ein Auto vorbei.

Er hatte innegehalten, er sah sie ruhig an, sein Gesicht war weiß, überhaupt nicht sonnenverbrannt wie das der meisten in dieser Jahreszeit, und das Weiße in seinen blauen Augen war auch blau, und sie fragte, was er damit meinte, „was meinen Sie damit?", und seine Finger lagen zahm auf der Klaviatur, er senkte wieder den Kopf, lange dünne Finger, schmale Handgelenke, es war, als könnten sie sich nicht entscheiden, was sie tun sollten, und er roch nach teurem Aftershave, und seine Frisur saß gut, zwischen ihnen herrschte Schweigen, sie war kurz davor, über den Kampf, den sie in ihm spürte, zu lachen, soll-ich, soll-ich-nicht, und er stand auf, schob den Klavierhocker mit den Kniekehlen zurück, und er hatte eine schlanke Taille, „es ist wohl das beste, ich komme an einem anderen Tag wieder", sagte er, „komme wieder", antwortete sie, „komme wieder, Sie sollen überhaupt nicht wiederkommen, ich will Sie nicht mehr sehen, ich hab ihn satt, diesen Zirkus, ich hab es satt, Ihre falschen Hoffnungen zu unterstützen, Sie werden nie ein großer Pianist, Sie werden nie in einer großen Konzerthalle spielen oder einer Royal Festival Hall, das Höchste, wozu Sie es bringen können, ist ein mittelmäßiger Musiklehrer, denn Sie sind mittelmäßig, Ihr Talent ist mittelmäßig, und das ist dasselbe wie kein Talent, Sie haben kein Talent, hören Sie, Sie haben kein Talent", und sie konnte nicht sagen, wo die Stimme eigentlich herkam, nur, daß sie schrie.

Sie war zur Tür gegangen, während sie das sagte, und er war bewegungslos stehen geblieben, hatte innegehalten, dann bückte er sich nach der Aluminiummappe, packte die Noten zusammen, das einzige, was er tun konnte, eine andere Antwort gab es ja nicht, er war von vornherein so blaß, daß man nicht sehen konnte, ob er blaß geworden war, er behielt die Ruhe, sah sie nicht an, fand selbst den Weg hinaus, aber sie folgte ihm, öffnete ihm die Wohnungstür, er ging hinaus, und noch einmal hörte sie ihre Stimme, „und falls Sie die Absicht haben, nach Hause zu gehen und den Kopf in den Gasofen zu stecken, kann ich Sie damit trösten, daß die Welt nur eines der überflüssigsten Dinge verlieren wird, die es überhaupt gibt, nämlich einen zweitrangigen Pianisten", und die Tür schlug zu, sie lief zurück durch die Wohnung, ins Schlafzimmer, nahm ihre Tasche, kippte alles aus, um festzustellen, ob genug Geld drin war und die Schlüssel, schaufelte alles wieder hinein, lief durch die Wohnung, ins Arbeitszimmer, nahm ein paar große Scheine aus der Schachtel hinter den Noten, warf einen Blick auf den Flügel, die Uhr, seine Uhr, die Uhr, er hat sie vergessen, er wird ihretwegen zurückkommen, wagte er es, ihretwegen zurückzukommen, soll er nur ihretwegen zurückkommen, denn der Vogel ist ausgeflogen, sie ist in der Stadt, sie ist gegangen, sie ist weg, und wenn er kommt, wird sie sagen ‚nehmen Sie zum Teufel Ihre verdammte Uhr und stecken Sie sie sich in den Arsch, und seien Sie froh, daß Sie den haben, um nach Hause und über den Tag zu kommen' und griff nach einem Mantel, rannte hinaus in die Garage und startete das Auto.

Ohne wirklich zu wissen, wie, war Rudolf sehr nahe ans Zentrum gekommen. In seiner Angst vor der Polizei hatten ihn die Beine hierhergetragen, Beine, die wackelig waren, kraftlos, Knie, die gewissermaßen keinen Halt boten und sich manchmal sogar in die falsche Richtung biegen konnten, fürchtete er. Er war müde bis in die Knochen. Die Arme hingen gliederlos hinunter, das Blut lief in die Hände, in sie hinein, ließ die Finger anschwellen, machte sie gefühllos. Er hatte Durst und spürte, daß sein ruckartiger Gang ihn wirken ließ wie ein Hampelmann, der verkehrt hampelte. Leute, die auf ihn zugekommen waren, waren an ihm vorbeigeflogen, undeutlich wie entgegenkommende Züge. Aber er wollte es ja auch noch schaffen, bevor die Läden schlossen. Auf ihrer Flucht hatten ihn die Beine versehentlich auf gewohnte Wege geführt, wo es keine Geschäfte gab. Er war in Panik geraten – wenn er nun nicht rechtzeitig kam, und er verfluchte die buschbestandenen Alleen und Kleinanlagen, die er sonst auf dem Weg zur Arbeit immer als aufmunternde Elemente empfunden hatte, ebenso wie die prätentiösen Villenviertel, wo man zu fein war, um die Niederlassung von Gewerbetreibenden zu erlauben. Er wollte rennen, schaffte es aber nicht, wagte es nicht. Das Herz. Es klopfte so hämmernd und tief, unrhythmisch. Denn auch heute war er am späten Nachmittag mit einem Ruck aufgewacht, nach stockdunkler Bewußtlosigkeit, und hatte den Schwindel und die Kopfschmerzen mit dem einzigen Mittel gegen Schwindel und Kopfschmerzen verjagen müssen. Deshalb war er jetzt kurzatmig und konnte nicht tief genug Luft holen. Und wenn er die Lungen mit Luft füllte, spürte er nichts dabei, als würden sie doch nicht gefüllt oder als ob die Luft keinen Sauerstoff enthielte. Und er hatte keine Ahnung, wie spät es eigentlich war. Es war inzwischen so lange her, daß er die Uhren in der Wohnung hatte stehenbleiben lassen. Aber während die Minuten vergingen, wußte er, daß er sich nur auf eines zu konzentrieren wagte – auf sein Ziel; keine Ideen, keine Erinnerungen, keine Träume, er leerte seinen Kopf. Er war sich nur klar darüber, daß er schnell ging, leicht vornübergebeugt, auf steifen Beinen, die eher ein fremdes Beförderungsmittel zu sein schienen, bei dem er nach Wunsch ab- oder aufsteigen konnte, als ein Teil seines Körpers. Und daß er schwitzte, daß ihm der Schweiß das Gesicht hinunterlief, daß das Gesicht fettig und schmutzig und unrasiert war, daß ihm unter dem Hemd der Schweiß den Rücken, die Brust hinunterlief, er war sich klar darüber, daß er aus allen Körperöffnungen roch, ein scharfer Gestank, von dem er hoffte, daß nur er selbst ihn bemerkte, er hing in seinen Sachen, stand um ihn herum, er fühlte sich von ihm umgeben wie von einer Atmosphäre um seine eigene private, kleine Welt: Hätte man Zeit, hätte man ihn genießen können, wäre er ganz gemütlich, dieser einem eigene Mief.

Vielleicht weil keine anderen Menschen da waren, mit denen er sie hätte vergleichen können, vielleicht weil sie wirklich groß waren, vielleicht weil sein Zustand dies bewirkte, die beiden Personen, die er in der Ferne in der Villenstraße sah, erschienen ihm wie übernatürliche Riesen. Taktfest kamen ihm ein Mann und eine Frau entgegen. Beide hellblau gekleidet, der Mann in Hosen, eine Nuance dunkler als das Hemd, die Frau in einem einheitlichen, irgendwie seltsam silbern schimmernden Hosenanzug. Der Mann ging voran, cirka zwei Meter vor der Frau, mit einem verschlossenen Gesicht, das immer bitterer wurde, je mehr es sich Rudolf näherte. Keiner von ihnen hatte etwas in den Händen. Die Frau schwang rhythmisch die Arme, ihr Gesicht war ebenfalls verschlossen, aber eher ausdruckslos. Sie hielt Schritt mit dem Mann und hatte üppige, schwarze, wohlfrisierte Haare. Sie hielten beide die Köpfe steif, sahen geradeaus in

Marschrichtung. Als sie an Rudolf vorbeikamen, merkte er, wie lang sie tatsächlich waren, ungewöhnlich kräftig, groß. Es waren wohlproportionierte, wohlgepflegte Menschen mit starken Gliedern, wohlgenährte Erwachsene, beinah gleich groß – so hatte die Frau noch mehr von einem Riesen als der Mann. Sie strahlten soviel Macht, Kraft und Wohlstand aus, daß Rudolf sich an die Hecke drückte, als sie an ihm vorbeigingen, ohne ihn zu beachten, ohne daß, spürte er, ihre Blicke ihn überhaupt registrierten. Hätten sie ihn aber bemerkt, hätte er geniest, gehustet oder nur einen Schluckauf gehabt – ‚der Penner', hätten sie gesagt, ‚der Versager, ins Arbeitslager mit dem, die Sorte können wir nicht gebrauchen, die kennen wir, treibt sich herum und hat keine Lust, was zu tun, kein Brot für die, die nicht arbeiten wollen, wenn wir regieren würden, würden wir denen ein Ende machen, gebt uns dieses Land für drei Monate, dann wäre diese Sorte ausgerottet.' Er drehte sich nach ihnen um und sah, daß die Schuhe der Frau zitronengelb waren.

Einer der Eingänge des Warenhauses war ursprünglich der Haupteingang gewesen, vielleicht war da immer noch einer, aber jetzt gab es da Softeis, Bratfisch mit Pommes, Texas Fried Chicken, echte Pizza, Coca-Cola, herabgesetzte Schallplatten, eine ganze Steige Pfirsiche, Kirschen, Melonen und einen Mann, der erzählte, wie Sie den Boden einer alten Flasche absägen und zu einer Tischlampe verarbeiten können, meine Damen und Herren, auch den einer viereckigen Flasche wie dieser können Sie mit Leichtigkeit, und danach kleben Sie die zwei Teile einfach mit Kontaktkleber zusammen, und Sie haben die schönste Lampe, auch Vasen und Trinkgläser und Zahnputzgläser und persönliche Gläser und originelle Gläser und künstlerische Gläser, aber sie mußte weiter, und der Gestank von gebrannten Mandeln und Bratwurst und schwitzenden Menschen und frischgebackenen Honigkuchen, nein, sie stürzte um die Ecke, da war der zweite Eingang, wo wir die neue Brillenmode präsentieren, Pilotenbrillen, Polaroidbrillen, die Brille fürs Gebirge, für Schnee, für Meer, für Wüste, sehen Sie sich selbst in einer Brille, Brillen schützen die Augen, und die Augen sind der Spiegel der Seele, und da lag ein grasgrüner Teppich vor dem Eingang, folgen Sie dem Frühling, folgen Sie dem Hochsommer, folgen Sie den Herbstneuheiten, folgen Sie der gelben Fußspur zur Lebensmittelabteilung und probieren Sie die ersten Köstlichkeiten, und sie stand jäh still, zum Stehen gebracht von einem hysterischen Jodeln, ausgehend von einem dort aufgestellten volkstrachtgekleideten Alpenmännerchor, braune Jacken, geschnitzte beinerne Edelweiße an Hüten, Aufschlägen, Kragen, Schultern, Ärmeln, mit den Händen tief in den Hosentaschen und gespielter Nonchalance eierten sie auf und ab in den Falsetts, und einige von ihnen sahen aus wie Kretins, kurze Oberlippen, entzündetes Zahnfleisch, zerbröckelnde Zähne, sie wirkten bäuerlich primitiv, und der Vorsänger erreichte das hohe C, denn es ist ja Alpenwoche, Alpenkäse, Alpenmilch, Alpenschokolade, Alphorn, trächtige Kühe und grünes Gras, und sie quetschte sich durch die Zuhörer, Sie trocknen Ihre Haare mit dem Fönkamm, ein kleiner Schwung aufwärts, ziehen Sie ihn langsam durch, Ihre Initialen gravieren wir gratis auf das selbstgebastelte Blumenaquarium mit der verblüffend dekorativen Wirkung, und man bekam keine Luft, und in dem künstlichen Licht vergaß man, daß es etwas gibt, das Tag heißt, man war in der unwirklichen, liederlichen Warenwelt des Venusbergs, und ihr war schon beinah schwindlig, aber Gott sei Dank, die Rolltreppe, und sie wurde aufgehalten von einer Dame, die ihr mit einem Spießchen ein Stück Käse in den Mund stecken wollte, und das ist der neue Aperitif, und herabgesetzte Hemden für Herren und Damen, Monogramme heute und morgen ohne Extrakosten, kaufen Sie fünf Schokoladenmünzen zum Schlußverkaufspreis, und Sie retten ein äthiopisches Kind vor dem Hungertod, und die Rechenmaschine für das kleine Budget und die neue elektrische Schreibmaschine, die alles kann, und Donnerstag, Freitag und Samstag gibt es darauf zehn Prozent Rabatt, das neue Hobby, wir liefern die echte, ungefärbte Schafwolle, Sie spinnen sie selbst, beim Kauf erhalten Sie gratis eine Handspindel, nein, die Rolltreppe, sie stand darauf, und zum ersten Mal seit langem war sie nicht irritiert über Leute, die sich breitmachten oder nicht rechts standen, so daß andere vorbeigehen konnten, denn sie stand selbst, stand und war benommen, und heute erlaubte sie sich, auf der falschen Seite zu stehen, und sah voller Sympathie das Paar an, die beiden lehnten sich jeweils an eine Seite des Geländers und hielten einander liebevoll an den Händen, so daß sie die Treppe für alle anderen versperrten, und dann war sie im ersten Stock, Herrenmode, Damenmode, Schuhe und alles für die Kleinsten, und sie bahnte sich ihren Weg zwischen buntscheckigen, farbenfreudigen Herrenunterhosen, die von der Decke herunterhingen und ihr um die Ohren baumelten, durch ein Labyrinth aus Stahl und Spiegeln, wo sie im grellen Neonlicht jedes zweite Mal sich selbst sah, verwirrt, verstrubbelt, verknöchert, und jedes zweite Mal glänzende schwarze Plastikkleiderpuppen in verrenkten Stellungen ohne andere Bekleidung als Gürtel, Schlipse, Ketten, Armbänder, und nehmen Sie drei Paar Socken mit verstärkter Ferse und bezahlen Sie zwei, und da die Cardigans aus hundert Prozent Acryl und unser Angebot der Woche und noch einige Restpaare herabgesetzte Sandalen, und es wurde still, denn sie war in die Damenabteilung gekommen, wo der Teppichboden blau und dick war und die Kleider kreisrunde, bunte, tropische Koralleninseln bildeten, aber sie hatte jede Konzentrationsfähigkeit verloren, es war, als hätten sie nichts mit ihr zu tun, und sie segelte spielerisch zwischen ihnen herum, ließ ab und zu die Hand über die Kleider gleiten, erzeugte Bewegung unter den Gewächsen, und als eine aufdringliche Verkäuferin fragte, was es sein dürfe, behauptete sie, sie wolle sich nur umsehen, und sie ließ sich weitertreiben, in den tiefen, blauen Süden der exklusiven Abteilung, wo die Decke abgesenkt, das Licht gedämpft war, wo aus einer noblen Anlage Mozart erklang, wo wir über die Preise nicht diskutieren, wo die Damen leise und kultiviert sprachen und häufig zum Friseur gingen und sofort wußten, daß sie nicht gekommen waren, um zu kaufen, sondern um den Duft von teurem Parfüm, Leder und Pelzwerk zu schnuppern, und obwohl sie verlegen war, hatte sie sich beruhigt und konnte zu der Vertrautheit von Baumwolle und Kunststoffen hinausschlendern, zu Kitteln und Bademänteln und zur Strandmode weiter hinten, wo die Modelle dieses Sommers zu sommervorteilhaften Sommerpreisen erhältlich waren, mit idealer Paßform, exquisitem Schnitt, voller Bewegungsfreiheit, garantierter Bügelfreiheit, absoluter Wahlfreiheit, und je weiter sie kam, desto mehr war sie umgeben von anbietenden, gebietenden Imperativen, vergessen Sie nicht, hängen Sie naß auf, sprechen Sie mit uns, nutzen Sie unser Teilzahlungssystem, segeln Sie mit bei der Seemannsmode, verwenden Sie, kaufen Sie, schaffen Sie an, erhalten Sie, gewinnen Sie, lassen Sie trocknen, ziehen Sie an, ziehen Sie aus, nehmen Sie mit, nehmen Sie ein, nehmen Sie auf, nehmen Sie ab, nehmen Sie mit nach Hause, denken Sie daran, es geht um Ihre Sicherheit und die Zukunft Ihrer Kinder, als plötzlich durch das ganze Gebäude das reinste A vibrierte, und aufatmend konnte sie stehenbleiben und nur zuhören, bis ihr eingeschärft wurde, daß sie sich im Tiefgeschoß noch heute das vorteilhafte Einführungsangebot

Marvlu Katzenfutter sichern konnte, mit den leckeren, erstklassigen, saftigen Fleischstücken, angereichert mit Vitamin A und Knochenmarksgelee für Stoffwechsel und Wachstum, und wieder erklang präzise der Kammerton, und wieder und wieder, er trug sie hin zu einer weiteren Rolltreppe, und es ging aufwärts und aufwärts, während sie sich gleichgültig informieren ließ, wer bei Kasse 1 im Erdgeschoß wartete, und aufwärts und aufwärts, bis zum Limeliteshop ganz oben, denn sie war noch jung, sie konnte es sich immer noch erlauben, es war noch nicht zu spät, noch konnte ein A in seiner Reinheit sie erheben und führen, und sie trat ein in die jugendlich dröhnenden, hämmernden Rhythmen, und vor ihr ging ein junger Mann und wiegte sich in den Hüften und klatschte in die Hände und tanzte durch die Abteilung, hier gehörte sie her, hier faßte sie Mut, hier konnte sie handeln, sich entscheiden, nicht bereuen, sein, denn es war immer noch nicht zu spät, sie hatte immer noch das Leben vor sich, es war immer noch möglich, und sie empfand eine kolossale Loyalität und Zusammengehörigkeit, beinah Dankbarkeit gegenüber dem Gewimmel hier oben, weiße Matrosenblusen, Army-Look, gestreifte T-Shirts, khakifarbene Baretts mit Pompons, alles zum Secondhandpreis.

Rudolf hatte die Tür zu dem kleinen Geschäft wohl mit so großer Vorsicht geöffnet, daß die abgenutzte Glocke nicht kräftig läutete, oder die alte

Frau war inzwischen völlig taub. Denn erst als er kurz dagestanden und sich geräuspert und scheinbar aus Versehen ganz unten am Boden an die Theke getreten hatte, drehte sie sich um und stieß ein „Ohh“ aus, mit Augen, die aufgeschreckt vor Feindseligkeit funkelten. „Sie haben mich erschreckt“, warf sie ihm mürrisch vor, und ihr Mann zeigte sich in der Tür zum Hinterzimmer. „Eine Flasche Wodka“, sagte Rudolf und bot seine ganze Nüchternheit auf, während der Mann, gewissermaßen beschützend und für alle Eventualitäten gerüstet, die Bedienung übernahm. Rudolf sah, daß die Frau einen Verband um die Hand hatte, und entdeckte auch ein Pflaster auf ihrer Stirn. Aber er brauchte nicht zu fragen, denn sie hatte seinen Blick sofort bemerkt, und „ja, das war vor cirka vierzehn Tagen gewesen, und da hatten sie so wie immer im Geschäft gestanden, und jetzt sind wir ja nicht mehr ganz jung, und es war kurz vor Ladenschluß gewesen, und dann kommen zwei von diesen schwarzen Typen rein, und am Anfang waren sie sehr höflich, und der eine wollte ein Päckchen Zigaretten, und selbstverständlich konnten sie nur Englisch, aber sie hatten sie verstanden, und dann plötzlich nimmt einer von ihnen eine Pistole heraus und sagt money, money, und sie hatte keine Ahnung, was sie machen sollte, und auch ihr Mann nicht, sie hatte dagestanden wie gelähmt, sie konnte keinen Finger rühren, und sie traute sich nicht, um Hilfe zu rufen, und ihr Mann wollte nach dem Telefon greifen, aber dann war der eine auf den Ladentisch gesprungen, was sagte

Rudolf dazu, auf den Ladentisch, es war ein Wunder, daß der hielt, es wäre ihm nur recht geschehen, wenn das Glas gesprungen und er hindurchgekracht wäre, und dann gab es ja keine andere Möglichkeit, als ihm zu geben, was in der Kasse war, aber es war ein ruhiger Tag gewesen, jetzt aber wolle sie Rudolf erzählen, was das allerschlimmste war, denn als sie das Geld bekommen hatten, fingen sie an, ihren Mann zu knuffen und zu stoßen, und als sie zu einem von ihnen hinging und ihn beim Arm nahm und sagte, das sollten sie lassen, denn ihr Mann sei alt und habe gerade mit gebrochener Hüfte drei Monate im Krankenhaus gelegen, da gingen sie auf sie los und warfen sie um, sie hatte jetzt noch blaue Flecken, und sie hatten etwas gesagt, aber das konnte sie natürlich nicht verstehen, und das Blut war ihr das Gesicht hinuntergeflossen, und es war ein reines Wunder, daß ich mir nicht das Handgelenk gebrochen habe". Sie hielt inne, zornbebend, um Luft zu holen und wohl auch, um Rudolfs Reaktion zu hören. Er war sich nicht ganz darüber klar, was von ihm erwartet wurde. Er öffnete mit einem schmatzenden Geräusch und in der Absicht, ‚nein' oder ‚das ist nicht Ihr Ernst' auszurufen, den Mund, aber das schlappe Klicken der Zunge an den harten Gaumen schien für die Frau als Zeichen des Mitgefühls ausreichend gewesen zu sein, um weiter berichten zu können, daß die Polizei erzählt hatte, daß dies zum vierten Mal in einer Woche passiert war und immer in Geschäften mit älteren Menschen und kurz vor Ladenschluß, und immer war Gewalt im Spiel gewesen, „Gewalt“, sie wiederholte gebannt das Wort, das sie jetzt nicht nur abstrakt, sondern am eigenen Leib, hier im Geschäft, erfahren und das ihr für so allerlei auf der Welt die Augen geöffnet hatte, „Gewalt“, jetzt fing sie an, einiges zu begreifen, Konflikte in Amerika, all das mit Afrika, „aber die Polizei kann natürlich nichts machen, die beiden Typen sind längst über alle Berge“, schüttelte der Mann den Kopf und glich ebensosehr einem alten Weib wie seine Frau, nur in Herrengarderobe. Aber Rudolf hatte schon lange die Ohren vor ihrem Geplapper verschlossen, ihre Gesichter waren im Dämmerlicht des Ladens nur verschwommene Kleckse. Denn er hatte sich einen Plan ausgedacht, und den ging er durch, während er mit gelegentlichem Nicken und Zungenschnalzen ihren weinerlichen Wechselgesang in Gang hielt: Was, wenn er gegen sein Prinzip verstieß, nur dieses eine Mal? Es würde ihm so viele Widerwärtigkeiten ersparen. Und er sah sich selbst noch einmal bei der gleichen Prozedur bei noch einem Laden – stehenbleiben, Ausschau halten, eintreten, ruhig, normal, lässig sprechen, Mißtrauen, Spott empfinden, umherblicken, warten, während die Flasche in Papier eingerollt wird. „Ach, geben Sie mir lieber noch eine, wenn wir schon mal dabei sind“, er hatte seinen Entschluß gefaßt, ohne ihn tatsächlich zu fassen, und er war überrascht von der sachlichen Tonlosigkeit seiner Stimme, seiner überlegenen Sicherheit, dem Hämmern seines Herzens. Er sieht, wie sich die ganze Haltung der Frau ändert, gierig greift sie nach noch einer Flasche, stellt sie mit einem Ruck knallend vor den Mann auf den Ladentisch, auf einmal in die Gegenwart zurückgeholt. Und Rudolf empfindet seine Strategie als gerechtfertigt, begreift, was er eigentlich gespielt hat, um die beiden daran zu hindern, sich einer Mißbilligung oder moralischen Verurteilung bewußt zu werden, diese gar mit Gesten oder Blicken auszudrücken. Er denkt, während er einen verknitterten, schweißfeuchten, schlaffen Geldschein aus seiner engen Hosentasche fingert, während er die Flaschen hingerissen in die Schultertasche stopft, er sollte noch etwas sagen wie ‚das ist doch entsetzlich', ‚ja, so ist die Welt, in der wir leben', ‚nee, die Polizei heutzutage', aber dann bekommt er Geld zurück, der Handel ist abgeschlossen, jetzt nur noch danke und Schweigen, und mit einer Haltung, die Sympathie ausdrückte, wie er meinte, und Respekt vor dem Leiden, aber trotzdem seine Würde als Kunde betonte, wünschte er gute Besserung und daß unbedingt Interpol den Fall übernehmen solle und ging.

Es war erledigt, es war gelungen, er war erleichtert, er hatte sie bei sich, ein schönes Gewicht auf der Schulter, es war überstanden, ganze zwei auf einmal, er hat Ruhe bis morgen, das rote Licht auf der inneren Karte wird blaß, die Straßen sehen freundlich aus, die Sonne scheint warm, und nichts kümmert ihn mehr, die Sorgen sind weg, die Probleme gelöst, noch dazu wie ein gordischer Knoten. Rudolf fand euphorisch den kürzesten Weg zu der kleinen Anlage am Wasser, wo es schattig und freundlich ist, wo nicht so viele Menschen vorbeikommen, aber doch genug, daß man sich über ihre atemlose Eile, wenn sie den Park benutzen, um den Weg abzukürzen, wundern kann. ‚Was jagt ihr denn so?‘ müßte man fragen, und sie antworteten nicht und waren einem im Grunde auch herzlich gleichgültig, unwichtiger als die Vögel, die vor Leuten Krümel pickten, oder die Hunde, die schnüffelten und pißten und pißten und schnüffelten. ‚Ihr seid mir völlig egal‘, konnte man so herrlich friedlich denken, ‚ihr seid komisch, lächerlich, dumm, du, und du, wer glaubst du, im Grunde, wer du bist?‘ Rudolf fand seine Bank, stellte die Schultertasche ab, er nahm eine Flasche heraus, entfernte vorsichtig das dünne Papier, er hält die Flasche wollüstig in der linken Hand, während die rechte die resolute, zielbewußte Bewegung macht, die beste Entscheidung und gute Tat des Tages, er hört das lebhaft knackende Geräusch eines abreißenden Schraubverschlusses, spürt, wie das Metall zerteilt wird, riecht den Duft, so antiseptisch diskret, empfindet das herrliche Kribbeln, als ein großer Schluck hinuntergleitet und direkt den Freudenpunkt in dem leeren Magensack trifft.

Sie mußte sagen, sie waren lieb gewesen, die jungen Leute, verblüffend freundlich, denn sie können ja auch ziemlich kühl sein, wenn da ein Mensch kommt, der nicht ganz einer von ihnen ist, so rein altersmäßig, aber davon war überhaupt keine Rede gewesen, und sie ist sich sicher, daß er ihr steht und daß sie nicht zu alt ist, nein, selbstverständlich nicht, blauer Denim und dazu eine witzige gestreifte Bluse, gelb und rot, zu etwas in der Art eines Latzrocks, und die genau richtige Länge, die moderne Länge, natürlich ist sie nicht zu alt, auf der anderen Seite hat er auch nichts Outriertes, kein direkter Army-Look, und sie beschleunigt ihren Schritt, und in ihr läuft Brahms, und jetzt will sie nach Hause, und zwar direkt, aber sie kommen sowieso erst zwischen halb zehn und zehn, nach dem Konzert, und im Haus ist alles in Ordnung, und sie nimmt den kürzeren Weg durch die kleine Anlage am Wasser, und dann fällt ihr Blick auf ihren Bruder, denn das muß er sein, er ist es, sie erkennt ihn an der amerikanischen Schultertasche, Rudolf, und ihre erste Reaktion ist Stehenbleiben, und ihre erste Eingebung ist Umkehren und Davonschleichen, denn sie hofft, er hat sie nicht gesehen, und sie will gerade losgehen, aber er hat sie wohl doch entdeckt, er hat ihr das Gesicht zugewandt, er blinzelt, deshalb entschließt sie sich, nicht zu gehen, und er hat eine Flasche in der Hand, und es ist schon einiges daraus getrunken, und er will gerade den Schraubverschluß wieder aufdrehen, aber er tut wohl nur so, als wäre er beschäftigt, typisch, als ob er sie nicht bemerkte, als hätte er mehr als genug mit seinen eigenen Angelegenheiten zu tun, und „Tag, na, wie geht's?" setzt sie sich neben ihn, und er fährt zusammen, aber dann zuckt er nur die Schultern.

Wenn es jemanden gab, den Rudolf Loften in diesem Augenblick nicht zu sehen wünschte, dann seine Schwester. Ja, das war vielleicht nicht ganz korrekt, reflektierte er, denn er konnte sich jede Menge Menschen vorstellen, die er am allerwenigsten zu sehen wünschte, aber sie war wohl doch die einzige, die darüber hinaus einfach zu ihm kam, sich mit einem Plumps auf die Bank fallen ließ, ihm einen Schock versetzte, ihm eine törichte Frage stellte – konnte sie vielleicht nicht selbst sehen, wie es ging? Warum war sie nicht einfach vorbeigelaufen, hatte nicht einfach so getan, als ob sie ihn nicht sähe, er hätte ihr jedenfalls nicht nachgerufen, das konnte er ihr garantieren. Rudolf betrachtete sie: Sie wirkte gesund, gut aufgelegt, bester Laune, es war Glanz in ihren Augen, war sie seit dem letzten Mal nicht auch etwas molliger geworden? „Du hast zugenommen", stellte er trocken fest und registrierte schadenfroh, wie das Lächeln verschwand. Und gleich darauf, denn er hatte natürlich keine Antwort erwartet, nach einer wohlkalkulierten Pause: „Hast du was davon gehört, wie es Mutter geht?", und dann sah er auch das Gutgelaunte verschwinden.

Sie sah die boshafte Feindseligkeit in seinen blutunterlaufenen Augen, selbstverständlich hätte sie ihn in Ruhe lassen sollen, das war es, was er sich wünschte; wie lange er wohl getrunken hatte, er war unrasiert, schmutzig, er wirkte zerlumpt, es klebten Erdklumpen an seiner Hose, der man aber trotzdem ansah, daß sie vor nicht langer Zeit neu und schön und teuer gewesen war, jetzt aber wirkte sie schäbig, verwahrlost, und sie betrachtete seine Augen, die beinah geschlossen waren, sie sind so klein, selbst wenn sie weit offen sind, mit großen, schweren Lidern, mit den kürzesten Wimpern, die sie je gesehen hat, und sie hat oft darüber nachgedacht, von wem in der Familie sie wohl stammten, gab es einen Mann oder eine Frau, einen unbekannten Ururgroßelternteil, der genau diese ungewöhnlichen Augen gehabt hatte, und wenn man ihn gekannt hätte, hätte man gesagt, es sei sonderbar, daß Rudolf genau diese Augen hatte, da konnte man mal sehen, und jetzt hat er noch Schlaf in diesen Augen, und sie sind stechend, und es ist naiv von ihm zu glauben, er könne sie mit ihrer Mutter und deren Krankheit treffen, oder hat er es nur gesagt, weil die Eltern längst das einzige Thema sind, das sie gemeinsam haben, falls es nicht das einzige ist, das sie überhaupt je hatten, „doch, sie hatte vor ein paar Tagen angerufen, es ist ungefähr gleich, Mutter ging es wie gewöhnlich, aber Vater nimmt es ja mit, sie war letztes Wochenende, am Sonntag, oben gewesen, und man konnte sehen, daß er gealtert war, und er wirkte müde, übrigens konnten sie nicht verstehen, daß du dich so lange nicht gemeldet hast", und daran wird er jetzt zu kauen haben.

Das ist gelogen, dachte Rudolf, das sagt sie, weil sie es mir heimzahlen will. Die Kinderschlägerei hatte angefangen, und er weiß wie immer nicht genau, wer von ihnen den Ball ins Feld gespielt hat. Denn

Rudolf erinnerte sich, daß es erst ein paar Tage her war, daß er angerufen hatte, an einem Morgen, als er sich dem gewachsen gefühlt hatte. Er hatte mit seiner Mutter gesprochen und erzählt, daß es ihm gut gehe, daß er in den Ferien wohl doch nirgends hinfahren werde, daß er sie bald besuchen komme. „Doch nicht meinetwegen?“ Nein, selbstverständlich nicht ihretwegen, das wisse sie doch genau. Und gleichzeitig hatte er, kam es ihm vor, bei ihr eine gewisse Erleichterung darüber gespürt, daß er trotz allem nicht verreiste. Er hatte viele kleine Dinge, die er in der Wohnung machen wollte, und es macht auch viel Spaß, ausnahmsweise, in der eigenen Stadt Urlaub zu machen. „Ja, das kann ich gut verstehen, mach's dir nur gemütlich“, antwortete sie. Und fügte hinzu, daß es ja nicht so lange her sei, daß sie einander gesehen hätten, deshalb solle er sich um sie nicht kümmern, natürlich wäre es schön, ihn zu sehen, daran sollte es nicht liegen. Rudolf wollte sich auf längere Diskussionen mit seiner Schwester nicht einlassen, so sehr sie ihn auch herausforderte. „Jaja, das kann schon sein.“

Sie findet also nicht, daß er das machen kann, er muß vielmals entschuldigen, aber das findet sie nicht, und was war das für ein Quatsch, so halbbesoffen dazusitzen und Wodka aus der Flasche zu trinken wie irgendein Penner, und sie hat das Gefühl, sie hat den Nagel auf den Kopf getroffen, denn als sie sich bei den Eltern erkundigt hatte, ob sie kürzlich von Rudolf gehört hätten, war, so kam es ihr vor, die Antwort ausweichend gewesen, und dabei war er immer Mutters Liebling gewesen, nein, sie faßte es nicht, aber gleichzeitig gönnte sie es ihm, daß ihnen endlich die Augen dafür aufgingen, wie er wirklich war, und sei es auf dem Sterbebett, und wie sie ihn seinerzeit auch selbst bewundert hatte, und unerwartet tauchte der Jugoslawe auf, sie hatte ihn in einem Café kennengelernt, und sie waren zurück zu ihrem Hotel gegangen, und es war sehr warm, und sie schwitzten und waren feucht und salzig, und selbst wenn sein Arm ruhig dalag, waren die Muskeln hart, und sie hatte ihn gefragt, ob er verheiratet sei, und er hatte geantwortet: „Ich lebe mit meiner Schwester zusammen", und in dem Augenblick, als er das gesagt hatte, war ihr aufgegangen, daß er genau das tat, und sie hatte gefragt, ob das in Jugoslawien üblich sei, und er hatte gelächelt und den Kopf geschüttelt und gesagt, daß sie von irgendwo aus dem Süden gekommen, daß sie beinah geflohen waren, glaubte sie sich zu erinnern, um zusammensein zu können, aber natürlich machte ihm das gewisse Schwierigkeiten in der Beziehung zu anderen Frauen, und sie lebten auch ein wenig isoliert, und sie hat die ganze Zeit Rudolfs strähnige Haare angestarrt, fällt ihr auf.

„Was zum Teufel glotzt du?" fragt Rudolf, „was schert das dich?" Und er ist sich nicht ganz darüber klar, was ‚das' eigentlich war, und auch nicht darüber, ob es wirklich so lange her war, daß er angerufen hatte. Aber das war ihm auch völlig gleichgültig. Er konnte sie einfach nicht mehr ertragen, sie konnte gern gehen, ihr ewiges Moralisieren, schon seit sie Kinder waren; ihre ältliche, jugendliche, altjüngferliche Frischfröhlichkeit. ‚Weißt du, daß du zwei tiefe Falten auf beiden Seiten der Mundwinkel hast?', wollte er fragen, aber er wußte, sie wußte es, und vielleicht war es auch nicht besonders wichtig für sie, deshalb sagte er statt dessen: „Ich finde, es ist lange her, daß du ein Konzert gegeben hast." Er wollte hinzufügen: ‚Oder vielleicht habe ich nur keine Freikarte bekommen', aber das hätte die Wirkung abgeschwächt und ihr Gelegenheit zum Ausweichen gegeben.

Nein, den Triumph wirst du nicht erleben, sie weigert sich, ihn spüren zu lassen, daß er einen besonders wunden Punkt getroffen hat, und obwohl er wahrscheinlich ahnt, wie verletzlich sie ist, soll er nicht wissen, daß es ein Volltreffer gewesen ist, hör mal, er brauchte ihr nicht in diesem Ton zu kommen, selbstverständlich scherte es sie, wie er es so schön ausdrückte, es war immerhin ihre Mutter, die im Sterben lag, keiner wußte, wieviel Zeit sie noch hatte, er hatte sich ordentlich zu benehmen, und das hier war doch unerhört, hier am hellichten Tag sternhagelvoll herumzusitzen, aber sie sah sein spöttisches, glänzendes Gesicht, seinen Mund mit der eingetrockneten, fahlen Lippenhaut und den Zähnen, die wochenlang keine Zahnpasta gesehen hatten, die im unteren Teil des Mundes grau von Zahnstein und im oberen Teil des Mundes braun von blutendem Zahnfleisch waren, und die Zunge sabbert mit höhnischem Grinsen ein paar Fragen, wie lange es eigentlich her sei, daß sie ihre berühmten zwei Platten aufgenommen hat, und ob ihre Musikschüler tüchtig seien, und sie hat Lust, es ihm mit einem Schlag unterhalb der Gürtellinie zu vergelten, aber sie läßt sich nichts anmerken.

Rudolf wunderte sich im Grunde nicht darüber, daß er außerstande war, sie zu erschüttern. Er kannte sie von ihren Schlägereien als Kinder, bei denen seine physische Gewalttätigkeit nie Eindruck auf sie gemacht, sondern allen und auch ihm bewiesen hatte, daß es ihr gelungen war, ihn zum äußersten zu treiben. Jetzt hatte er jedoch das vage Gefühl, endlich getroffen zu haben. Was genau es war, darüber war er sich nicht klar, er war ein bißchen zu betrunken, aber er sah, wie ihre geschmeidigen Hände sich krümmten, und als er ihr ins Gesicht sah, war es voller Falten, und die Augen waren groß und gewissermaßen dunkler geworden. Und sie wirkte älter. Vergrämt. Er spürte, daß er das Betätigungsfeld vielleicht erweitern und ihr noch eins verpassen konnte. Er sagte: „Wie geht es übrigens mit ihm, dem Boxer, wie hieß er noch gleich, hieß er nicht Curt, siehst du ihn manchmal, er war im Grunde so sympathisch, und es machte Spaß, mit ihm zu reden."

Was ging ihn ihr Privatleben an, „na, er war immerhin ihr Bruder", hörte sie ihn gerade einwenden, und sie wußte sehr wohl, daß er Curt nie hatte leiden können, aber es konnte ja sein, daß in diesem

Fall die Schuld ausnahmsweise bei ihm lag, und wir konnten ja nicht alle gleichermaßen belesen sein, und es gab noch andere Dinge im Leben, und es kam nicht immer auf den Kopf an, und es nützte nichts, daß er auf diese Weise versuchte, ihre Beziehung schlechtzumachen, denn das würde ihm nicht gelingen, und er wußte ja genausogut wie sie, daß Curt kein Boxer war, sondern ein besonders guter und anerkannter Musiker, aber diese Seite des Lebens war ja ihm und seinem idiotischen Buchwissen immer verschlossen geblieben, und im übrigen, falls er es wissen wollte, war Curt kein alkoholisiertes Wrack, das kurz davor war, vor die Hunde zu gehen, und das man in ein paar Jahren in der Gosse finden würde, sondern ein Mann, und was die Partnerwahl betraf, hatte Rudolf niemandem etwas vorzuwerfen, denn soweit sie wußte, war der einzige Partner, zu dem er je eine einigermaßen stabile Beziehung gehabt hatte – die Flasche.

Als sie schließlich innehielt, hatte Rudolf das Gefühl, daß sie zum ersten Mal in ihrem ganzen Leben, seit ihrer Kindheit, zum ersten Mal die Besinnung verloren hatte. Er betrachtete sie, zwinkerte, grinste breit, beinahe keck. Er hatte schon während des Wortstroms den Verschluß von der Flasche geschraubt, jetzt hob er sie hoch, so daß Glas und Wodka in den Sonnenstrahlen funkelten. „Na dann, darauf cheers“, sagte er fast geduldig. Aber bevor er die Flasche an den Mund führen konnte, hatte sie sie ihm mit ganzer Kraft aus der

Hand geschlagen, und sie flog in einem gewaltigen Bogen durch die Luft davon und zerschellte mit einem Krachen auf den Platten ein ganzes Stück weit weg.

Ja, glotzt ihr nur hierher, dreht euch nur um, niemand muß versuchen, galant zu sein und zu Hilfe zu kommen, das ist nur mein Bruder, mein Bruder und ich, und wir frischen hier Erinnerungen an die Jahre unserer Kindheit auf; sie sieht die Leute gaffen und guckt trotzig zurück, bis sie weitergegangen sind, und nach einigen wenigen Sekunden ist der Verkehr durch die kleine Anlage wieder ganz normal, und eine nette ältere Dame hat genug und verläßt die Nachbarbank, aber Rudolf heult und schnüffelt, und sie sieht, wie ihm dünne Schnapstränen die Wangen hinunterlaufen und von einer schmutzigen Hand weggewischt werden, so daß schwarze Streifen entstehen, und wie konnte sie, wie konnte sie, was soll er jetzt machen, was soll er anfangen?

„Wie konntest du das tun?" Rudolf preßte die Tränen aus den Tränendrüsen und sah Brigit verdutzt, vielleicht mehr über ihre eigene Impulsivität als über seine unbeherrschte Reaktion. Er legte einen Zahn zu und warf sich schluchzend über die Lehne der Bank. Erst als er spürte, daß er nahe daran war, etwas hervorzurufen, das man beinah Mitleid nennen konnte, richtete er sich rasch auf und brach in brüllendes Gelächter aus: „Na, jetzt hast du geglaubt, du hast mich, was? Aber das ist ein schlechter Fuchs, der nicht zwei Ausgänge hat." Und er nahm die Schultertasche, öffnete sie einen Spalt breit, drückte sie trotzdem sorgfältig an sich und zeigte ihr die zweite Flasche. „Jetzt hast du geglaubt, du hast mich", und er lallte und brach, idiotisch lachend die Flasche schützend, über ihr zusammen.

Sein Gelächter gellt in ihren Ohren, laß ihn doch vor die Hunde gehen, aber das will er ja auch nicht, dazu hat er nicht genug Mut, und sie steht auf, sie findet, er ist ein Schlappschwanz, ein sabbernder Waschlappen, das hier durfte nicht wahr sein, ihre Mutter lag im Sterben, und „das war das zweite Mal, daß sie seine Aufmerksamkeit auf diese Tatsache lenkte", kommt es ironisch von ihm, das konnte gut sein, aber anscheinend konnte man es nicht oft genug sagen, und sein Verhalten war unter aller Kritik, und er sollte sich einmal in seinem Leben zusammennehmen, schließlich war er kein Kind mehr, er war nicht auszuhalten, ein stinkender, beschissener, verkommener Säufer, „ob sie denn ihren großen Bruder nicht mehr liebhatte?" kam es neckisch von ihm, nein, weiß Gott im Himmel, das hatte sie nicht, sie konnte seinen Anblick nicht ertragen, und was sie betraf, konnte er zum Teufel gehen.

„Du auch", leierte Rudolf kinderparodistisch. Aber Brigit hörte ihn kaum noch. Sie beachtete ihn nicht, machte zu, stand von der Bank auf. Einen ganz kurzen Augenblick kam es ihm so vor, als ob sie zögerte. Dann ging sie, lief beinah. „Willst du dich nicht noch nett verabschieden?“ rief ihr Rudolf nach, aber er sah nur ihren Rücken, und er hatte die Hände schon tief in der Tasche. Er riß das Papier von der Flasche und schraubte den Verschluß ab. „Hey“, johlte er so schrill hinter ihr her, daß sie sich halb umdrehte, ganz automatisch. Er hob die neue Flasche hoch in die Luft. „Zur Versöhnung an Mutters Grab!“ brüllte er und genehmigte sich einen kräftigen Schluck.

Paul Jacob Loften schloß die Tür hinter sich und ging hinunter.

Auf der Treppe zum ersten Stock des Einfamilienhauses lag ein dicker Läufer, so daß Schritte selbst auf den Stufen, wo das Holz nachgab, lautlos waren. Der Läufer war vor wenigen Jahren ausgetauscht worden, und man konnte an der geringen Abnutzung den Unterschied zwischen der ruhigen Lebensführung zweier älterer Menschen und dem damaligen Zustand, als die drei Kinder noch zu Hause gewesen waren, erkennen.

Paul Loften ging langsam hinunter; er hielt sich am Geländer fest, stützte sich nicht nur, sondern lehnte sich mit seinem ganzen Körpergewicht an, er blieb einen Augenblick stehen, verlegte dann das Gewicht auf den ausgestreckten Fuß, der schwer auf der nächsten Stufe landete.

Er war nicht imstande, Gedanken und Gefühle zu formulieren, er registrierte nur die Streifen der Tapete, weiß-gold, gold-weiß, weiß-gold, hier und da verfärbt, fettig an der breiten Stufe in der Biegung, wo öfter tuschelnd die Enkelkinder saßen; an einer einzelnen Stelle war sie sorgfältig geflickt – das war seinerzeit Rudolf gewesen, dabei war die Treppe gerade instandgesetzt worden. Er betrachtete die Bilder – die Reproduktionen, die im Wohnzimmer ihrer allerersten Wohnung gehangen hatten und später durch andere ersetzt worden waren. Bei der Fotografie von Dürers Melencolia wollte er stehenbleiben: Sie ließ sich bis in sein erstes gemietetes Zimmer während des Studiums zurückverfolgen; aber er konnte nicht stehenbleiben, das wäre nicht fair gewesen, sie hätte es mißverstehen, glauben können, daß er sie belauschen wollte. So ging Paul Loften weiter, in einem Rhythmus, der so langsam war, daß kein Beobachter ihn hätte empfinden können, und dennoch war es ein Rhythmus.

Als er ganz unten war, hielt er sich einen Augenblick an der komischen weißen Kugel am Ende des Geländers fest. Er schwang sich nahezu daran herum und ging quer durch die Diele ins Wohnzimmer und schloß die Tür hinter sich.

Sie hatten oben gesessen und ferngesehen wie sonst. Die Nachrichten. Und als sie vorbei waren, hatte er das Gerät ausgeschaltet und die Zeitung geholt, um zu sehen, ob es heute abend noch etwas gab. Aber Elizabeth hatte zu ihm gesagt: „Komm hierher“, und sie hatte leicht auf das Bett geklopft, wo er sich hinsetzen sollte. Paul Loften hatte im Nu verstanden: War es der Ernst in ihrer Stimme? Möglicherweise war es nur – ja, nur, daß er einfach verstand. Er hatte auch erwartet, daß es eines Tages geschehen würde, aber er hatte die Vorstellung davon, wie es kommen würde, weggeschoben. Jetzt war es da.

Er war zu seiner Frau gegangen. Ihr Gesicht war abgehärmt, sie war unglaublich mager geworden. Er selbst hatte diese Entwicklung Tag für Tag verfolgt, und nur ab und zu dachte er daran. Aber an den Gesichtern einiger Besucher hatte er den Schock ablesen können. Und es gab welche, die sich genötigt gefühlt hatten, es zum Ausdruck zu bringen, in Worten – flüsternd, wenn er sie die Treppe hinunter begleitete, und im Gestus – ihm die Hand drückend, wenn sie sich an der Haustür von ihm verabschiedeten.

Er sah sie an. Ihre Blicke begegneten sich; sie betrachteten einander. Sie brauchte nicht zu sagen: ‚Setz dich her zu mir, ich habe dir etwas zu sagen', und er brauchte nicht tonlos zu fragen: ‚Ist es das?' und auf ein Nicken von ihr zu warten. Er setzte sich ganz einfach aufs Bett, er nahm ihre Hand, sie saßen still zusammen. Sie war beinah heiser, als sie das Schweigen brach, sie mußte sich räuspern, bevor sie sagte: „Paul, heute abend sollst du nicht reinkommen und mir gute Nacht sagen." Er nickte nur ein paarmal mechanisch; starrte leer vor sich hin. Auf den toten Fernsehapparat. Dann legte er sich neben sie, mit dem Mund an ihren Hals, er streckte sich, so lang er war, im Bett aus; und er konnte nichts dagegen tun, daß er schluchzte.

Elizabeth hatte ihn nicht gebeten aufzuhören, sie hatte nicht gesagt, daß er es ihr nur schwerer mache, sie hatte nur an die Decke gesehen, die Decke, die sie in- und auswendig kennen mußte – jeden einzelnen Riß, jeden einzelnen Schatten, wie sie sich in jeder einzelnen Stunde des Tages und der Nacht abzeichneten. Die Landkarten, die sie längst fertigphantasiert hatte. Sie hatte ihn nicht einmal berührt, ihm nicht über die Haare, die Wange gestrichen, sie war ganz still gewesen, bis sie spürte, daß der Anfall vorbei war, daß er aufstehen, sich setzen und wieder leer auf den Fernseher starren konnte. ‚Entschuldige', hätte er am liebsten gesagt, aber was gab es da zu entschuldigen, und das wußte auch sie; deshalb nahm er nur wieder ihre Hand, wandte sich ihr zu, betrachtete sie, strich ihr über die Haare, die so dünn und so grau geworden waren.

Sie hatten nicht viel gesagt; er hatte nicht viel gedacht. Sie hatten zusammengesessen, alle Zeit war verschwunden, nur retrospektiv konnte er ausrechnen, wie lange.

Schließlich hatte sie nur gesagt: „Paul, jetzt sollst du gehen." Und er hatte sie geküßt, sich einen Augenblick hingelegt und war dann wieder aufgestanden. Sie hatte gesagt: „Grüß die Kinder." Er hatte gesagt: „Soll ich das Fenster offen lassen?" Sie hatte genickt. Er hatte sich noch einmal über sie gebeugt und sie geküßt. „Dann leb wohl", hatte er gesagt. „Leb wohl, Paul", hatte sie geantwortet. Er war eilig zur Tür gegangen. „Und danke", hatte sie hinzugefügt. Er hatte von der offenen Tür aus zu ihr zurückgesehen, sie betrachtete ihn, und einen Augenblick blieb er stehen. Dann lächelte sie ihm zu – schwach, fern, aufmunternd; und er hatte irgendwie auch gelächelt. Dann hatte er die Tür hinter sich geschlossen und war hinuntergegangen.

Er fuhr mit einem Ruck von seinem Stuhl auf – das Telefon. Er durchquerte beinah im Laufschritt das Wohnzimmer, um das aufdringliche Klingeln umgehend zu beenden. Das war das Schlimmste, was passieren konnte. Obwohl der Stecker bei Elizabeths Zusatzapparat herausgezogen war, war er sicher, daß sie das Klingeln in der Diele gehört hatte. Er fühlte sich beinah schuldig, als hätte er durch die Einführung eines Deus ex machina versucht, sie zurückzurufen, ihre Entscheidung zu ändern. Nein, diesen Verdacht sollte sie auf keinen Fall hegen. Aber er war verwirrt und ratlos. Er sah sich einer Situation gegenüber, der er nicht gewachsen war; er hatte keine Ahnung, was er machen sollte. Danach nach oben gehen wie sonst und sagen: ‚Das war der und der; wollte nichts Bestimmtes; ich hab gesagt, du ruhst dich aus; schönen Gruß.‘ Oder es auf der Treppe rufen? Er hatte abgehoben, so daß wenigstens das Bimmeln aufgehört hatte; erst kurz darauf führte er den Hörer ans Ohr.

„Ich bin's nur.“ Er hörte die verdrossene Stimme seiner jüngsten Tochter. „Aah, guten Abend, Brigit“, sagte er und wartete, bis sie selbst mit einem „ich wollte nur mal hören, wie es geht“ fortfuhr, und er sah ihre dünnen Lippen vor sich, die manchmal so schmal sein konnten, daß man fast glaubte, sie hätte keine, und nach unten gebogen – so war es jetzt im Moment, hörte er an ihrer Stimme. Ob sie mit Mutter sprechen könne, fragte sie.

Wieder war er ratlos. Aber mit der Entschlossenheit einer Notlüge konnte er antworten: „Mutter ist es heute nicht so gut gegangen, deshalb hat sie was bekommen; ich glaube, sie schläft jetzt; besser morgen." – „Na, dann, selbstverständlich", hörte er den trockenen Kommentar, und die Besorgnis oder sogar Erschrockenheit, die er erwartet hatte, blieb aus, was sein Gewissen irgendwie erleichterte.

Es folgte eine Pause, und er wurde sich klar darüber, daß sie etwas auf dem Herzen hatte; sie hatte nicht nur angerufen, um sich nach dem Wohlbefinden der Eltern zu erkundigen. Und ganz recht, sie platzte heraus: „Ja, ich kann es dir wohl ebensogut sagen, ich mache mir große Sorgen um Rudolf, ich habe ihn heute zufällig in der Stadt getroffen, er saß auf einer Bank in einem Park, und ich muß ehrlich zugeben, ich finde, er sah nicht allzu gut aus – um es milde auszudrücken."

Paul Loften regte sich plötzlich heftig auf. ‚Du Miststück', dachte er, ‚du gefühlloses, infantiles Tratschweib; du hast keinen Respekt vor uns; selbst auf dem Sterbebett deiner Mutter willst du ihren Seelenfrieden stören, nur um auf diese billige Weise ein bißchen die Oberhand über deinen Bruder zu gewinnen', aber er antwortete nur: „Und." Und sie redete weiter: Sie fand also, es mußte etwas getan werden, sie wollte sie selbstverständlich nicht nervös machen, und es war natürlich nicht wirklich ihre Sache, aber man konnte es nicht vertreten, einfach nur zuzusehen.

Paul Loften wollte sich auf keine Diskussion einlassen: „Rudolf ist ein erwachsener Mensch", und er meinte hiermit das Thema zu beenden, aber es gelang ihr augenblicklich, auch diese Tatsache zu einem Argument zu verdrehen, das sich zur Debatte stellen ließ: „Ja, *das* ist eben die Frage", kam es säuerlich.

Er gab auf, sagte nichts mehr, während sich in ihm das Empfinden den Weg bahnte, daß er ihr ein für allemal die Wahrheit sagen sollte; fragen, ob sie wirklich nicht fand, daß sie sich schämen sollte, ob sie nicht meinte, daß es an der Zeit war, den Aufstand gegen die Hackordnung des Kinderzimmers zu beenden, ihre primitive und vielleicht sogar unbegründete Mißgunst aufzugeben, aber er brachte es nicht über sich und nahm an, daß es auch ziemlich zwecklos gewesen wäre. Auf jeden Fall, spürte er mit einer gewissen Befriedigung, hatte ihr sein Schweigen den Wind aus den Segeln genommen; es kam nur ein tonloses, beinah unbedarftes: „Ich fand nur, ihr solltet es wissen", und vielleicht war sogar ein Fünkchen Selbsterkenntnis in den Worten. Jedenfalls antwortete er ohne die geringste Ironie: „Das war nett von dir."

„Wie geht es dir sonst?" Er fuhr unmittelbar fort, fest und klar, um deutlich zu machen, daß das Thema Rudolf beendet war und um zugleich ein Beispiel für allgemeine mitmenschliche Teilnahme zu geben. Ach, eigentlich wie immer; es ging ihr ausgezeichnet, alles war prima, sie kam zurecht, selbst finanziell – und das klang etwas demonstrativ; und sie hoffte, daß es auch ihnen gut ging, in Anbetracht der Umstände; es war ja traurig, daß sie nicht mit Mutter sprechen konnte, aber sie schaute vielleicht am Wochenende oder Anfang nächster Woche rein; und tschüß, mach's gut.

„Tschüß." Er legte vorsichtig auf und blieb stehen, lauschend. Aber es war still im Haus. Er konnte den Wecker in Elizabeths Zimmer nicht hören. Und es würde ihm nicht mehr einfallen, die Treppe hinauf- und zu ihr ins Zimmer zu gehen, zu erzählen, daß es Brigit war, die nur hören wollte, wie es ging. Sie würde nie erfahren, daß es Brigit gewesen war, daß ihr Sohn Rudolf nicht allzu gut aussah. Der erste Schritt war eingeleitet – ganz bestimmt ein kleiner Schritt – von der Distanz zwischen ihnen, die sich gradweise mehr und mehr vergrößern würde – sogar bis zum Vergessen?

Gleichzeitig aber dachte er daran, daß Brigit ihm nie verzeihen würde, daß er nichts gesagt hatte, als sie anrief; und hätte er nur das Geringste davon verlauten lassen, wäre sie angestürzt gekommen; melodramatisch schluchzend hätte sie sich über ihre Mutter geworfen, ‚meine liebe, liebe Mutter, *meine* Mutter'; nein, sie würde es nie erfahren, und wie sie würde es niemand anders erfahren. Er hatte überlegt, ob er zu irgendeinem Zeitpunkt den Kindern von der Absprache erzählen sollte, der Absprache, die jedoch nicht formuliert worden war, dazu hatten er und Elizabeth einander zu gut verstanden. Vielleicht um sie dazu zu bringen, ihre Mutter noch mehr zu respektieren, ihren Mut zu bewundern, zu erkennen, was für ein gutes Leben sie und er trotz allem zusammen gelebt hatten. Jetzt aber wurde er sich darüber klar, daß es nie möglich sein würde. Brigit hatte es vereitelt. Sie würde eine Szene machen, sich sogar und vielleicht mit Grund zum Narren gehalten, gekränkt fühlen, meinen, daß ihr ein elementares menschliches Recht entzogen worden war. Er und Elizabeth würden in diesem Geheimnis verbunden sein, wie groß die Distanz zwischen ihnen auch werden würde. Es war eine Sache zwischen ihnen geworden – und nur ihnen; und diese würde sie immer verbinden, ihn aber auch von anderen fernhalten. Es war etwas, das er nie einem anderen Menschen würde erzählen können. Ewig würden sie zusammengehören. Aber hatte sie damit nicht letztlich auch einen Keil zwischen ihn und das Leben getrieben, ihn halb mit hinüber ins Totenreich gezogen?

Sie legt auf, ja, die Augen verschließen, das ist alles, was sie können, alles in Ordnung mit ihrem kleinen Hätschelkind, dem verzogenen Jungen, es ist egal, was er ist, er ist immer oben geschwommen, während wir anderen uns alle haben abrackern müssen, aber das muß jetzt vorbei sein, das Ganze ist einfach ein Witz, jetzt muß man ihnen die Augen öffnen für das, was wirklich passiert, versumpft, völlig versoffen, wann wird sie ihn in der

Gosse landen sehen, wann wird sie angerufen werden, um ihn zu identifizieren, wann wird sie ihn freikaufen, für ihn garantieren, der Polizei versichern müssen, daß er sich in Zukunft ordentlich aufführt, aber sie ziehen es vor, in der Illusion zu leben, daß ihr einziger Sohn so und so begabt ist und daß aus ihm etwas wird und daß ihre Namen in seinem Äppelkahn über internationale Gewässer getragen werden, das muß aufhören, dem muß Einhalt geboten werden, und wenn niemand anders wollte, dann würde sie, und zwar noch heute, sie weiß, was sie tun wird, sie ruft Kit an, wenn die Eltern nicht können, müssen die beiden Schwestern ran, sie sind seine Nächsten, auch wenn sie vielleicht nicht sehr viel gemeinsam haben, auch wenn sie sich so gut wie nie sehen, diese Verantwortung haben sie jedenfalls gemeinsam, in der Stunde der Not, und dies ist die Stunde der Not, und als sie gerade anrufen will, klingelt das Telefon.

‚Curt' ist ihr erster Gedanke, er kommt doch nicht, aber dann hört sie die leicht lispelnde Stimme mit den zischenden s als Antwort auf die tonlose Mitteilung ihrer Identität, es ging um die Uhr, er hatte seine Uhr vergessen, ja, das war ihr vollkommen klar, und ihre Stimme klingt so dürr, daß er schweigt und nur ein paar Äh-ähs kommen, und könne er die Uhr vielleicht zu irgendeinem Zeitpunkt abholen, ja, das wäre schon möglich, und wieder herrscht Schweigen, obwohl sie weiß, daß eigentlich sie dran ist mit einem ‚wann-könnten-Sie-sich-vorstellen-zu kommen' oder etwas Ähnlichem, und er wird wieder in die Äh-ähs genötigt und „wann würde es Ihnen passen?“ „Irgendwann morgen“, „morgen vormittag?“ „Ja, morgen vormittag um elf“, und er schweigt wieder statt eines ‚ausgezeichnet-dann-komme-ich-morgen-vormittag-um-elf‘, und dann sagt er, daß er in Hinblick auf das heute nachmittag hoffe, daß ihre Zusammenarbeit nicht ganz vorbei sei, und sie weiß sehr wohl, worum es geht, es ist nicht ihre Zusammenarbeit, sicher scheißt er auf ihre Zusammenarbeit, es gibt massenhaft andere, sondern es sind die Worte, diese Worte, das Urteil, das mit dem Talent, er bettelt sie an zu sagen, daß er schon entschuldigen müsse, aber sie habe sich heute nachmittag etwas vergessen, sie war müde und überanstrengt, er verstand sicher, so war es ja nicht gemeint, und er würde verstehen, und ein leichter Anflug von Lächeln würde sich in seiner telefonentstellten Stimme ausbreiten, und gleichzeitig würde er denken, gut, daß sie nicht gemeint hat, was sie gesagt hat, aber trotzdem würde er jetzt versuchen, von dem hysterischen Weib so schnell wie möglich wegzukommen, aber sie läßt ihn am Haken baumeln, lange sagt sie nichts, und sie will gerade, so knochentrocken sie kann, antworten, das können wir ja morgen diskutieren, denn talentlos ist er, als sie plötzlich eine Idee hat, „mir fällt plötzlich ein, morgen vormittag ist trotz allem nicht so gut, sagen Sie, was ist mit heute abend“, vielleicht konnte er es einrichten, es würde ihr an und für sich besser passen, ja, so in anderthalb Stunden, das war doch nicht zu spät für ihn, und sie konstatiert schadenfroh unendliche Erleichterung in seiner Einwilligung, er hat es mißverstanden, er glaubt, es ist ein Zeichen von Reue, ein Schritt zur Versöhnung, er hat keine Ahnung, das Dummerchen, zwei Fliegen mit einer Klappe, er und Curt, „ja, also abgemacht, in anderthalb Stunden“, und bis dann, und dann ist Rudolf dran.

Sie kann sich Kits Nummer nicht merken, im Grunde nicht, weil sie nicht will, aber es ist nun einmal eine dumme, unelegante, schwere Nummer, und andererseits ist es ihr immer dieselbe unverminderte Wonne, sie im Telefonbuch nachschlagen zu müssen, als wäre es die eines Gemüsehändlers, eines öffentlichen Büros oder der Fahrplanauskunft, wie heißt sie noch gleich, denn sie hat sie mit Absicht nie in ihr Adreßbuch geschrieben, und es ist ihre Tranfunzel von Mann, der abhebt, und sie ist nahe daran zu sagen ‚ich hätte gern die Buchhaltung‘ oder ‚schicken Sie mir einen Weißkohl und ein Pfund Streuzucker‘, aber selbstverständlich sagt sie dann „guten Tag, Thomas“ und fragt, wie es geht, und von ihm kommt „ich ruf sie gleich“.

Ja, guten Abend, da war sie, „wie geht es euch?“ Kits Stimme ist sehr tief, und Curt hatte, als er sie zum allerersten Mal am Telefon hörte, geglaubt, sie sei ein Mann, so ein wunderbarer Alt, der aus ihr hätte werden können, hätte sie nur den rudimentärsten Sinn für Musik gehabt, danke, es ging gut, und sie spürte eine gewisse Nervosität, fürchtete Kit schlechte Nachrichten von zu Hause? deshalb erklärte sie sofort, daß sie anrief, weil sie heute Rudolf getroffen hatte, und sie war ziemlich erschrocken darüber gewesen, wie er aussah, und es war so entsetzlich, Kit wußte ja Bescheid, und es nützte ja nichts, wenn er in der Gosse endete, und „was sollen wir machen?“, aber Kit antwortete nur, daß es ja an und für sich seine Sache war, und was gab es denn an und für sich, was sie machen konnten, „mit-ihm-reden-mit-ihm-reden“, „ja, mit ihm reden, das ist ja sehr gut, aber wer soll das machen? und glaubst du wirklich, daß das hilft?“ – „Mutter“, war die einzige Antwort, die ihr einfiel, „Mutter?!“, aber wußte sie denn nicht, daß Mutter sehr krank war, sie konnte unmöglich, und es gab doch keinen Grund, sie zu beunruhigen, so ernst war die Situation auch wieder nicht, und Rudolf hatte ja oft derartige Perioden gehabt und war immer darüber hinweggekommen, es war ja nicht das erste Mal, und er hatte es immer geschafft, nein, aber diesmal fand sie, es war ernster als je zuvor, Kit durfte nicht vergessen, daß sie es war, die ihn gesehen hatte, und sie war sich sicher, er sah nicht gut aus, aber wenn Kit nichts tun wollte, dann würde sie, sie würde noch morgen zu den Eltern fahren und mit Mutter reden und sie über die Situation informieren, Mutter hatte Einfluß auf ihn, „aber Mutter ist ernstlich krank, das kannst du doch nicht machen“, so krank war sie wohl auch wieder nicht, und ob es sie nicht vielleicht sogar freuen würde zu wissen, daß sie ihren Kindern immer noch eine Hilfe sein konnte, „das ist deine

Sache, aber ich finde jedenfalls, das kannst du nicht machen", „du weißt sicher, daß es kranken Menschen oft eine Hilfe sein kann zu wissen, daß sie für die Gesunden etwas tun können", „aber Mutter ist todkrank, warum kannst du sie nicht in Frieden lassen, warum soll sie sich noch zusätzlich Sorgen machen, und Rudolf kommt ja zurecht", „es kann sein, daß es für Mutter nur gut ist, nicht immer nur um sich und ihre Krankheit zu kreisen, und ihrem Sohn helfen zu können; ihr eine Aufgabe im Leben zu verschaffen kann ihr Leben vielleicht sogar verlängern, davon hat man schon gehört, und auf jeden Fall wäre es für Rudolf nur gut", „ich finde dich sehr egoistisch", „egoistisch?", „ja, egoistisch und kindisch", „ich weiß überhaupt nicht, was du damit meinst, das ist nur Rudolf zuliebe, meinst du, zu meinem eigenen Vergnügen, aber du kannst glauben, was du willst, ich weiß, was ich weiß, und ich rede mit Mutter, gleich morgen", und sie knallt den Hörer auf, keine Unterstützung von irgendwo, keiner will den Tatsachen ins Auge sehen.

Als Kit den Tisch abgedeckt und die Sachen in die Spülmaschine geräumt hatte, ging sie hinaus in den Garten. Sie hörte die Kinder zanken, und aus Thomas' Zimmer kam eine erregte, durchdringende Fernsehsprecherstimme, eifrig, leicht ängstlich, aber dennoch mit dem Klang aufgekratzter Munterkeit, damit die Nation über die Nachrichten vom Subkontinent nicht zu Tode erschrak.

Sie zog ihre Rosenhandschuhe an, suchte ihre Rosenschere, während sie darüber nachdachte, ob an den Rosen eigentlich etwas zu tun war.

Die Rosen waren Kits Stolz. Vielleicht war es falsch, dachte sie, das Wort ‚Stolz' zu benutzen; sie sollte sie lieber ihre größte Freude nennen; denn Stolz, und hier wurde sie ganz stolz auf die Originalität ihres Gedankens, Stolz erforderte ja menschlichen Beifall, jemanden, der es zu schätzen wußte, dem gegenüber man stolz sein konnte. Und sie war mit ihren Rosen allein. Zwar konnte der eine oder andere Gast mit Bemerkungen kommen, wie schön sie doch aussähen, und so ein herrlicher Duft; aber wann kam der, der plötzlich ausrufen würde: ‚Du lieber Gott, das ist doch unglaublich, das ist ja eine Wedekind, und Sie haben gewagt, sie direkt neben eine Frau A. Späth zu plazieren, das ist doch ungewöhnlich, ich hätte nicht gedacht, daß sich das machen läßt, das muß ich mir merken, das wäre mir selbst nie eingefallen.' Und bescheiden, beinah selbstvergessen würde sie ihn weiterführen, ihn darauf aufmerksam machen, daß dort eine Sterling Silver stand, die sie hegte und pflegte, denn die waren ja so zart, wie er sicher wußte – ‚ja, darüber weiß ich Bescheid', würde er einflechten –, und es war ja fast unmöglich, sie dazu zu bringen, die genau richtige Farbe zu behalten, aber sie fand, und ihr Tonfall wäre beinah demütig, sie fand nun einmal, daß es ihr gar nicht so übel gelungen war; und es wäre ihr nicht mehr möglich, den Stolz in der Stimme zu verbergen, während sie dazu übergingen, Boden und Licht und Wässern und Düngen zu diskutieren; und sie würde zeigen und erzählen, daß im nächsten Jahr die neue Iceberg unten am Ende des Gartens hoffentlich zu ihrem Recht kam, denn gab es etwas Schöneres, und hier sah sie durch den Garten hinunter zur fernsten Ecke, wo sie eine große Gruppe Iceberg gesetzt hatte, gab es etwas Schöneres als draußen den leichten, duftverheißenden Schimmer weißer Rosen im lichten Flimmern einer dämmernden Sommernacht.

Aber Kit war allein mit ihren Rosen. Und sie wußte für sich, daß sie zu scheu und wohl auch zu stolz war, einem Rosenzüchterverein beizutreten.

Thomas kam heraus und stand auf der Terrasse. Er hatte immer noch sein Geschäftshemd an, zwei Knöpfe aufgeknöpft, den Schlips zu einer breiten, bunten Schlinge gelöst. Einer der wenigen kritischen Punkte, die sie im Zusammenhang mit ihrem Mann nennen konnte, dachte sie, war im Grunde, daß er so schlampig mit seiner Kleidung war; daß er auf die Idee kommen konnte, mit einem neuen Cashmerepullover, den sie ihm gerade geschenkt hatte, in den Garten zu gehen; daß sein Anzug im Laufe eines halben Tages so aussah, als hätte er drei Tage und Nächte darin geschlafen. Ansonsten war an ihrem Mann nichts auszusetzen.

– War was Besonderes? – sie hatte das dumpfe Klicken gehört, als er den Fernseher ausgeschaltet hatte. Nein, antwortete er wie erwartet und fügte hinzu, er sei etwas müde, er wolle gleich wieder reingehen und sich etwas für morgen ansehen. Und inzwischen, dachte sie, würde sie den Garten sprengen und dann die Kinder ins Bett bringen, und dann würde sie ihn fragen, unbeschwert, ruhig, normal: Sie hatte den Zeitpunkt berechnet, sie wußte, welche Ausdrücke sie benutzen würde, war das Gespräch – ihre Worte, seine Antworten – viele Male durchgegangen.

Ja, sie blieb stehen und starrte seinem schlotternden Hosenboden nach, könnte sie ihn nur dazu bringen, sich umzuziehen, sobald er nach Hause kam, sonst hatte sie eigentlich nichts an ihm auszusetzen. Und sie drehte automatisch das Wasser auf, hörte sein feines Zischen, das leise Trommeln der Tropfen auf den Blättern, roch den üppigen Duft der Erde. Sie war glücklich. Sie stand an einem Höhepunkt in ihrem Leben, dachte sie, vielleicht würde sie nie weiter kommen. Sie ruhte in sich, liebte ihren Mann, wie er sie liebte, hatte zwei gesunde, harmonische Kinder, es gab keine finanziellen Probleme, alle waren gesund, sie hatten Haus, Garten, Rosen, jeder sein Auto, Spülmaschine, portugiesisches Mädchen, Wochenendhaus – ein vollkommenes Arrangement. Warum also mußte sie es tun? Was drängte sie dazu? Sie hatte keine Ahnung, wo es herkam. Es hatte auf einmal existiert, wie jahrelang von innen vorbereitet und ihr zugleich wie ein hypnotischer Befehl von außen aufgezwungen – etwas, das sich ihrer bemächtigt hatte und das trotzdem zu ihr gehörte. Sie war nicht einmal imstande, Ausmaß oder Konsequenzen abzuschätzen. Und was schlimmer war: Sie hatte das Gefühl, daß es nach der Ausführung nicht zu einer wesentlich größeren Klarheit kommen würde. Sie war sich nur in einem Punkt sicher: daß Unterlassung sie für den Rest ihres Lebens verfolgen würde. Deshalb hatte sie alles so genau vorbereitet.

Sie betrachtete das Haus und seine mißratenen Proportionen, die heute abend trotzdem ein Ganzes zu bilden schienen. Dann setzte sie die nächste Stufe ihres Plans ins Werk:

– Schlafenszeit! – und sie überhörte die Proteste der Kinder.

Es war Thomas, der abhob.

– Hier ist Brigit –, er mochte seine Schwägerin nicht. Ursprünglich war er etwas beeindruckt davon gewesen, daß sie Künstlerin war. Aber Kits ehrgeizige Versuche, für klare Linien zu sorgen, eine offene Wiedergabe von Brigits Meinung über Thomas eingeschlossen, hatten selbst seine Familienloyalität modifiziert. Und die Erinnerung an ihr letztes Konzert – das blaue Kleid abgestimmt auf den Saal, die Blumen abgestimmt auf das Kleid, küssende, herzende Freunde im Solistenzimmer, der Empfang danach, den er im übrigen selbst ausgerichtet und bezahlt hatte, bei dem sie eine berauschende, ausgelassene, flammende Festkönigin gewesen war, die jedoch ihre Grenzen kannte – war geronnen zu der Erinnerung an ein lächerliches Sammelsurium von Pennern, falschen Gräfinnen und pervertierten Kiffern, die er in seinem Haus nie hätte haben wollen, es sei denn, wegen, er kannte seine Pflicht – der Familienloyalität.

– Danke, ausgezeichnet –, seine Antwort war ebenso unverbindlich wie ihre Frage, und er fuhr fort mit einem:

– Kit-ist-gerade-dabei-die-Kinder-zu-baden-ich-ruf-sie-gleich – denn er wußte, daß er es jedenfalls nicht war, den sie sprechen wollte, und gleichzeitig graute ihm davor, was dahinterstecken würde, falls es eines Tages wirklich *er* war.

– Deine Schwester –, rief er in den ersten Stock und glotzte böse den Hörer an, ging aber nicht zurück, um zu sagen, daß sie gleich kommen werde, es dauerte nur einen kurzen Augenblick, sie *war* dabei, die Kinder zu baden. Obwohl er wußte, er war unhöflich.

Er versuchte, nicht zu lauschen. Er versuchte, nicht Kits Blick aufzufangen, als sie ihn ansah. Er versuchte, nicht das gradweise Anschwellen ihrer tiefen Stimme zu beachten. – Mutter –, das Wort wurde wieder und wieder ausgesprochen, bestürzt, sachlich, gleichgültig, fürsorglich: – Mutter! Das kannst du doch nicht machen! Weißt du denn nicht, daß Mutter; Mutter kann unmöglich; es gibt doch keinen Grund, sie zu beunruhigen, so ernst; Mutter ist todkrank, warum kannst du sie nicht in Frieden – Aber klang das Wort eigentlich je warm? Er wollte gerade diesen Gedanken weiterdenken, als der Schiffbruch erlitt, versenkt von:

– Ich finde dich sehr egoistisch!

– Ja! E-go-i-stisch und kindisch.

Und dann kam eine Suada und ein Klick, Kit schaute, legte dann ordentlich auf – es war sinnlos, dem Freizeichen in einem Telefon zuzurufen: ‚Ich verbiete es dir!' Was für eine Erleichterung, dachte er, daß sie sich beherrschen kann und nicht zu denen gehört, die die Gewohnheit haben, den Hörer auf die Gabel zu knallen.

Er sah auf, versuchte, unbeeindruckt, vielleicht etwas verblüfft zu wirken, als hätte er nichts gehört. Jetzt konnte sie erzählen, falls sie wollte. Er sah sie resigniert den Kopf schütteln, er sah, daß ihre Züge, die mitunter, wenn sie wirklich entspannt waren, geradezu männlich grob wirken konnten, zugespitzt weiblich waren. Und ohne es sich eigentlich klarzumachen, begriff er noch einmal, daß dieser feine Wechsel ihn im besonderen Maß entzückte, diese Fähigkeit, als wäre es mit Absicht, den ausgeprägten Zügen eines breiten Gesichtes beinah nippesartige Zartheit zu verleihen.

Kit informierte Thomas über die Situation. Er wirkte freundlich unbeeindruckt, er hatte die Probleme, die sie mit ihrer Familie haben mußte, längst abgeschrieben, wußte sie. Aber indem sie erzählte, bekam sie nach und nach das Gefühl, daß sie diesen Anruf benutzen konnte. Er hatte es ihr gewissermaßen leichter gemacht. Das so genau durchdachte, peinliche Gespräch war überflüssig geworden, und nachdem sie der Irritation über ihre Schwester Luft gemacht hatte, konnte sie deshalb ganz ruhig fortfahren und sagen:

– Weißt du, was ich im Grunde sehr gern machen würde? Ich würde so gern rausfahren und den Sonnenaufgang sehen.

Thomas schaute sie verblüfft an.

– Aber das können wir doch –, war seine konfuse Antwort.

– Ja, aber ich würde es am liebsten allein machen –, sie ließ die Bemerkung ohne weitere Begründung im Raum stehen und sah ein, daß sie doch bei dem ursprünglichen Gespräch war. Bis sie entdeckte, daß der Unterschied darin bestand, daß sie ihre sterbende Mutter benutzte. Das war es, was es leichter machte. Denn nach dem Gespräch, das er mitgehört hatte, mußte Thomas glauben, sie wolle gern allein sein, weil es etwas gab, das sie für sich klären wollte, etwas, verbunden mit der Mutter, mit dem Tod.

– Das verstehe ich sehr gut –, sagte er ruhig.

– Ich glaube, ich fahre, wenn ich die Kinder ins Bett gebracht habe.

– Ja, mach das.

Und damit war das Gespräch überstanden. So einfach konnte es also sein. In ihrer Erleichterung bekam sie ein warmes Gefühl, empfand, daß er verstand, ohne eigentlich etwas zu ahnen, und daß er verzeihen würde, falls er jemals etwas erfuhr. Einen Augenblick blieb sie stehen und betrachtete ihn. Aber er hatte schon die Nase in seinen Unterlagen.

‚Vielleicht irre ich mich', dachte Kit, als sie die Kinder wusch. ‚Wer sagt, daß sein Großmut so weit geht? Bin ich nicht eher ein bißchen sentimental? Überschätze ich ihn nicht?' Und gleichzeitig bereute sie, daß sie ihre Mutter benutzt hatte. Sie hätte sich an den ursprünglichen Plan, den gründlich durchdachten Dialog halten und sich nicht auf Abwege führen lassen sollen. Es war falsch, auf Eltern als Entschuldigung zurückzugreifen, besonders jetzt. Aber passiert ist passiert, und so wichtig war es wohl auch nicht. Jedenfalls konnte es den Plan nicht zunichte machen. Und wer garantierte übrigens dafür, daß der Dialog abgelaufen wäre, wie sie es sich vorgestellt hatte?

‚Aber was ist mit Mutter selbst?' Die Frage war plötzlich da. Und sie wurde sich klar darüber, daß sie den ganzen Tag ihrer Mutter überhaupt keinen Gedanken geschenkt hatte. Sterbend oder nicht. Und mit diesem abstrakten Begriff – ‚sterbend' – schob sie den Gedanken wieder weg.

Aber er kam trotzdem zu ihr zurück, als sie die Kinder ins Bett brachte. ‚Meine Mutter sterbend, meine Mutter sterbend', erklang es in der Melodie des Abendliedes. Dem der Kinder, die nicht wußten, was Tod heißt. Aber wußte sie es selbst? ‚Habe ich eine Ahnung, was Tod ist?' fragte sie sich, während sie das, was Leben und von ihr hervorgebracht war und was künftiges Leben hervorbringen würde, wenn sie selbst es nicht mehr konnte, zudeckte.

– Ja, ich fahr dann mal –, sagte sie zu Thomas, als die Kinder schliefen.

– Amüsier dich gut – er lächelte nahezu nachsichtig.

– Bist du nicht reichlich früh dran –, fügte er hinzu, neckte sie beinah. Aber im selben Augenblick wurde er völlig ernst, denn er ahnte, daß es mit ihrer Mutter und mit dem Tod zu tun hatte. Und noch einmal mußte sie den Gedanken wegschieben, daß sie ihre sterbende Mutter brutal ausnutzte.

Sie verabschiedete sich schnell, ging hinaus und ließ den Wagen an. Schon früh am Nachmittag hatte sie den kleinen Koffer in den Kofferraum gepackt und diesen abgeschlossen. Trotzdem, als sie ein Stück gefahren war, hielt sie an, ging nach hinten, um sich zu vergewissern, daß der Koffer noch da war, nahm ihn dann mit hinein und legte ihn auf den Sitz neben sich. Sie fuhr weiter.

Vor langer Zeit hatte sie eine Stelle ausgewählt, wo sie halten konnte; und vor ein paar Tagen war sie sogar dorthin gefahren, um sie zu überprüfen – eine kleine, überflüssige Inspektionsfahrt und wohl auch nur durch Erwartung motiviert.

Es war ein Park an einer Villenstraße oder vielleicht eher ein großer Garten. Das ein wenig schloßähnliche Gebäude, das er umgab, war von der Stadtverwaltung übernommen worden, und aus dem Grund war im Garten eine Parkbucht mit fünf, sechs Plätzen angelegt worden. Sie waren beinah völlig von alten Bäumen verdeckt und abends natürlich leer.

Sie hielt ganz hinten in der Ecke den Wagen an, öffnete den Koffer. Darin lagen ihre Einkäufe der letzten paar Wochen. Ein sehr kurzer Rock, eine knappe, tief ausgeschnittene Bluse, ein Paar ganz moderne Schuhe mit hohen Plateausohlen, so billig und so vulgär, wie sie sie überhaupt hatte finden können.

Sie zog schnell die braunen Wanderschuhe, ihren dunkelblauen Baumwollpulli, ihre Gartenjeans – das Outfit, das Thomas in Sicherheit wiegen und beruhigen sollte – aus und die neuen Sachen an. Stieg aus, zupfte alles zurecht, setzte sich wieder hinein, fischte das Make-up heraus. Sie klebte sich lange, schwarze Wimpern an, trug nachlässig knalligen Lidschatten auf, hellblau, wie die Frau geschminkt gewesen war, die sie als Vorbild gewählt hatte, malte sich die Lippen mit einer Farbe an, die ordinär und schlampig wirkte.

Dann öffnete sie ihre Haare, kämmte sie kurz durch. Tatsächlich hätten sie selbstgefärbt und ungepflegt sein, gespaltene Spitzen haben müssen, aber das war eben nicht so.

War alles bereit?

Sie wußte, wie sie aussah, sie hatte an einem Nachmittag vor ein paar Tagen im abgeschlossenen Schlafzimmer die Generalprobe abgehalten und war mit sich besonders zufrieden gewesen. Dann sah sie plötzlich ihre Finger, und wäre sie nicht so angespannt gewesen, hätte sie geschmunzelt – die Ringe, Damenringe, der Ehering. Sie streifte sie schnell ab und legte sie zu den übrigen Dingen. Ihre Hände sahen auch etwas zu gepflegt aus, aber Scheiß drauf, dann mußte sie als eine der Teuren durchgehen.

Sie legte den Koffer wieder in den Kofferraum, ließ den Wagen an, fuhr ins Zentrum hinein, fand einen friedlichen Parkplatz, wechselte die Schuhe, sprang blitzschnell hinaus, aus Angst, Passanten könnten ihr Recht auf das Fahrzeug anzweifeln.

Dann hielt sie auf dem Trottoir Kurs auf das billige Vergnügungsviertel.

Nach Hause zu kommen ist noch schlimmer, als das Haus zu verlassen. Man kann überhaupt nicht sicher sein. Rudolf kam zurück in die Straße, in der er wohnte. Er schmiegte sich an die Wand seines Häuserblocks, damit er von den Fenstern aus nicht entdeckt wurde. Er hält jäh inne. In der Ferne sieht er den Nachbarn von unten mit seinem kleinen, schwarzen Köter herauskommen. Der Mann steht still, dann kommt ein anderer der Bewohner. Sie reden, und Rudolf bleibt stehen, wie lange, weiß er nicht, vielleicht zwei, vielleicht fünf Minuten. Endlich trennten sie sich, der Nachbar mit einem flotten Winken, er ging mit seinem Hund quer über die Straße und den kleinen Weg hinunter. Der andere trat ins Haus. Es kamen Leute vorbei, während Rudolf wartete, aber keiner von ihnen beachtete ihn, soweit er sehen konnte. Jetzt ging er vorsichtig weiter, Richtung Haustür. Nichts zu machen. Er konnte sich absolut nicht absichern. Er wußte es aus Erfahrung. Und er öffnete die Tür und ging hinein. Kein Laut auf der Treppe, er schlich sich nach oben, schleppend, mit gesenktem Kopf, bereit, ‚guten Abend' zu murmeln, ohne das Gesicht zu heben, wem er auch begegnen mochte. Das Parterre lag unter ihm. Er kannte die Bewohner nicht, deshalb war es ihm einigermaßen gleichgültig. Jetzt kam das schlimmste Stück, der Abschnitt hinauf in den ersten Stock und vom ersten in den zweiten. Im ersten wohnte die Familie, mit der er redete, die nach der Post schaute, wenn er in Urlaub war. Er wußte, sie waren zu Hause, sie sind immer zu Hause. Und er schlich sich auf Zehenspitzen die beiden Treppenabschnitte hinauf, darauf vorbereitet, falls jemand herauskommen sollte, während er auf dem Weg zum Treppenabsatz war, wieder hinunterzulaufen, zur Haustür hinaus. Und falls es passierte, wenn er an ihrer Tür schon vorbei war, würde er Hals über Kopf weiterrennen, eventuell mit einem Furz als Gruß in seinem Gefolge. Er hielt sich am Geländer fest, kletterte beinah, aus ihrer Wohnung kamen Fernsehgeräusche, ja, selbstverständlich sind sie zu Hause. Aber glücklicherweise, weil er an der Hauswand entlanggeschlichen war, wußte er, daß sie ihn von den Fenstern aus nicht hatten sehen können. Es war also unwahrscheinlich, daß sie am Türspion standen. Und dann kam der zweite Stock. Nicht ganz so gefährlich. Er sah Licht in der Diele des Nachbarn, der mit dem Hund draußen war, und ging weiter, aber etwas langsamer. Die physische Anstrengung beim Passieren des ersten Stocks hatte ihn erschöpft, und sein Herz klopfte. Schließlich war nur noch seine eigene Etage übrig, und die Möglichkeit, daß die alleinstehende Dame auftauchen würde, war gering. Sie ging abends nie aus, wenn sie einmal nach Hause gekommen war. Aber es konnte ihr einfallen, wenn sie ihn hörte, herauszukommen, weil sie eine Bemerkung über die Milch, über das Treppenhaus, über die Zeitungen, über die Waschküche, über die Zählerablesung, über die Heizungsrechnung, über das Leben machen wollte. Obwohl sie es noch nie getan hatte. Deshalb schlüpfte Rudolf auf dem Absatz zwischen dem zweiten und dem dritten Stock ziemlich eilig aus den Schuhen. Er wußte, das würde ihn noch lächerlicher wirken lassen, falls sich jemand entgegen allen Berechnungen im Treppenhaus zeigte. Aber er darf das Risiko nicht eingehen, jetzt, nachdem es so lange gutgegangen ist. Und auf Socken schleicht er hinauf zu seiner eigenen Tür. Er stellt die Tasche auf der Matte ab, umfaßt mit beiden Händen den Schlüssel, damit er nicht klirrt, wenn er ihn ins Schloß steckt, dreht ihn vorsichtig um, schiebt ebenso leise die Tür auf, wird kurzatmig, als er sich nach der Tasche bückt. Dann war er drinnen, zu Hause, erleichtert. Und schloß die Tür ebenso vorsichtig hinter sich, wie er sie geöffnet hatte.

Rudolf saugte die säuerliche Luft in seiner Wohnung wollüstig ein. In den vierzehn Tagen, die er zu Hause geblieben war, hatte er die Fenster nicht aufgemacht, der Hitzewelle zum Trotz. Er ging in die Küche, die nach geöffneten Dosen stank, bei denen er sich nicht die Mühe gemacht hatte, sie wegzuwerfen, und nach alten Milchkartons und Eierschalen von damals, als er noch frische Lebensmittel gekauft hatte. Da stand Abwasch mit eingetrockneten Rändern und faulenden Essensresten, einige haben vom Schimmel einen lustigen grauen Plüschbezug. Er ist mit Messern und Gabeln längst am Ende, hat aber noch ein paar schon benutzte tiefe Teller. Solange nur keine Insekten, Fliegen, Maden da sind. Und das ist auch der Grund dafür, daß er die Fenster geschlossen gehalten hat. Das einzige, was nicht zwischen dem dreckigen Service angehäuft ist, sind Gläser. Denn er benutzt immer nur ein und dasselbe Glas, mein Freund und Tröster. Und die festgeklebten Reste von Essen und Lippenhaut löst der Schnaps auf und gibt ihm etwas zu kauen, und er desinfiziert ja auch. Er liebt sein Glas, das viele Male kaputt gegangen ist, aber im Supermarkt konnte er immer wieder das gleiche bekommen. Er hebt es hoch und betrachtet es: Es mochte ein Deziliter hineinpassen, und es ist umgekehrt glockenförmig, bemalt mit drei ganzen Zitronen, gelb mit zwei Reihen grüner Poren und zwei Blättern, die am ehesten wie Eichenlaub aussehen, und außerdem ein kleiner Stengel. Und unter jeder Zitrone liegt eine kleine, halbmondförmige Zitronenscheibe, eingeteilt in sechs unregelmäßige gelbe Sektoren und markiert mit drei grünen Zitronenkernen. Denn Rudolf trank grundsätzlich nicht aus der Flasche, es sei denn, im Freien. Sonst benutzte er Gläser. Denn dann weiß man, wieviel man intus hat. Ein Mundvoll ist etwas so entsetzlich Unbestimmtes: Man hat immer die Tendenz zu glauben, es sei weniger, als es ist, und dann zu viel zu trinken. Außerdem – ein Glas hochhalten, es füllen, während man es sich vor die Augen hält, und hier füllte er das Glas, die Verzerrung von Mustern, Tiefen, Farben durch die Flüssigkeit betrachten und dann auf einmal spüren, wie der ganze Inhalt an den Schlund drückt, und ihn in einer heftigen Welle durch die Speiseröhre spülen, eine solche Freude kann ein unbestimmter Mundvoll aus der Flasche nie auslösen. Cheers, mein Freund! Und Rudolf zieht in der Küche die Gardinen zu und geht weiter ins Wohnzimmer. Die Wohnung ist dunkel, aber es wurde ja auch langsam spät. Glücklicherweise braucht er nicht daran zu denken, daß Leute gegenüber ihn sehen können. Er ist so hoch oben, daß es gegenüber keine Nachbarn gibt, abgesehen von der Küchenseite. Er geht in seine Arbeitsecke, stellt vorsichtig Flasche und Glas auf einen Stuhl, macht die grellen Lichter an.

Rudolf hat ummöbliert. Es war der erste Tag – der Ferien. Eine Eingebung, er hatte plötzlich die Idee. Er saß an seinem Schreibtisch, das Glas vor sich, leer, und dann wußte er plötzlich, was passieren würde und was er machen sollte. Er war um die Ecke zu dem großen Farben- und Baustoffhandel gegangen und hatte Ton gekauft – Ton in Kiloblöcken, soviel er schleppen konnte, feuchten, braunen Ton, den er eingehüllt in Putzlappen und Frotteehandtücher und Plastiktüten im Badezimmer aufbewahrte. Und danach veränderte er das Wohnzimmer, schloß eine der Türen zum Arbeitszimmer, räumte alle Möbel aus einer Ecke des Wohnzimmers. Er stellte sie so weit weg, wie er konnte, so daß sie um seine Ecke einen Halbkreis bildeten und er sich zwischen ihnen hindurchdrängen mußte, um hineinzukommen: Sie standen hier und da übereinander, zwei, sogar drei. In die Ecke legte er Wolldecken, Zeitungen, Tücher, Kleidung, um den Teppich zu schonen, um weicher sitzen zu können. Er holte alles, was er an Lampen hatte, Stehlampen, Architektenlampen, Couchtischlampen, Nachttischlampen, und stellte sie um die Ecke herum auf, ließ sie auf den Stuhlsitzen balancieren, heftete sie notdürftigst an den Beistelltischen fest, legte sie über die Sofalehne, und er fand Verlängerungsschnüre und Doppelstecker. Es gelang ihm, alles mit den paar Steckdosen, die es im Wohnzimmer gab, zu verbinden. Und er schraubte die stärksten Birnen, die er hatte, in die Lampen, suchte ein paar Spots heraus, machte das Licht an, und die Ecke liegt in einem noch schärferen Licht da, als er sich vorgestellt hat, es ist wie Sonnenlicht, Tag, nur wärmer und milder, und am Anfang schneidet es ihm in die Augen, aber jetzt nicht mehr, und da saß er nun und machte Puliwiggles, und ab und zu trank er ein bißchen, und wenn er müde war, legte er sich hin und schlief.

Puliwiggles werden aus Ton gemacht. Man schneidet sie direkt aus dem Block. Deshalb hatte Rudolf ein scharfes Küchenmesser liegen, das er dazu benutzte, den Ton in Scheiben von cirka anderthalb Zentimeter Dicke zu schneiden. Und einige dieser großen Quadrate halbierte er anschließend. Danach legte er die Tonstücke zum Trocknen. Das ging ziemlich schnell bei der Hitze, und wenn sie ganz hart waren, schliff er sie mit Sandpapier, so daß sie glatt wurden, auch an den Schmalseiten, und die Kanten waren scharf; das ist der Grund für all den Tonstaub in der Wohnung. Und diese

Quadrate, das waren Puliwiggles. Und mit ihnen baute man Häuser und Burgen und Tempel. Und man konnte Kleidung, Hemden, Taschentücher nehmen und sie als Landschaften um die Gebäude legen. Und wenn man müde war, konnte man über allem zusammensinken und schlafen.

Der Name wird natürlich englisch ausgesprochen. Sie haben in Rudolf sehr lange gelebt, sind aber erst aufgetaucht, als Rudolf begann, seine Vierecke zu schneiden, die archaischen Steine, bevor sich seine Technik verbesserte. Er stammte aus dem Film über Chopin, aus der Szene mit der großen Auseinandersetzung, sicher auf Mallorca, wo Chopin die Kunst um der Kunst willen aufgeben und sich in den Kampf für das Vaterland stürzen, ihm mit seiner Musik helfen will; wo die Regentropfen ihn in Verzweiflung und Krankheit getrieben haben und George Sand ihn mit ihrer Forderung nach einem Leben für die reine Kunst von denen, die er liebt und die ihn lieben, und von seiner eigentlichen Berufung abgebracht hat. Und das Gesicht von Merle Oberon ist verzerrt, und ihre Hände sind Krallen, die Augen funkeln schwarz, sie ist böse, unheimlich, eine Zauberin, ein Vampir, der jede Schönheit verloren hat und nur noch bereit ist, seine Klauen in weiches Fleisch zu schlagen und Blut zu saugen. Ihre schrille Stimme, ihre Nägel, ihre Zähne machen ihm Angst, und sie ruft: „You call it courage!“, und dann kommt eine Pause, während sie tief Luft holt, um aus der vollen Kraft ihrer Lungen herauszuschleudern: „*I* call it puliwiggles!" Und mit all ihrem Schmerz und ihrer Scham kommen Puliwiggles zu ihm zurück, die Einsamkeit, die Trauer, die dunklen Winternachmittage, Gerüche und unverstandene Begebenheiten. Die dunkelblaue Farbe, die er heimlich gekauft hat, sein erster heimlicher Kauf, jetzt ist jeder Kauf heimlich. Nur eine Farbe und doch ein Geheimnis, eine Gabe, begreift er jetzt, eine Weihgabe, ein Opfer. Für ewig dunkelblau gefärbt, zum Dunkelblau gehörig. Und bevor sie sich auflösen, schneiden die Farbkristalle in die empfindliche Haut, und er schmiert sich ein damit, mit der dicken, dunkelblauen Farbe. Er erinnert sich, er haßt. Er setzt sich zurück, er haßt und erinnert sich. Das Messer blieb mitten in einer Scheibe stecken. Er zog es mit einem feinen, scharfen, zischenden Schwippen heraus. Er umfaßte mit beiden Händen den Schaft und hob es hoch. Dann jagte er es in den Tonblock, mit einer Kraft, die es weiter durch Handtücher, Zeitungen, Decken in die Bodendielen trieb, bis es in dem weichen Fichtenholz festsaß. Rudolf erinnerte sich und haßte.

Paul Loften wollte die ganze Nacht wachen. Eigentlich war es kein Entschluß, denn wie konnte man etwas so Selbstverständliches als Entschluß bezeichnen; man beschloß ja auch nicht, daß das eigene Herz schlagen sollte – aber vielleicht, daß es aufhören sollte zu schlagen, fiel ihm ein.

Er wollte in seinem Stuhl sitzen, er wollte warten. Worauf? Den Tagesanbruch? Er wollte nicht schlafen, nur rauchen. Von Lesen konnte natürlich keine Rede sein. Vielleicht eine manuelle Arbeit. Aber was? Es war schon viel zu dunkel, um im Garten Unkraut zu jäten, oder was er in der Art sonst noch konnte. Er wünschte, er hätte ein Hobby gehabt – Holzwerken, Korbflechten, Quilten, seine eigenen Schlipse nähen, das Modell einer Dampfmaschine konstruieren. Hätte er doch nur mit seinen Händen arbeiten können – sich aus Holz eine Pfeife schnitzen. Die einzige Alternative wäre, Schlaftabletten zu nehmen. Eine wäre nicht genug: Zwei müßten es auf jeden Fall sein. Aber er wollte sich nicht betäuben; er durfte am Morgen nicht benommen sein, und er wollte auch loyal sein – wie konnte er sich heute nacht aufs Ohr legen?

Wie würde sie es wohl tun, wann würde sie es wohl tun?

Er hatte schon mehr als eine Stunde in seinem Stuhl gesessen und vor sich hin gestarrt, während er rauchte und die Gedanken schwirrten, ohne daß er sie hätte festhalten können. Er wünschte, er hätte wenigstens einen auffangen können, ihn analysieren, erforschen, untersuchen wie ein Insekt, das auf eine Nadel gespießt, oder wie eine Pflanze, die bestimmt werden soll.

Vielleicht hatte sie es schon getan.

Er hatte aus dem Zimmer oben nichts gehört, aber der Teppich war dick und sie selbst inzwischen so abgemagert, daß sie beinah gewichtlos wirkte. Und er hatte nicht lauschen wollen. Im Gegenteil, er hatte die Türen zum Garten geöffnet und, beinah ohne zu wissen, was er tat, seinen schweren Lehnstuhl in die Türöffnung geschoben. Und einen kleinen Tisch. Denn der Lehnstuhl stand sonst direkt unter ihrem Schlafzimmer, das jetzt Krankenzimmer und vielleicht schon Sterbezimmer war. Er hatte plötzlich zur Decke hinaufgesehen, gedacht, genau da, direkt über ihm in dem Teil des Doppelbetts, das dem Fenster am nächsten war, lag sie – lag sie und was?

Der Abend war so still, daß die wenigen Stimmen aus den Nachbargärten, das Flöten einer einzelnen Amsel, ein Moped unten auf der Straße alle Geräusche im Haus übertönten.

Paul Loften wußte nichts, wußte überhaupt nichts.

Wie würde sie es tun? Sie würde nicht so dumm sein, Pillen zu nehmen. Sie kannte die Risiken allzu gut, die skandinavische Methode, Auspumpen, künstliche Beatmung. Sie würde auch keinen Trick anwenden wie demonstrativ eine leere Flasche plazieren, um vorzutäuschen, sie habe das Entgegengesetzte von dem genommen, was sie tatsächlich genommen hatte, so daß das Gegengift nur weiteres Gift wäre. Am wahrscheinlichsten war, daß sie sich eine Spritze gab. Sie war ja Ärztin und hatte sicher schon, als die Entscheidung gefallen war, dafür gesorgt, daß sie etwas bei sich hatte. Es gab wohl Kollegen, die verstanden.

Es war ja ein Selbstmordversuch – im Grunde. Mußte man nicht, konnte man vertreten, hatte man nicht die Pflicht? Die Konventionalität seiner Eingebung entsetzte ihn fast genausosehr wie die Vorstellung von ihrem Blick, wenn sie aufwachte und feststellte, daß er sie gerettet hatte. Vielleicht war das ihr schlimmster Alptraum; vielleicht war sie bei ihrem Tod nicht von Frieden erfüllt, sondern von Angst davor, daß genau das passieren könnte. Allein die Tatsache, daß er einen Augenblick diesen Gedanken gehegt hatte, erschreckte ihn, als hätte er sie damit angesteckt, ihre Gemütsruhe gestört. Wie konnte sie volles Vertrauen zu ihm haben, dazu, daß es ihm nicht einfallen würde, sie zurückzuholen, wenn er selbst keine so große innere Festigkeit hatte, daß dieser Gedanke in ihm entstehen konnte, wenn auch nur für einen Augenblick. War er im Leben nicht weiter gekommen? Steckte er im tiefsten Inneren doch noch so fest in Vorurteilen? Aber war Vorurteilsfreiheit nicht an sich eine Konventionalität?

Er hielt inne. Denn er hatte angefangen, mit Begriffen zu spielen – trotz allem. Und er bekam ein schlechtes Gewissen deswegen. Bis es ihn durchfuhr: Das ist ja keine Konventionalität, das ist kein Vorurteil, es ist ganz einfach Egoismus. Er wollte sie zurückhaben, um mit ihr zusammenzusein, um sie bei sich zu haben – bis zum Ende. Nicht ihretwegen, sondern weil er nicht allein sein wollte, um einen Menschen zu haben, für den er leben konnte, wenn auch nur ein paar wenige Monate, um eine Aufgabe zu haben, eine Mission, etwas, wofür er sich opfern konnte; er wollte durch sie dem Dasein einen Inhalt bewahren. Und gleichzeitig, er wagte kaum, den Gedanken zu Ende zu denken, gleichzeitig lag wohl auch eine gewisse Grausamkeit darin: Er wollte ihre Leiden betrachten, die Demütigung verfolgen, die der Verfall des Körpers, die völlige Auszehrung durch den Krebs, bedeutete; und unterdessen genoß er es, schmauste an seinem Opfer und ließ sich von ihr mit ihrem schmerzvollen Sterben das Wertvollste schenken lassen, was ein Mensch einem anderen schenken kann – einen Sinn im Leben.

Nein! Und er stand auf und stellte sich in die Tür zum Garten. Nein! Sie konnte ruhig sein. Nie würde er versuchen, sie in dem Entschluß, den sie gefaßt hatte, zu erschüttern.

‚Du kannst sicher sein', dachte er, ‚sei nur sicher', und er schielte hinauf zum Fenster im ersten Stock und war so dicht an der Hauswand, daß er nur die Fensterläden sah. Er wünschte, es wäre ihm möglich, seine Gedanken auf sie zu übertragen, diese könnten sie erreichen und beruhigen, falls sie seelischen Friedens bedurfte. Sie, die da oben ganz allein war. Allein womit? Und einen Augenblick wünschte er, er könnte bei ihr sein, um sie vielleicht wenigstens trösten zu können in ihrer Einsamkeit.

Aber war es nicht recht und billig, daß sie allein war? Sollte ein Mensch in dieser Situation nicht für sich sein dürfen? War es nicht ein grundlegendes Recht, in Einsamkeit auch anzufangen, was man doch nur allein vollenden konnte? Man wird geboren, und man ist zu zweit, ist einbezogen, ist nicht allein, ob man erwünscht ist oder nicht. Und selbst die Gefühle von Haß oder Abscheu, die man eventuell allein dadurch hervorrufen kann, daß man sich gebären läßt, sind doch an sich ein Zeugnis dafür, daß man nicht allein ist. Aber im Tod ist die Einsamkeit eine Tatsache. Warum also einem sterbenden Menschen vorgaukeln, daß er vom Souper des Lebens in die Brunchparty des Todes eintritt? War es nicht im Gegenteil richtig, daß sie es allein erfahren, daß er sich nicht aufdrängen sollte? Warum ihr dieses letzte Erlebnis vorenthalten? War es nicht eigentlich ein Privileg, daß sie es in einem relativen Grad von Klarheit durchlebte? Wenn er an die Menschen dachte, die er gekannt hatte, denen gegenüber Freunde und Verwandte den Tod mit Beteuerungen verhüllt hatten, so schlimm sei es doch gar nicht, in ein paar Wochen habe er sich erholt und könne wieder ins altbekannte Leben zurückkehren und so weiter auf dem Leierkasten, bis die Morphiuminjektionen so häufig kamen, daß nichts mehr übrig war von dem Gehirn, mit dem er Leben und Tod hätte begreifen können. Nur das Lächeln der Freunde und nickende, lachende Versprechungen ewigen, schmerzfreien Lebens auf dieser Erde. Und wie feige hatte er sich gefühlt, wenn er sich nicht getraut, wenn er in den Chor eingestimmt und Funken von Hoffnung gesehen hatte, die beinah stupide wirkten; war es nicht eine noch schlimmere Erniedrigung eines Menschen als Einsamkeit und Angst – in einem lallenden, dümmlichen Optimismus aus dem Leben zu verschwinden, betrogen, zum Narren gehalten, an der Nase herumgeführt von denen, zu denen man das größte Vertrauen hätte haben sollen. Nein, sie sollte die Möglichkeit bekommen, es bei vollem Bewußtsein zu tun, im Vollbesitz ihrer Sinne. Nie würde er versuchen, es zu verhindern.

Paul Loften wagte trotzdem nicht, weiter in den Garten hinauszugehen, denn er wußte, sein Blick würde unweigerlich das Fenster im ersten Stock suchen. Und er hatte fast Angst, dann hinter den Scheiben ein blasses Gesicht bei einer letzten Betrachtung der Welt zu sehen.

Woran dachte sie wohl, falls sie noch dachte? War sie in Panik? Oder vielleicht war im Gegenteil Friede eingekehrt, jetzt, nachdem sie die Entscheidung gefällt und ihm mitgeteilt hatte? Er glaubte nicht, daß sie zu den Menschen gehörte, er wußte, daß es nicht so war, zu den Menschen, die ihre Entschlüsse anderen mitteilen müssen, um sich dadurch gezwungen oder stark genug zu fühlen, sie auszuführen. Es war so schwer, sie sich vorzustellen. Und jedesmal, wenn er versuchte, sich auf sie zu konzentrieren, spürte er, wie seine Gedanken leerliefen, und er stellte einen Aschenbecher um, betrachtete die Regale oder die Gartenmöbel, zündete sich eine belanglose Zigarette an. Durfte er es wagen, in die Küche zu gehen? Kaffee zu machen? Wäre das eine Profanierung? Es gab welche, die Gewitterkaffee, Hebammenkaffee hießen – die Vorstellung füllte plötzlich den gedankenleeren Hohlraum im Gehirn, sie schlug ihre Klauen in ihn, ließ sich nicht in die Flucht treiben: ‚Gibt es auch einen, der Todeskaffee heißt?' Sollte er in die

Küche gehen und sich eine Tasse Todeskaffee machen? Wasser für Todeskaffee aufsetzen? Was aß man zu Todeskaffee? Oder war er vielleicht nur schwarz und stark? Also einfach eine Tasse Todeskaffee? Ihn schauderte bei dem Wort, das von ihm Besitz ergriffen hatte, und er versuchte, es abzuschütteln, wurde aber nur noch zerfahrener. Dann war es, als fügte es sich mit etwas ganz Konkretem als Mittelpunkt, etwas, das für ihn begreifbar war, wieder zusammen: ‚Wenn ich es wäre', dachte er, und rein abstrakt war es ihm möglich, sich an ihre Stelle zu setzen, ‚wenn ich es wäre, dann würde ich es tun, wenn die letzte Morphiumspritze anfängt, die Wirkung zu verlieren und die Schmerzen so unerträglich geworden sind, daß ich nicht mehr kann. Dann würde ich eine Überdosis nehmen. Dann würde ich nicht zu entscheiden brauchen. Die Entscheidung würde für mich getroffen werden. Es einfach tun.' Wenn er sie wäre. Aber sie war ja so viel stärker als er.

Kit bog in die schmale Straße ein, die die Fußgänger in das Vergnügungsviertel in der Altstadt schleuste. Sie war da.

Sie war schnell gegangen, mit so langen Schritten, wie die dicken Korksohlen es eben zuließen; sie hatte sich nicht umgesehen, sondern war zielbewußt, vornübergebeugt drauflosmarschiert, die kleine, weiße Schultertasche an dem langen, weißen Lackriemen an sich gedrückt. Jetzt wurde sie langsam, preßte aber immer noch die Tasche an sich.

Es war lange her, daß sie an einem Abend hier gewesen war. Ihre Erkundungstouren hatten immer am Tag stattgefunden, und da war sie über holpriges Straßenpflaster eilig dahingeschritten und hatte versucht, verheiratet auszusehen, damit sie nicht belästigt wurde und ungehindert eingehend beobachten konnte.

Die naßgespritzten Straßen des Vormittags mit Warenverkehr und schrubbenden Besen waren von einer eigenartig schwülen, aromatischen Feuchtigkeit überschwemmt. Sie war unbestimmbar und doch so typisch, daß man sie überall erkennen würde, wie den Geruch der Pariser Metro, flämischer Fischmärkte, osteuropäischer Hauptstädte. Sie ließ sich analysieren, auflösen in Komponenten wie Schweiß, Parfum, Hunde, Zigaretten, Zementstaub, Holzkohlenrauch, Straßendreck, Aftershave, Schnaps, Würstchen, Pizza; aber dennoch war das Ganze mehr als das Konglomerat der Einzelteile.

Sie ging langsam und tat so, als schaute sie in die Schaufenster mit billiger Kleidung zu hohen Preisen, geizig geschnittenen Jeanssachen, Samt von schlechter Qualität, während sie in Wirklichkeit nur den Geruch einatmete und sich gewissermaßen mit ihm vereinigte. Da war eine Menge Musik, aber eigentlich nicht lärmend, da war eine Menge Licht, aber eigentlich nicht blendend, da waren eine Menge Menschen, aber es gab immer Platz für noch mehr. Sie fühlte sich einen Augenblick vollauf solidarisch und loyal. Und der dünne Streifen Himmel, der sich ganz oben zwischen den

Dächern erstreckte, war völlig schwarz und ohne Sterne, nur naß und warm.

Aber Kit mußte weiter: Absurde Grundsätze trieben sie vorwärts. Und dennoch fand sie noch einmal eine Entschuldigung, um stehenzubleiben. Wo die Straße sich erweiterte, vor dem, was ursprünglich eine Kneipe war, hatten sich zwei Türken niedergelassen. Zwischen ihnen auf dem Straßenpflaster lag etwas in Richtung eines Frotteehandtuchs mit Spielbrettmuster. Sie saßen im Schneidersitz, sie spielten mit Bierdeckeln Mühle, umgeben von einem Kreis von Zuschauern, die ihnen gute Ratschläge und Warnungen zuriefen. Der eine war groß und dick und verschwitzt, der andere feurig, klein, flink. Der große Dicke war sturzbetrunken, er fuchtelte herum, streifte sein Glas, so daß das Bier überschwappte, er beugte sich über das Handtuch und konnte trotzdem die andere Seite nicht erreichen. Er machte Zeichen, sein kleiner Gegner versetzte einen Bierdeckel für ihn, während die Zuschauer beinah gewalttätig Einwände vorbrachten. Sie wiesen darauf hin, daß es jetzt das dritte Mal war, daß er verlangt habe, den Bierdeckel an die Stelle zurückzulegen, von der er ihn gerade geholt hatte. Und der Kleine sah zu den Protestierenden auf, zuckte die Schultern, er, der Meister des Dorfes, der all die Alten zu Hause und auch ein paar im Nachbardorf geschlagen hatte, wäre der große, dicke Betrunkene nicht der einzige Willige gewesen, hätte er sich nie herabgelassen, aber ein Spiel Mühle ist nun einmal ein Spiel Mühle.

– Mühle, sie spielen Mühle – eine alte Frau mit Hut drängte sich vor in die erste Reihe. Sie war jovial, jetzt wurde sie ausgelassen. Sie ließ ihren Mann ganz außen am Rand hinter sich, beugte sich über das Handtuch, orientierte sich in einem Augenblick, ließ sich informieren, bekam ihre Vermutungen bestätigt: Die Deckel mit Namen, Motto und Werbung gehörten dem Dicken, die mit Logo dem Dünnen. Sie sah mitleidig den Dicken an, schüttelte den Kopf, wollte ihm nachsichtig auf die Schulter klopfen, fing aber statt dessen an, den Verlauf des Spiels bis zu diesem Zeitpunkt mit zwei Türken zu diskutieren – und fachliches Interesse überwand alle sprachlichen Hindernisse.

– Hör doch auf, gib dich geschlagen, du kannst es nicht schaffen –, ein Zuschauer gestikulierte aufgeregt und sah rundherum zu den anderen im Kreis:

– Jetzt hat er denselben Zug viermal hintereinander gemacht! – und sein Oberkörper bewegte sich ungeduldig, die Arme schlenkerten, jetzt reichte es, er hielt es nicht mehr aus, jetzt ging er also. Aber die Beine bewegten sich nicht. Nur der Kopf zuckte im Zorn. Dennoch ließ sich der Dicke von seinen Rufen provozieren, machte unerwartet einen unvernünftigen Zug, und durch das Publikum ging ein Raunen.

Aber Kit kannte das Spiel nicht gut genug, um die Langeweile in Schach zu halten. Sie fing an, sich umzusehen, betrachtete scharf und einzeln die Leute in ihrem Umkreis. Meistens waren es Männer, nur hier und da klammerte sich ein kleines

Mädchen an einen dunkelhäutigen Ausländer. Und dann war da natürlich noch die alte Frau, die breitbeinig, fuchtelnd, mit wippendem Hut dastand, in sachkundiger Beurteilung.

Ein hochgewachsener junger Mann näherte sich und schloß sich dem Kreis an. Er hatte eine Gitarre im Futteral um den Hals und in der Hand eine Tasche, so gepackt, daß sie wie ein Bündel aussah. Unter seiner Windjacke sah sie einen bräunlichen Baumwollpulli und mehrere Perlenketten aus polierten Steinen. Oben auf den langen, frischgewaschenen Haaren saß ein ziemlich kleiner, echter Tirolerhut, grau, mit Feder, mit silberner Schnalle. Um den Hut hatte er ein rotbuntes, langes Seidenband gebunden, das ihm über die Schultern hing. Kit dachte: ‚Ob er weiß, wie süß er im Grunde aussieht? Ob das alles, im Grunde genommen, eine Masche ist? Ob Männer sich genausoviel Mühe geben wie Frauen, auf ihre eigene Weise?' Die großen, elliptischen Linien seines Gesichts drückten neutrale Milde aus, sein Schnurrbart war dünn, flaumig, als wäre er niemals abrasiert worden, seine Nase war klein und rund, das Profil wirkte ungewöhnlich weich und naiv, aber auch etwas durchtrieben, wie bei schwachen Männern, die sich mit Berechnung durchschlagen müssen. Er schaute kurz in die Mitte, um zu sehen, was dort vor sich ging, und spazierte dann gleichgültig weiter. ‚Ihm folge ich', dachte Kit und löste sich von dem Kreis.

Sie ging dem hochgewachsenen, blonden jungen Mann nach. Sie blieb auf Distanz, damit er es nicht gewahr wurde. Sie hatte damit gewissermaßen ein Vorhaben, ein Ziel, und falls sich jemand an sie wenden sollte, konnte sie sich einen fernen Gesichtsausdruck erlauben. Und unterdessen war es möglich, aus den Augenwinkeln zu beobachten, wie das Ganze ablief. Denn sie hatte sich plötzlich klargemacht, daß sie im Grunde keine Ahnung hatte, wie es abends zuging.

Sie sah die Frauen in Türöffnungen stehen. Besonders fiel ihr eine auf, eine gut aussehende Dame, die sich am Eingang eines Geschäfts aufgestellt hatte, so daß das weiche Licht aus der Auslage auf sie reflektiert wurde. Sie trug einen Hosenanzug, tiefschwarzer Samt, und hatte ein langes, dünnes, türkisfarbenes Chiffontuch einmal um den Hals gewickelt. Sie sah todschick aus. ‚Dann hätte ich also nicht versuchen müssen, so billig zu wirken', bedauerte Kit leicht verdutzt.

Ein Mann brach aus aus der schlendernden Fußgängerschar. Er ging direkt zu der Frau hinüber. Eilig. Es war wie ein Entschluß, den er schließlich faßte, nachdem er unzählige Male an ihr vorbeigegangen war. Er war klein, dick, mit mißgestaltetem, unedlem Raubvogelprofil. Ein speckiger Hut lag über einer schweißigen Stirn und bedeckte ohne Zweifel einen fettigen, kahlen Scheitel. Er wandte sich fieberhaft an die Frau. Sie zog die Brauen hoch und antwortete mit einsilbigen Wörtern, konnte Kit sehen. Sie hörte seine Stimme, eifrig, ohne Kontrolle, so daß das, was er für ein Flüstern hielt, zu einem irritierenden, quengelnden, kindischen Plärren wurde: – Wie viel? Wie viel?

Die Frau nahm einen tiefen Zug von ihrer Zigarette, dann blies sie den Rauch in einem dünnen, scharfen Strahl dem Mann ins Gesicht.

Er trat einen Schritt zurück, er machte einen Schritt hin; er starrte die Frau an, die nonchalant weiterrauchte, und seine Augen wurden groß und traten hervor.

Dann schrie er, so daß es in der ruhigen Fußgängerstraße gellte:

– Du mußt größenwahnsinnig sein, du. Du mußt größenwahnsinnig sein.

Er stürzte auf die Frau los, als wollte er sie angreifen, aber sie war schon auf das Trottoir gelaufen: – Du Schwein, was zum Teufel bildest du dir ein, und sie versuchte, ihn zu treten; – verdammt noch mal, ich tret dir in die Eier, daß sie dir aus den Augen wieder rauskommen, du Drecksack, und sie stürzte sich auf ihn, riß und zerrte an ihm, aber er ergriff die Flucht weiter die Straße entlang. Ein paar Passanten blieben stehen, aber die meisten ignorierten die Szene.

Kit blieb stand da und gaffte ihnen nach. Sie sah die Frau hinter dem Mann herlaufen, was das Zeug und die hohen Absätze hielten. Sie sah sie in schriller Raserei den Mann packen, an seiner Jacke zerren, schreien. Sie konnte nicht hören, was, nur unartikulierte Stimmen, sah den Hut des Mannes fallen und den halbkahlen, fettigen Schädel entblößen. Er bückte sich nach dem Hut, und als die Frau das ausnutzte, um sich an ihm festzuklammern, ihn zu schütteln, an ihm zu reißen, richtete er sich auf und gab ihr einen so heftigen Stoß, daß sie auf das Kopfsteinpflaster fiel.

Hatte das Kreischen der Frau Freunde herbeigerufen, oder waren es nur ein paar Passanten? Auf jeden Fall stürzten zwei Typen auf den Mann los, und gefolgt von ihnen und den Flüchen der Frau verzog er sich in eine Seitengasse hinunter zur verkehrsreichen Hauptgeschäftsstraße mit Autos und Bussen und anständigen Menschen. Kurz bevor er sie erreicht hatte, blieb er einen Augenblick stehen, wandte sich den Männern zu, hob drohend seine geballte Faust und brüllte ein paar Schimpfworte. Sie fingen an, ihm ein letztes Mal nachzulaufen, eher pro forma, schien es, und er bog eilends um die Ecke und verschwand hinaus ins Neonlicht der Respektabilität. Die beiden Männer schlenderten langsam zurück zu der Frau, die aufgestanden war und sich den Dreck von der Samthose klopfte. Sie vergewisserten sich kurz, daß sie in Ordnung war. Dann verließen sie sie. Und sie stöckelte keck zur Ausgangsposition zurück.

Als Kit sich schließlich umdrehte, war der hochgewachsene junge Mann natürlich weg. Aber der Eindruck der Szene, die sie gerade erlebt hatte, war ihr Orientierung und Führung genug, und sie konnte auf ihren ungewohnten, dicken Korksohlen nachdenklich weiterstolpern.

Sie war sich immer noch im unklaren. Sie hatte keine Ahnung, wie sie die Sache anpacken sollte. Und nur heftige Konzentration auf absolut nichts ermöglichte es ihr, nicht aus reiner Panik die Haltung zu verlieren. Sie konzentrierte sich nur darauf – sich zu konzentrieren. Sie ging allein, sah in die Ritzen zwischen den Pflastersteinen und wirkte so in sich verschlossen, daß nicht einmal ein paar Italiener Lust hatten, ihr nachzupfeifen.

‚Das ist der Abend, auf den ich mich so lange vorbereitet und für den ich mich noch länger innerlich bestimmt gefühlt habe' – sie dachte an die Geheimkäufe, die Nervosität, die Lügen. ‚Warum kann mich das, was mich so weit getrieben hat, dann nicht weitertreiben?' Sie war sich klar darüber, in ihrem tiefsten Inneren, daß sie immer noch getrieben war.

Durch hämmernde Jukeboxgeräusche aus einem Restaurant hörte sie gebrochene, kleinlaute Gitarrentöne. Ihr Blick fiel auf den hochgewachsenen jungen Mann. Er stand mit dem Rücken an einer Mauer, spielte sanft, sang sanft, mit kultiviertem amerikanischem Akzent, Folksongs, die mit dem Volk nie in Berührung gekommen waren. Die Windjacke hatte er ausgezogen, und sie sah seine fleischigen Schultern, kräftigen Arme, seine haarige, geschmackvoll steinperlenkettenbekränzte Brust, die mit der dünnen Stimme und dem Gesicht, das vor lauter Weichheit direkt kindlich war, so schlecht zusammenpaßten.

Vor ihm lag das Gitarrenfutteral wie die schlotternde Haut eines frischgeschlachteten Tiers. ‚Oder des Marsyas, bereit, in seiner Haut die Obolus der Passanten zu sammeln', aber schon der Vergleich war eine Überbewertung.

Sie stellte sich in den Schutz eines alten Mauerstützpfeilers und betrachtete den Sänger.

Er war allein. Und sie spürte, er hatte nicht einen einzigen Freund oder Bekannten in der ganzen Stadt. Seine Einsamkeit leuchtete. Es gab niemanden, mit dem er lachen, plaudern konnte. Was wollte er im Grunde hier im Land oder überhaupt auf der Welt? Vielleicht verstand er nicht einmal ein Wort der Sprache? Und da war niemand, der ihm zuhören mochte. Er stand isoliert da, während die Leute gleichgültig an ihm vorbeigingen.

Er hatte sich darüber hinaus eine hoffnungslose Stelle ausgesucht, nur etwa zwanzig Meter vom Ausgang des Restaurants entfernt, und das Dröhnen der Musik übertönte seinen Gesang. Nicht einmal das kriegte er hin. Und so einen Typen hatte sie als Führer auserkoren.

Als sie kurze Zeit dagestanden und ihn angeschaut hatte, ging sie weiter.

Tief unten in der engen Schlucht, die zwischen dem roten und dem grünen Hemd verläuft, liegt das Grab des alten Königs. Die Wände der Schlucht sind steil und kahl, und der trockene Sand auf ihrem Grund verhindert jede Vegetation, selbst die genügsamste. Da sind nur Steine, Felsen, Kies. Der Weg hinein ist schmal und ein Stück weiter blockiert von einem Wall scharfer Steinblöcke, positioniert mit den Spitzen nach außen, so daß sie beinah unüberwindlich sind. Niemand, der Bescheid weiß, würde sich versucht fühlen, dort hineinzugehen. Leute, die die Landschaft kennen, wissen, daß man dort nichts finden wird, es sei denn seinen eigenen Tod. Die meisten Schluchten dieser Art führen nirgends hin, man hastet an ihrem Eingang vorbei und hofft gleichzeitig, daß man sich nicht aus Versehen in eine von ihnen verirrt hat. Am Grund der Schlucht, wo sie sich etwas erweitert und so gewissermaßen eine große Wanne bildet, liegt das Grab des alten Königs. Es ist heiß da drinnen, es gibt nicht den geringsten Lufthauch, die Sonne brennt gnadenlos darauf, und unzählige Sklaven sind schon den Geißeln Hitze und Durst erlegen. Ihre eingetrockneten Leichen wurden an die heißeste Stelle gelegt, schließlich wurden sie einfach angezündet, und sie brannten wie dürre Zweige. Jahrelang ließ der König an seinem Grab arbeiten. Sklaven in hellen Haufen schleppten die großen Steinblöcke, mit Sand, mit Kalk, aufgeschlämmt in Wasser, von dem sie nicht trinken durften, denn jeder einzelne Tropfen sollte zum Schleifen benutzt werden. Und die Seiten der Steine schimmerten in Farben, die die Welt nie zuvor gesehen hatte und die sich jetzt um den Leichnam des alten Königs schließen und von deren Ausdünstungen entstellt werden würden. Der Stein hatte auf Befehl des alten Königs seine Farbwelt geöffnet und schloß sie wieder – verwittert, verätzt von organischen Säuren. Der Palast selbst liegt auf der Ebene außerhalb der beiden Bergmassive, die von der Schlucht geteilt werden. Auch er ist aus großen Steinblöcken erbaut, glattpoliert wie die des Grabes. Aber er ist größer und breitet sich mit seinen zahllosen Räumen über das fruchtbare Plateau aus. Man begreift kaum, daß Menschenkraft allein diese Bauten hat errichten können. Wie man es eigentlich angestellt hat, weiß keiner. Man versteht nur, daß unendliche Leiden, Qualen, Leichen die Basis dieses gewaltigen Unternehmens sein müssen. Man sieht einen Arbeiter, groß, robust und stark von Natur, aber ausgehungert, ein Skelett der Sklaverei; unter Aufbietung all der Kraft, die noch in ihm ist, hält er einen mächtigen Block hoch; wie ein Seiltänzer zwischen zwei Abgründen muß er den Stein stemmen oder den Peitschenhieben auf seinen Rücken erliegen, die Peitschenhiebe halten ihn aufrecht, unterstützen ihn beinah, bis er zusammensackt, die Arme brechen, die Beine brechen, der Körper wird zerschmettert, während die Peitsche schnell zurückgezogen wird, damit sie sich nicht zwischen Steinblock, Kadaver und Sand verfängt. Aber der Palast ist fertig. In dem strahlenden Sonnenlicht steht er da, getragen von glattgeschliffenen, dicken Wänden, mit Dächern aus quadratischen Monolithen, deren Plazierung und Ausformung der Wissenschaft immer noch Rätsel aufgibt. Und aus seinem Tor wird der Leichnam des alten Königs gerollt. In dem seltsamen Karren, der der Tradition zufolge selbst ein glattgeschliffener Monolith ist, das genaue Gegenstück zu dem, auf dem die Vorgänger seiner Vorgänger jahrtausendelang zu ihren Gräbern gebracht worden sind. Hunderte von Sklaven bewegen ihn auf dicken Baumstämmen. Und sobald ein Baumstamm vom Stein freigerollt ist, tragen die Sklaven ihn wieder nach vorn, zur Stütze und zu weiterer Vorwärtsbewegung. Aber wehe dem, dessen Hände oder Arme sich zwischen Stein und Stamm verfangen, und das sind viele. Das Blut bedeckt den Weg des alten Königs zum Grab; es wird vom Sand rasch aufgesogen und bildet einen verkrusteten, harten Pfad. Und die Peitschen knallen, und das klingt im Schweiß auf den Muskelbündeln der Körper fast lustig. Sonst ist alles still: Nur Stöhnen und das Knallen der Schmitzen sind zu hören. Und als der Leichnam, bedeckt von einem dünnen Tuch, in der Mitte der Grabkammer aufgebahrt ist, richtet die Schar der Sklaven den blanken Monolithen auf, als ewigen Grabverschluß. Rudolf hielt inne. Wird es am Grab Menschenopfer geben? Ja, seinen einzigen Sohn, seinen eingeborenen Sohn. Nicht Sklavinnen, Hunde, Pferde, Ehefrauen, sondern seinen Sohn, seinen einzigen Sohn. Er wird herangeführt. Er leistet Widerstand. Er will nicht sterben. Aber als die Sklaven den schweren Stein gerade auf Hochkant haben, lassen sie ihn alle auf einmal los, springen zur Seite. Und er wird zerquetscht, zerschmettert, wie ein Insekt, ein elender Schädling, vor dem Grab seines Vaters. Und die Sklaven richten den Stein mühsam wieder auf, alle verschwinden, in völliger Stille, und er bleibt allein zurück, eine plattgewalzte Knochen- und Blutlache.

Rudolf sieht über den Palast – zusammengesetzt aus gleichartigen, grauen Tonscheiben. Er legt den großen Stein, ein Quadrat, auf die Grabkammer des Königs. Und um sie vom Palast zu unterscheiden, damit niemand glaubte, sie sei ein Haus, legte er ein ähnliches Stück obendrauf. Die beiden Riesenblöcke lasten auf den rechteckigen, tragenden Seitensteinen, so daß sie sich nicht bewegen lassen, sie verschmelzen und wirken wie ein noch gigantischerer Monolith, der den Kontakt zwischen dem alten König und der lebendigen Welt für immer verhindern wird, für ewig würde sein Leichnam in seine Grabkammer eingeschlossen sein. Rudolf stöhnte, geistesabwesend schenkte er sich ein Glas ein, voll bis zum Rand, leerte es, ohne ganz zu begreifen, was er tat. Das ist zu viel, dachte er, sein Magen war leer, und er spürte, daß er sabberte, es war zu viel, der alte König hatte ihn doch überrumpelt, das Schwein. Er kann nicht mehr – Rudolf konnte nicht mehr, aber der alte König, der kann. Zum ersten Mal in der ganzen Zeit, in der er mit seinen Puliwiggles gearbeitet hat, schlägt er die Klauen in den Ton, fühlt, wie dieser die Zwischenräume zwischen Fingerspitzen und Nägeln ausdehnt, er riß ein Stück aus dem Block. Er formte es zu einer Kugel, dann zu einem Zylinder, dann preßte er es wieder zu einer Kugel zusammen, rollte es zu einem Zylinder aus und so weiter – Kugel, Zylinder, Zylinder, Kugel, bis der Ton trocken und rissig geworden ist. Dann hört er auf, und der letzte Stand ist eine Kugel. Eine Bombe, denkt er, und hebt die Hand und läßt den Klumpen auf das Grab des alten Königs fallen. Der traf mitten auf den großen Deckstein, aber die Tonsteine waren so solide, daß nichts passierte, außer, daß die Kugel etwas plattgedrückt wurde. Nicht einmal die Bomben im Zweiten Weltkrieg vermochten das Grab des alten Königs zu vernichten, nur der Palast erlitt nicht wieder gutzumachende Schäden. Und Rudolf nimmt den Tonklumpen und wirft ihn kraftvoll auf den Palast, so daß die Hälfte in Trümmer fällt. Er starrte den staubenden Ruinenhaufen an, ein einzelnes großes Tonquadrat wippte, zitterte, sank zuerst langsam nach unten und riß dann im Fallen ein großes Stück mit. Nur eine einzelne Kammer und wenige Trennwände standen noch von dem Palast, dem Palast des alten Königs. So wurde die Welt um ein kulturhistorisches Monument ärmer, eines, das man vielleicht als eines ihrer Wunder hätte bezeichnen müssen.

Aber Rudolf will eine Bombe herstellen, die selbst das Grab des alten Königs zerstören konnte. Er reißt einen weiteren Klumpen Ton aus dem Block, nachdem er sonst so sorgsam versucht hat, ihn wegen der Scheiben regelmäßig und schön zu lassen. Und er preßte ihn in die rechte Hand, so daß er beinah zum Kegel wurde, er läßt sich von den Fingern formen, Ton tritt in den Ritzen zwischen den Fingern hervor, dringt zwischen Zeigefinger und Daumen nach oben, und er öffnete die Hand, spreizte die Finger, ließ die spitze Figur mit ihren unregelmäßigen Seiten und Hautabdrücken auf der Handfläche balancieren. Sie würde treffen. Wenn sie trocken und hart war. Ein Volltreffer. Aber warum, taucht der Gedanke in ihm auf, sie nicht trocknen, brennen, im Ofen brennen, so daß sie hart wird wie richtiger Stein? Wackelig streckt Rudolf seine mitgenommenen Kniekehlen, er hält noch immer den ramponierten Kegel auf der Handfläche, und wie ein Artist im Zirkus, der mit einem Glas Wasser auf der Stirn eine Brücke machen soll, kommt er mühsam auf die Füße. Er mußte sich auf das Sofa, auf Stühle, Türklinken stützen, aber er kam hinaus in die Diele, und dort konnte er frei stehenbleiben und mit dem Rücken an der Wand einen Augenblick verschnaufen. Aber er muß weiter, er darf nicht stehenbleiben, denn er hat Angst, daß die Beine dann doch nachgeben, in den Knien einknicken, und er gleitet die Wand hinunter, sinkt auf dem Boden in die Hocke. Dann konzentrierte er sich, fühlte das Blut zum Hirn strömen, bevor er ihm befahl, seine Glieder weiterschwanken zu lassen, und immer noch mit ausgestreckter rechter Hand, wie eine Athene ihre Nike tragend, erreichte er die Küche, stellte den elektrischen Ofen auf die höchste Temperatur und bugsierte den Kegel behutsam hinein. Mit zwei freien Händen, ohne auf etwas aufpassen zu müssen, kann er sich jetzt auf den Türrahmen stützen, sich wie ein deplazierter Affe an ein paar Haken in der Diele klammern, um dann ins Wohnzimmer zu kriechen und sich auf das dreckige Sofa fallen zu lassen, die Beine über der Armlehne baumelnd.

Sie wollten nach dem Konzert kommen, nur hereinschauen, nicht besonders lange, aber er wollte sie ihr doch gern vorstellen, es lag sowieso am Weg, aber jetzt war es nach zehn, und sie waren noch nicht da, dauert ein Sommerabendkirchenkonzert so lange, aber natürlich gibt es immer Familie und Freunde, die sie nachher begrüßen möchten, bevor sie die Stadt verließen, sie hatte sich schon lange vorbereitet, klirrte im Atriumgarten mit Eiswürfeln in einem Glas Dubonnet, mit voller Absicht hatte sie nur Dubonnet im Haus, möchtet ihr einen Drink? ja, ich habe nur Dubonnet, und Weißwein, denn sie sollten nicht glauben, daß sie viel Wesens um sie machte, aber auf der anderen Seite trank Curt gern Dubonnet und auch Pernod, aber Pernod ist zu teuer, und sie, das Flittchen, sie mußte wirklich selbst wissen, was sie gern trank oder nicht gern trank, es ist ja ganz klar, daß sie darauf setzte, daß Curt ihr in der Musikwelt weiterhelfen würde, der klassische Weg, was um alles in der Welt hatte ihn dazu gebracht, sie bei einem seiner Kirchenkonzerte mitwirken zu lassen, völlig unbekannt, na ja, aber Kirchenkonzerte müssen ja mit einem kleinen Budget auskommen, und dann ist man nicht wählerisch, obwohl seine ja immer einen gewissen Standard hatten, und all die Touristen, und wenn es klingelte und sie aufmachte, war der erste Gedanke, den sie beim Anblick von Curts vierschrötigem Körper und Boxerprofil denken würde, das wußte sie: ‚Wie habe ich diesen Mann nur lieben können, wie habe ich nur vier Jahre mit ihm zusammenleben können, es ist unfaßbar', und sie selbst würde schick aussehen in ihrem Jeanslatzrock, der witzigen, gestreiften Bluse, sie hatte gefunden, daß etwas fehlte, als sie

sie angezogen hatte, aber das lag nur daran, daß sie nicht die neue Sorte Make-up benutzte und ihre Haare keinen Nostalgiehaarschnitt hatten, sondern lang und blond waren, sie ist eine schicke Schwimmerin in hellen, leichten Farben und nicht diesen schweren, schwülstigen, überparfürmierten Tönen, die man heute trägt, und so dick ist sie nun auch wieder nicht geworden, aber sie, das Flittchen, würde sicher etwas langweilig, konventionell gekleidet sein, da sie im Kirchenkonzert gesungen hatte, nicht sportlich, wie Curt seine Mädchen gefielen, vielleicht obendrein in Schwarz mit Perlenkette, die Hure.

Es wäre unter ihrer Würde, in die Küche zu gehen und ihnen aufzulauern, kein Licht anzumachen, ein Stück weiter hinten zu stehen, sich im Schutz karierter Gardinen zu verstecken, aber da sie jetzt sowieso schon hier war, man konnte ja gut ein bißchen dastehen und auf die Straße hinaussehen, das kann einem wohl keiner verbieten, und das Auto kommt gleich darauf, sie erkennt es, dotterfarben, das Nummernschild, auf dem die Quersumme der Zahl deutlich macht, daß sie sich durch neun dividieren läßt, und wenn man dann durch neun dividiert, bekommt man die Telefonnummer von Curts Tante, als er noch ein Kind war, sie hatte sie auf einem Stück Papier ausgerechnet, während der Bleistift kreuz und quer darüberkritzelte, als sie einmal in der Nähe von Coburg losgeholpert waren, eine der besten Fotografien von ihr war vor dem Auto an dem Tag, an dem sie, das heißt Curt, es bekommen hatte, Gott, wie glücklich er war, und es ist sogar das Mädchen, das fährt, und als sie aussteigen, sieht sie fröhlich entspannt oder einfach jung aus, das Konzert muß gut gewesen sein, und Curt mustert gründlich das Haus, er sieht alle Details, weiß sie, deshalb zieht sie sich vorsichtig ein paar Schritte zurück, und die verdammte Klingel schrillt, aber sie stürzt nicht hinaus, immer mit der Ruhe, zähl ganz langsam bis zehn, ob Curt immer noch den Schlüssel hat, sie brachte es nicht über sich, ihn zurückzufordern, und es soll ja auch von ihm selbst kommen, „hallo, wie nett", und Curt traut sich jedenfalls, ihr einen Kuß auf die Wange zu geben, sie hätten sich etwas verspätet, nach dem Konzert sei ein Journalist raufgekommen, „ah, aber darf ich vorstellen", und Curt stellt eine junge Frau vor, so um die siebenundzwanzig, die ernst ist, aber keine Spur nervös, die nach ihrem Konzert ruhig und zufrieden wirkt, die dunkle, lockige Haare, braune Augen und einen etwas zu großen Mund hat, die mit Vornamen Alina und mit Nachnamen etwas in der Richtung Schierer-Scherrer-Scherer heißt, obwohl sie sehr wohl weiß, daß die junge Frau, die ein rostbraunes Kleid und ein modernes Silberhalsband trägt, Scherrick heißt und Gott sei Dank keine Replik oder jüngere Ausgabe von ihr selbst ist, denn das hätte sie tatsächlich nicht aushalten können.

„Ja, eigentlich hätte ich ja", na ja, sie hatte wirklich nichts verpaßt, doch, sie war glänzend gewesen, und das hatte nicht nur er, sie hatte einfach, „aber das ist ja auch das einzig Richtige", wie war es hier doch, „ja, man sollte nicht glauben, daß diese Atriumgärten", das waren aber wunderbare Kerzen, wo hatte sie, und soweit er wußte, vertrieben sie sogar, „nein, das ist leider nicht der Typ", sie waren auf jeden Fall ganz, „setzt euch jetzt, was möchtet ihr", was hatte sie, „Dubonnet und außerdem", ja, falls sie ganz ehrlich sein sollte, dann, „und was ist mit dir", falls es nicht zu viel war, „überhaupt nicht, ich habe", hatte sie keinen, „weißt du, der ist viel zu teuer, ich habe ganz einfach", na gut, dann nahm er auch, „willst du nicht lieber", nein, wir waren gerade, „na, dann nehme nur ich", danke, das ist, „oh, es gibt reichlich", aber sie war, „Sie haben wirklich nur", ja, dann, „ich weiß, wie es sich nach dem ersten", es war nicht Alinas erstes, das wußte sie doch, „ja, dann der Anfang einer glänzenden", er sagte nicht nein, „nein, ich erinnere mich noch", wie ging es übrigens, „danke, einigermaßen", und, „entsetzlich, ich habe ihn tatsächlich heute in der Stadt getroffen, und es ist völlig", das war eigentlich, „ja, aber was können wir anderen", etwas konnte man wohl, „das ist nicht unser", und, „immer mehr bergab, glaube ich", das mußte ein harter Schlag sein für, „ja, sie waren ja immer so", vielleicht zu, „das hast du gesagt und nicht", ja, es war, „na ja, aber wollen wir nicht", doch, laßt, „wie lange haben Sie eigentlich", oh, sie hatte eigentlich, „aber das ist doch gar nicht so", ja, man konnte von Alina tatsächlich sagen, o nein, jetzt sollte er nicht anfangen, nein, das sollte sie wirklich, „und Sie haben die Absicht", ja, wenn, „ja, als ich in Ihrem Alter war, da", aber sie mußte verstehen, daß Alina, „das weiß ich sehr wohl, ich wollte ihr auch bestimmt nicht", sie war sich selbstverständlich klar, Alina wußte sehr gut, daß, „das ist absolut nicht gemeint", da war sie ganz, „na, aber wollen wir jetzt nicht", es war doch ein wunderbarer, „das ist also nur der, den ich", und dann klingelt es an der Tür.

Es klingelt kurz, sie weiß genau, es ist Schüchternheit, aber es klingt wie ein Signal, und Curt hat auch kurz zu dem vierten Glas und dem vierten Stuhl geschielt, im übrigen aber betont, daß er, wir – wir – zu spät gekommen waren, und sie steht auf und geht ruhig zur Tür, und jetzt kommt kein Ach-Sie-sind's, sondern statt dessen: „Guten Abend, kommen Sie herein, hören Sie, haben Sie nicht Lust auf?", und es ist ihr absolut gleichgültig, wenn sich sein Gesicht einen Augenblick aufhellt und er glaubt, daß er doch Talent hat, auch wenn er in Wirklichkeit eine Verabredung hat und am liebsten so schnell wie möglich weg möchte, denn er hat keine Wahl, er muß ganz einfach ja sagen und erfreut aussehen, und er muß sogar entzückt sein, schlicht und einfach entzückt, er muß finden, daß diese Einladung alle Besorgnisse und Irritationen und nicht eingehaltene Verabredungen wert ist, und wenn er will, erlaubt sie ihm zu telefonieren, aber um darum zu bitten ist er gerade jetzt zu überwältigt und zu verdattert, das kommt wohl später, nein, es kommt nicht, nicht einmal das wagt er, es endet sicher damit, daß er obendrein zu verlegen ist, seine Uhr zurückzuverlangen, „darf ich vorstellen: noch ein Curt."

Sie kennen sich vielleicht schon? nein, sie kennen sich nicht, „wie wär's mit einem Glas Dubonnet?", sie läßt ihm keine Wahl, und er antwortet bereitwillig, ja, gern, und hat keine Ahnung, ob er sich setzen oder stehen soll, da sie selbst stehenbleibt, während sie einschenkt, „mit Eis?", ja, gern, und sie will gerade sagen ‚setzen Sie sich doch, zum Teufel', denn seine Haltung ist unterwegs hinunter zum Stuhl, lächerlich gekrümmt, erstarrt, aber sie macht nur eine einladende Bewegung ohne Worte, denn sie möchte, daß Curt so spät wie möglich entdeckt, daß sie per Sie sind, soll er ruhig was zu kauen haben; wenn er hier mit seinem kleinen Flittchen angezogen kommt, das ihm beigebracht hat, nur Weißwein zu trinken, hat sie ein dubonnettrinkendes Äquivalent, daß er es nur weiß, jedenfalls wirft sie nicht gleich das Handtuch, was zum Teufel sollte das auch, aber es war wohl so, daß wir alle miteinander gute Freunde sein sollen und so verständnisvoll und zivilisiert, und ein halbes Jahr Abwesenheit streicht vier Jahre Zusammenleben, wir können von vorn anfangen, und Curt sitzt da mit seinen saftigen Schenkeln, die kurz davor sind, die Hose zu sprengen, und hat die Beine gespreizt, und ein Lichtstrahl aus der Diele fällt ganz genau auf sie, und das Gespräch klappt glänzend, und Alina und der kleine Curt haben zumindest Freunde, Musik und Jugend gemeinsam, und sie sehen niedlich aus, wie sie einander gegenübersitzen, der eine kichert jungmädchenhafter als die andere, es wäre ein herrlicher Knüppel zwischen Curts banale Beine, aber dann plötzlich entdeckt sie etwas, auch der kleine Curt, das verdammte kleine Ferkel, öffnet langsam seine Knie, während er so tut, als ob er sich über den Tisch beugt, und sein linkes Bein arbeitet sich zielbewußt an Curts rechtes heran, und jedesmal, wenn er Alina anlächelt, jedesmal, wenn er Curt anspricht, jedesmal, wenn er das Gesicht ihr zuwendet, rückt sein Bein ein paar Millimeter näher an Curts Bein heran, streift es bald, ist bald dabei, es zu berühren, und wenn Kontakt da ist, wird er wohl den Rest Curt überlassen, sehen, ob er bei dem leichten Druck instinktiv das Bein zurückzieht, und wenn nicht, wenn der Fisch anbeißt, wird er sich im Gartenstuhl vielleicht zurücklehnen und gleichzeitig ganz zufällig mit der Hand Curts Schenkel streifen, aha, so macht ihr das also, und er glaubt, sie kann wegen des Tisches nichts sehen oder daß es ihr nicht auffällt, aber jetzt hat sie eine Idee, und im selben Augenblick hat er sein Ziel erreicht, und Curt tut so, als wäre nichts, merkt es vielleicht nicht, aber wie kann man das nicht merken, sie sieht, wie sich der Absatz des Kleinen einen halben Zentimeter hebt, so daß der Druck intensiver wird, ist Curt so zerstreut? Ist er in dem Maß nur von seiner Musik? seiner Alina erfüllt? was weiß sie im Grunde von Curt? wieviel weiß man von einem anderen Menschen, selbst danach? es gibt keinen Grund zu Illusionen, sieht sie nicht, wie sich seine Schenkelmuskeln erwidernd spannen? und als der

Kleine sich zurücklehnt, streift seine Hand da nicht nur Curts Knie, sondern auch die Finger, die auf der Armlehne ruhen? und die beiden Beine gleiten gewissermaßen im Einverständnis auseinander, und sie fixiert Alinas Profil, hört ihre Stimme, die nach dem Konzert noch gutgelaunt klingt, ihre Nase ist hübsch und frech und lustig, aber auch etwas naiv und gewissermaßen ineffektiv, und sie schneidet das Gespräch ab, beendet die Munterkeit, realisiert ihre Eingebung: „Alina, ich darf Sie doch Alina nennen, nicht wahr?“, und sie steht halb auf, „haben Sie nicht Lust, das Haus zu sehen?“, und jetzt steht sie ganz, und Alina kann nichts anderes tun, als ebenfalls aufzustehen.

Rudolf konnte nicht liegen bleiben. Er kam nicht zur Ruhe, in seinem Kopf drehte es sich, wirbelte rundherum. Wenn er an die Decke sah, rotierten die Stukkaturen in einer langsamen Ellipse um einen fernen Brennpunkt. Und auch wenn er die Augen schloß, ging es weiter. Er konnte weder Figuren noch Farben fixieren, dann kam die Übelkeit, und er mußte sich sofort einen Drink holen, um alles unter Kontrolle zu bringen. Er schaukelte langsam vom Sofa hoch. Schwankte weiter in Richtung Flasche, orientierte sich an den Stühlen. Aber dann war da einer, auf den er sich stützte, einer von den alten mit gebogener Holzlehne, und die brach ganz einfach durch, und er fiel vornüber, die Hände auf dem Sitz, und es hätte ein Unglück geschehen können. Entsetzt richtete er sich auf und blieb stehen. Er hätte sich den Rest der Rückenlehne mit Splittern und so weiter in den Brustkasten oder in seinen weichen, dicken Bauch jagen können. Er betrachtet entsetzt die scharfe Spitze aus Holz, duftend, aromatisch, verdoppelt – zwei drohende Lanzen, gegen ihn gerichtet, und er wagt fast nicht, sich zu bewegen, steht hilflos da, den Rest der Rückenlehne in der Hand, er wagt nicht, etwas zu berühren, aus Furcht, es könnte kaputt gehen, alles ist plötzlich bedrohlich, alles kann brechen, splittern und ihn verletzen, alles hat plötzlich Leben, kann zerspringen, ihn zerstören. Er hat eine Todesangst, Lebensangst, Hühnerangst, Scheißangst, Fuchsangst, er will alles um Verzeihung bitten, er wird so gut sein, so gut, wenn ihm nur die Stühle, die Tische, das Sofa, die Lampen nichts tun. Er peilt sich seinen Weg durch die lauernden Drohungen, erregt, zitternd, nach unglaublichen Widerwärtigkeiten packt er die Flasche und dann das Glas. Er kippt ein Glas und noch eines. Er fühlt sich gestärkt. In so hohem Maß, daß er sich noch eine Runde einschenken und mit dem gefüllten Glas seinen Weg zur Küche starten kann, um nach dem Ofen zu sehen.

Rudolf blieb in der Diele stehen. Er stellte sich vor dem Spiegel auf. Sah sich selbst, betrachtete sich selbst. Falls er sich nicht vorher erbrechen mußte, mußte er es jetzt. Strähnige, zerzauste, dreckige blonde Haare, deren Mausfarbe die vielen grauen Büschel nicht mehr verbergen konnte. Die Augen blutunterlaufen, geplatzte Adern, die das Blut selbst in die blaugraue Iris geführt hatten. Ziemlich kleine, lichtempfindliche Pupillen und lichtscheuer Blick. Ein Ausdruck hinterhältiger, gemeiner, aufmüpfiger Dummheit, Haltungslosigkeit, Charakterlosigkeit. Schwarze Ringe unter den Augen, Falten und weichlich feige, zynische Furchen an den Mundwinkeln. Lippen, von denen sich Fetzen abschälten, Zähne, deren Mißfarbe auf den Gestank von Erbrochenem hindeutete, struppiger Bart, scheckig fahl vom Alter. Aber das Schlimmste ist vielleicht die gerötete Haut, die violetten, purpurgeäderten, scharlachgetupften Flecken unter einer Schicht aus Fett, Dreck, Schweiß. Und die Nase, aufgequollen, blutig blau glänzend und triefend. Rudolf betrachtet sich selbst, beugt sich zum Spiegel, so daß seine Stirn ihn beinah berührt und ihm sein stinkender Atem entgegenschlägt. „Du kleiner Scheißer", zischt er sich selbst zu, „du kleines Miststück", flüstert er, und seine Stimme klingt auf einmal vertraulich, leise, beinah liebevoll, denn er ist so nahe daran, die Situation ist fast intim, „du kleine Drecksau", und er zieht sich etwas zurück und grinst den Burschen da drinnen gemütlich an. Und der Bursche grinst zurück. Er hatte häßliche Zähne, der Bursche, dunkel vom Zahnstein, und sie sahen aus, als ob er sie lange nicht geputzt hatte, aber sonst wirkte er sehr nett, und ein bißchen Gesellschaft in der Wohnung, jemand, mit dem man reden konnte, war schön. Es ist eigentlich komisch, dachte Rudolf, wie sich der Gesichtsausdruck des Burschen ändern kann. Jetzt ist er ganz ernst geworden, während er vorhin gelacht hat, die Lippen sind zusammengepreßt, jetzt zitterte ein Lächeln um die Mundwinkel, jetzt zog sich das Ganze zu einem winzigen Hühnerarsch zusammen. All das konnte er, der Bursche, sein Gesicht ist wie aus Gummi, mit dem man spielen kann. Rudolf starrte ihn bewundernd, bezaubert an. Er blies die Wangen auf, hob das Kinn, kniff ein Auge zusammen, riß beide auf, wackelte er nicht obendrein mit den Ohren, der Bursche, und dann hob er eine Augenbraue und dann die andere, und nun schnellte die Nase von Seite zu Seite und mit ihr der ganze Unterkiefer, und er hat Überbiß, Unterbiß, gar keinen Biß, denn er streckte die Zunge heraus und versuchte, sich die Nase zu lecken. Rudolf ist fasziniert von dem Burschen im Spiegel, im Grunde kann er ihn gut leiden, er ist ihm sympathisch, und so lächelt er, und der Bursche lächelt zurück, und Rudolf hebt das Glas: „Cheers, du!" sagt er kameradschaftlich zu ihm, leert das Glas, hält es dem anderen im Triumph entgegen und sieht erstarrend einen völlig toten Blick, der ihn anglotzt. Die Augen des Burschen waren nahezu gebrochen, sie stierten, waren immer noch rot, aber die Blutfarbe beinah in ein geronnenes Braun verwandelt. Und das Fleisch fiel vom Gesicht, die Haut war ausgeleiert, der Mund verzog sich, die Lippen trockneten ein, denn das ist das erste, was in Verwesung übergeht. Aber die Augen können immer noch sehen, und ihr gebrochener Blick verändert sich, wird böse, niederträchtig, wird haßerfüllt, und Rudolf haßt ihn, und er haßt Rudolf, und da ist nur Haß und Gemeinheit und Bosheit und Schadenfreude und Anzüglichkeit und Haß und Haß und Haß. Und Rudolf stimmt ein Hohngelächter an, so richtig theatralisch, er empfindet keine Furcht, und er hat immer noch die Hand mit dem Glas erhoben, er sieht den rotfleckigen, feigen Tropf da drinnen, der ihn so feindselig anschielt, und um seine Verachtung, seinen tiefen Abscheu, seine innige Abneigung, seinen Widerwillen, sein Angewidertsein, seinen Ekel zu zeigen, fängt er an zu singen, aus vollem Hals zu brüllen: „War einst ein altes Rentier, Rudolf wurde es genannt, und seine rote Nase war im ganzen Land bekannt. Dann an einem Nebeltag kam der Weihnachtsmann, ‚Rudolf, zeige mir den Weg, führ den Schlitten sicher an!‘ Nun hat er viele Freunde, überall ist er beliebt, weil es nur einen Rudolf mit ’ner roten Nase gibt.“ Und er hebt das Glas noch höher, mit beinah drohendem Gestus. „Cheers, du!“ ruft er und führt es im Triumph, im Hohn, im Spott und schmähender Geringschätzung an den Mund. Aber es war leer, und er konnte nur mit einem jämmerlich hohlen, saugenden Nuckeln ein paar zurückgebliebene Tropfen schlürfen. Dann stolperte er weiter.

In der Küche stellte sich Rudolf vor den elektrischen Backofen und betrachtete ihn. Das rote Licht brannte nicht mehr, die Höchsttemperatur war erreicht. Aber der Ofen war so dreckig, fettig, mit großen, eingebrannten Flecken selbst außen, daß er durch die Glasscheibe nicht richtig sehen konnte. Deshalb öffnete er ein wenig die Ofentür, betrachtete den dampfenden Kegel. Die heiße Luft schlug ihm mit dem Geruch angebrannter Essenskrusten, geläutert in reinstem Wasserdampf und Tonduft, entgegen. Er schloß den Ofen mit einem raschen Klappen der Feder – er will Wärmeverlust und damit Verzögerung vermeiden. Und Rudolf setzt sich auf einen Küchenstuhl, starrt auf den Ofen. Da drinnen steht der Tonkegel mit seinen wilden und bald festen, scharfen Falten, die so genau in die Zwischenräume seiner Finger passen. Und wenn die Bombe einschlägt, werden sie harte Splitter sein, die zu Tausenden hinausgeschleudert werden und wie die schärfsten Speerspitzen in der ganzen Schlucht alles Lebendige, jedes einzelne Tier über und unter der Erde, durchbohren. Denn Menschen sind ja nicht in der Nähe des Grabes des alten Königs. Doch, vielleicht gerade Menschen, eine kleine Familie, flüchtend, gejagt, die hier einen letzten jämmerlichen Zufluchtsort gefunden hat; sie leben unter einem primitiven Zeltdach, einem armseligen Schutz vor der brennenden Sonne, sie müssen kämpfen für das kleinste bißchen Nahrung, für einen einzigen Tropfen Wasser. Und auch diese, ja, gerade diese gehen zugrunde, in ihrer letzten erbärmlichen Freistatt, in ihrem letzten elenden Loch, dem elendsten aller Löcher auf Erden, selbst von diesem Fleck, der als Menschenwohnung nicht geeignet ist, sondern nur als Aufenthaltsort für die niedersten Tierarten, selbst von dort werden sie verjagt, noch einmal in die Flucht getrieben, aber eine Flucht in ihren eigenen Tod, durchbohrt von Hunderten kleiner, spitzer Projektile. Und das

Grab des alten Königs wird gesprengt, die großen, schweren Steine zerbersten, der Schlag ist so präzise, daß die unzähligen unsichtbaren Bruchflächen, erzeugt von heftigen Temperaturschwankungen, das ganze Grab plötzlich zusammensinken lassen wie einen Trümmerhaufen, so schwer, daß es auf ewig unmöglich sein wird, den eingetrockneten Leichnam in seinem Holzsarg zu finden, denn er hat sich in Staub aufgelöst und sich mit Scherben und Kies und Grus vereinigt. Und Rudolf will aufstehen, mit seinen Fersen will er zertreten, mit seinen Sohlen will er zerquetschen, zerschroten, zermalmen; alles soll zu Staub werden – Grab, Schloß, Schlucht, Ebene: Es soll das feinste, graue Tonpulver werden; alles wird er zerfetzen – Decken, Hemden, Kleidung, mit seinen Füßen wird er zerstören, vernichten, es soll kein Stein auf dem anderen bleiben. Und Rudolf starrt immer noch, unklar, verwirrt, auf den Ofen. Er atmet schwer. Er hat jede Fühlung mit der Zeit verloren. Jetzt muß der Kegel fertig sein, stark und hart, brauchbar, ein Werkzeug der Destruktion. Und er öffnet jäh die Ofentür, ohne die heiße Luft, den heißen Dampf zu beachten, und er greift nach dem Kegel, der sich noch einmal seinen Händen gewissermaßen fügt. Er drückt ihn, er preßt ihn, hält ihn, so fest er kann. Dann hebt er das Gesicht zu der einsamen Glühbirne, die von der Decke baumelt; besinnungslos hebt er die Hand, langsam, ernst, so hoch er vermochte. Und er ruft mit heiserer, entstellter Stimme, aber eindringlich ruhig: „Also hat Gott die Welt geliebt – daß Er Seinen eingeborenen Sohn gab – auf daß alle, die an Ihn glauben – verloren werden und nicht das ewige Leben haben.“ Und erst, als er ganz fertig ist, läßt er den Tonkegel los, und der fällt und wird auf dem Boden zu Matsch, und er stößt einen Schrei aus und sinkt in die Knie. Einen Augenblick wirft er sich mit dem Bauch über den Küchenstuhl. Dann fällt sein Blick auf seine Hand. Und mit noch einem Schrei springt er bestürzt auf, rennt Hals über Kopf, benebelt ins Badezimmer, legt sich quer über die Wanne und läßt das kalte Wasser laufen, laufen, laufen, auf die der Feuerprobe unterzogene Hand.

Warum hat sie es mir gesagt? Paul Loften saß da und rauchte, paffte mit seiner Pfeife; und falls er den Wirrwarr von Vorstellungen, die durch sein Hirn schwirrten, Denken nennen konnte, ja, dann dachte er. Warum hast du es mir gesagt? Ach, hätte sie doch nie etwas gesagt! Und er hakte sich fest an diesem einen Einfall. Er klagte an, beleidigt, bitter.

Warum störte sie auf diese Weise seinen Seelenfrieden? Warum zwang sie ihn, hier zu sitzen und zu warten, nur zu warten? Ohne auch nur zu ahnen. Warum ließ sie ihn in dieser ungewissen Gewißheit schmoren?

Warum hatte sie nicht alles wie normal ablaufen lassen? Er wäre hineingegangen, ungefähr zu diesem Zeitpunkt, wie sonst. Er hätte ihr ‚gute Nacht‘ gesagt – ein mehr oder weniger flüchtiger Kuß und eine Frage, ob sie etwas brauchte? Sollte er das

Fenster öffnen? Sollte er eine Klappe offen lassen? ‚Ja, dann schlaf gut' – und nicht sehr viel mehr.

Ihre Abschiede abends hatten immer eine gewisse Scheu gehabt. Als ob sie das Gefühl hätte, daß er etwas erwartete. Aber sie mußte doch wissen, daß er das nicht tat. Hatte er das Gefühl, daß sie ihm gern etwas geben wollte, das sie trotz allem nicht geben konnte? Er wußte selbst, daß das nicht der Fall war. Und sie? – auch in dieser Hinsicht hätte sie ruhig sein können: Er hatte nicht das Gefühl, daß sie das Gefühl hatte, daß er das Gefühl hatte. Er hatte nicht das Gefühl gehabt, auch nichts verlangt.

Also, warum hatte sie nicht alles vor sich gehen lassen können wie sonst? Warum hatte sie es ihm erzählen müssen? Er hätte gute Nacht gesagt. Er wäre wahrscheinlich wieder hinuntergegangen, hätte ein wenig gelesen, und nach einer Stunde oder anderthalb oder zwei wäre er hinaufgeschlichen. Und wäre im Gästezimmer, das jetzt sein Schlafzimmer war, ins Bett gegangen. Wie sonst. Und er hätte keinen Blick hinein zu ihr geworfen, denn das tat er gewöhnlich nicht. Nur wenn sie an ihrer Glocke geklingelt hätte, wäre er zu ihr gegangen. Es war alles in Ordnung, die Gemeindeschwester kam ja morgen.

Aber vielleicht hatte sie keine Ahnung, daß er sie nicht überwachte? Vielleicht glaubte sie, daß er wie ein Spion auf sie aufpaßte, wann immer sie tagsüber oder nachts döste. Vielleicht hatte sie Angst, daß er sie finden, in Panik ans Telefon stürzen, der Unfallwagen kommen, sie eingeliefert, eingesperrt werden würde, verurteilt, ihre Zeit zu Ende zu leiden. Die Institution würde sie festhalten, sie halten und quälen, bis die Institution es für gut befände, sie zu erlösen. Im Namen der Institution würden sich alle an ihren Schmerzen weiden, während sie ihr befahlen, sie zu ertragen; sie würden mit bedauernden Mienen herumlaufen, die verkündeten, wir leiden genausoviel wie Sie selbst, aber was können wir tun, wir gehören zur Institution, und die Institution befiehlt, Sie dürfen nicht glauben, es ist zu unserem Vergnügen. Nein, ihr Leben würde nicht gerettet. Ihr Leben würde in die Länge gezogen. Bis zu einem Ende, so bitter, daß sie entmenschlicht war, entweder von Schmerzen oder von schmerzstillenden Mitteln.

Er wäre hinaufgegangen in sein Zimmer, wohl in etwa einer Stunde, hätte leise die Tür geschlossen, sich ausgezogen, sorgfältig, ruhig, hätte in dem stillen Haus alles so still werden lassen, daß er allein durch das Rascheln der Kleidungsstücke ihre Art und Qualität feststellen konnte – Wolle, Nylon, Baumwolle, dick, dünn. Und er hätte sich gestreckt, nach einem Buch gegriffen und kurz darauf geschlafen, traumlos und tief bis zum nächsten Morgen, bis zum Morgen, und dann wäre er wieder zu Elizabeth ins Zimmer gegangen, wie sonst, frisch und fähig, froh und munter – um sie zu finden. Sie zu finden? Wäre das ein Schock gewesen? Hätte er sich nicht gerade dann unendlich verraten gefühlt?

Aber warum dann nicht bis zum Ende durchhalten? Warum dann nicht tun, wie man es in alten

Zeiten getan hatte? Sich ums Bett versammeln, ihre Hand halten, Lebwohl sagen, wachen, bis ein Röcheln kam, ein letzter Seufzer, ein heftiger Krampfanfall, ein stiller Schlaf als unmerklicher Übergang, und der Nächste steht auf, tritt ans Bett, läßt langsam die Handfläche von der Stirn über das Gesicht gleiten, ein Gesangbuch wird unters Kinn gelegt. Warum konnte er nicht bei ihr sein? Es war völlig in Ordnung zu behaupten, daß sie das Recht hatte, allein zu sein, aber hatte nicht auch er ein Recht? Und war es nicht richtig, daß sie auch jetzt zusammensein sollten? Aber er konnte nichts tun. Es war vorbei. Er hatte die Möglichkeit verscherzt, indem er sie nie erwähnt hatte. Es war zu spät, die Treppe hinaufzugehen, an die Tür zu klopfen, einzutreten mit: „Laß uns eins sein, wie wir immer eins gewesen sind, eins bis ins Letzte." Und was würde er dann finden? Vielleicht eine Leiche?

Wie merkwürdig im Grunde, daß auch nie die Rede davon gewesen war, es zusammen zu tun. Es war ihm nicht einmal eingefallen. Vielleicht weil er so viel mit der Lebensaufgabe zu tun gehabt hatte, sie in den Tod zu geleiten. Und hatte sie selbst daran gedacht? War der Gedanke überhaupt aufgetaucht? Es wäre doch natürlich gewesen. Wir haben zusammen gelebt, zusammen Kinder aufgezogen, jetzt haben wir keine Verpflichtungen mehr gegenüber anderen, nur voreinander. Also warum nicht bis ins Letzte zusammenhalten, und darüber hinaus. Eher die Sinnlosigkeit des Todes als die des Daseins akzeptieren. Denn was wäre sein Leben ohne Elizabeth? War es ihm überhaupt möglich, sich ein solches Sein vorzustellen? Was wäre dessen Inhalt? Wäre es nur Vegetieren?

Paul Loften versuchte, sich zu konzentrieren. Er wollte seine Gedanken auf die Zukunft richten, die er undeutlich vor sich sah. Aber war seine Zukunft dem Denken überhaupt zugänglich? Hieß es nicht, das falsche Instrument darauf zu verwenden? Ebenso absurd, als finge man an, die Farbe des Meeres mit dem Zollstock zu messen? Als ob seine Zukunft überhaupt existierte. Er mußte das Denken aufgeben. Da war nichts, worauf er sich stützen konnte. Nur Leere in Sicht, verwickelte Fäden, die sich in einem Nichts verloren, das weder groß, klein, hoch, niedrig, fern, nah war – nur ein Nichts, gefüllt mit verfilztem Wollgarn.

Zukunft. Er konnte nicht aufhören, das Wort für sich zu wiederholen. Und mit jedem Mal wurde es sinnloser. Es bedeutete überhaupt nichts. Zukunft war die Wand aus Dunkelheit, die der hellen Nacht zum Trotz zwischen den dichtesten Büschen des Gartens hing. Einfach hinuntergehen, durch das Dunkel dringen, mit halbgeschlossenen Augen die Zweige beiseite schieben, damit sie dir nicht ins Gesicht schnellen – dann bist du in der Zukunft. Und wenn du nicht weiterkommst, bist du an der Hecke des Nachbarn. Das ist die Zukunft. Und dann kannst du zurückkehren. In die Vergangenheit. Die vor nur einem Augenblick die Gegenwart war. So unendlich einfach ist es.

Er hörte eine Paraphrase in sich pulsieren: Die Vergangenheit ist heute nur etwas auf Distanz und kein mystischer Ort, wo niemals Menschen waren. Und die Zukunft? Ist sie nicht auch heute? Und auch ein Ort, wo Menschen sind? Jeder Augenblick war Zukunft, wie er zugleich Vergangenheit war. Die Zukunft war heute. Die Zukunft war. Konnte man das überhaupt sagen? War es nicht ein grammatikalischer Widerspruch, eine logische Unmöglichkeit: ‚Die Zukunft war.'

Er wußte nicht, ob seine Zukunft war oder ist oder sein wird oder sein würde. Er hatte in diesem Augenblick das Gefühl, daß seine Zukunft gewesen war. Und daß sie sein würde. Sonst wußte er nichts. Und dann – wenn er in den Garten hinunterging, zwischen die Büsche, an die Hecke des Nachbarn und zurück, was dann?

Paul Loften stand auf. Er ging quer über den Rasen. Da war der Duft des Grases, das in einem Heute gemäht worden war, das wie eine Barometernadel zu einem Gestern hin vibrierte. Und die helle Nacht wiederum trug dieses Gestern geräuschlos einem Morgen entgegen. Ein Heute existierte überhaupt nicht. Es war, als ob das Licht der Nacht es eliminiert, jede Existenz eines Heute getilgt hätte. Nur die beiden Grundsubstanzen, die amalgamiert werden sollten, ein Morgen und ein Gestern, standen rein nebeneinander, bereit zu verschmelzen. Es existiert keine Vergangenheit, keine Zukunft, nur ihre Legierung, die dann wiederum ein Heute ist, aber in einer höheren Potenz, ein machtvoller Schnittpunkt, eine fiktive Größe, eine irreale Zahl zwischen den beiden einzigen gültigen

Größen – Vergangenheit und Zukunft. Heute – das war wie die Anekdote vom Wettlauf zwischen der Schildkröte und dem Hasen, bei dem der Hase die Schildkröte nie überholen kann: Denn jedesmal, wenn der Hase kurz davor ist, sie zu erreichen, ist die Schildkröte ein ganz kleines Stück vorgerückt. Und plötzlich, mitten auf dem Rasen sah Paul Loften die beiden seltsamen Tiere vor sich und empfand eine Ahnung davon, daß beide, Vergangenheit und Zukunft, die gleiche Gültigkeit, den gleichen Wert, das gleiche Gewicht in den beiden Waagschalen haben, die das Leben sind, und wo das Heute nur eine kleine, zitternde Metallsaite ist, die um einen Nullpunkt vibriert.

Und er ging weiter. Er drang durch das Gebüsch. Er kam zu der festgetretenen Stelle um einen undisziplinierten Ahorn, wo Kinder und Enkel gespielt, Häuser gebaut, den Baum bestiegen hatten. Die Erde war hartgestampft. Vielleicht waren dort auch, bevor sie das Haus gekauft hatten, Kinder gewesen, die um den Baum gespielt, die Stelle zu ihrem geheimsten Winkel, ihrem Heiligtum gemacht hatten. Nichts war je in der Erde um den Baum gewachsen. Zahlreiche Generationen von zahlreichen Kindern hatten jede Vegetation niedergetrampelt. Oder war es nur der Schatten des Baums? Er blieb stehen, umfaßte seinen Stamm. Konnte er hinaufklettern? Der Abstand bis zur Gabelung zwischen den beiden großen Stammhälften war weniger als ein halber Meter. Für die Enkel die erste Stufe zum Himmel. Für ihn selbst nur ein ganz gewöhnlicher Schritt. Den er machte. Er stellte sich auf, erst den rechten Fuß, dann zog er den linken Fuß nach, sorgfältig, scheinbar wohlüberlegt, als hätte er genau geplant, was er tat, und doch wußte er es kaum, konnte es sich zumindest nicht erklären. Er stand ganz im Baum, balancierte mit Mühe, mußte sich an den beiden großen Stammhälften festhalten, spürte ihre Rauheit und roch den Duft der Rinde. Er sah zurück zum Haus, das mit Terrasse, Parterre, Dachgeschoß in der Unwirklichkeit der hellen Nacht tot und weiß dalag.

Paul Loften blieb eine Zeitlang so stehen – ein älterer Herr, aber doch auch wieder nicht so alt, sechsundsechzigeinhalb Jahre, noch immer gutaussehend, adrett in seiner gepflegten Freizeitkleidung, nobel konnte man ihn fast nennen. Er war einen Meter einundachtzig groß, wohlproportioniert, noch immer schlank, vielleicht etwas schlaksig. Seine Haare waren grau und ziemlich dünn, ohne daß man ihn jedoch kahl nennen konnte. Das Interessanteste an ihm waren wohl seine glühenden braunen Augen, denn rein typmäßig hätte man erwartet, daß sie blau waren. Er war im Leben ein gutes Stück vorangekommen. Er genoß Achtung und Respekt seiner Mitbürger und die Ergebenheit seiner Freunde. Seine wirtschaftliche Situation war solide, und es bestand wenig Gefahr, daß sich bei einer normalen Entwicklung der Dinge dieser Umstand ändern würde. Er stand in einem Ahorn zwischen den Büschen in seinem Garten und starrte hinauf zu seinem weißen Haus, in dem seine

Frau Elizabeth, geboren am 27. September 1912, nach langer, schwerer Krankheit in der Nacht zwischen dem 24. und 25. Juli 1975 friedlich eingeschlafen ist, sterbend oder tot lag. Er starrte zum Haus, wie zahlreiche Generationen von Kindern es getan hatten. Als ob er wartete, daß nach ihm gerufen wurde. Und ein unerklärliches Gefühl beinah kindlichen Stolzes sprudelte in ihm auf. Er konnte es doch noch.

Kit schlendert mit gesenktem Kopf, abweisend, grübelnd, keiner nähert sich ihr – und im übrigen sind da noch eine Menge anderer. Sie ist durch die ganze Straße gegangen, bis zu dem Punkt, wo das Kopfsteinpflaster in Asphalt und Autoverkehr übergeht. Sie ist sie wieder zurückgegangen, bis zu dem Gäßchen, wo sie hereingekommen ist. Die Türken sind verschwunden, die schicke Dame ist weg, aber die Straße ist immer noch voller Menschen, Lachen und lauer Luft. Vom klaren Licht des Tages her erkennt sie eine alte Hure wieder, von südländischem Äußeren, mit viel zu kurzem Rock, viel zu dicken Beinen, viel zu großer Perücke. Sie lacht lautstark und wirft einer Kollegin auf dem gegenüberliegenden Trottoir in einer unverständlichen Sprache eine Bemerkung zu. Sie sind ähnlich gekleidet, ähneln einander, sind beinah gleichaltrig – die gleiche Art Haare, die gleiche heisere Stimme, der gleiche gedrungene Torso, quadratisch. Vielleicht sind sie Schwestern? Beide lachen über den ganzen Körper, mit den Knien als

Grübchen in vier weißen Säulen. Wer würde mit ihnen je etwas zu tun haben wollen? Vielleicht ist es diese Gewißheit, die ihre muntere Gleichgültigkeit verursacht. Sie sind entspannt, wohltuend ruhig, es ist nichts Angestrengtes an ihnen. Möglicherweise ist ihre Profession in Wirklichkeit die des Seelsorgers.

Kit erinnert sich, wie sie sie zum ersten Mal mitten auf der vormittags gespritzten Straße gesehen hat. Sie standen zusammen mit noch einer Frau, die ihnen ähnelte, aber ganz anders gekleidet war. Sie hatte drei Kinder bei sich – ein elf-, zwölfjähriges Mädchen, zwei jüngere Jungen, ganz klar die Familie vom Lande auf Besuch bei den Tanten. Die Kinder hatten den flotten Damen die Hand gegeben und sie bewundernd angestarrt. Und dann werden sie an die Straßentische des Stammcafés eingeladen. Und sie können genau das bestellen, was sie wollen – Eis-Cola-Schokolade-Bratwurst. Das heißt, wenn sie still sind, während Mutter und Tanten das Leben, Verwandte, Bekannte und die Vorteile des Wohnens in der Stadt erörtern.

Gerührt hat Kit das Gefühl, daß sie sie beinahe kennt, und in einem Anfall von Naivität will sie direkt zu den großen, warmen Frauen hingehen. Aber sie weicht aus und biegt in eine der kleinen Gassen ein, wo weniger Menschen sind, wo es ruhiger und das Licht gedämpft ist.

Ihr Blick fällt auf eine Frau, gekleidet ungefähr wie sie selbst. Ein Mann ist vor ihr stehengeblieben. Sie fangen an zu reden. Kit nähert sich. Als ob sie nur in die halbleeren, halbdunklen, wenig einladenden Schaufenster schaute. Aber sie muß hören, was sie sagen, wissen, wie so etwas vor sich geht.

Der Mann spricht Englisch, mit starkem regionalem Akzent – Birmingham? Er ist schlampig gekleidet. Ein Anzug, der viel zu schwer für die Jahreszeit ist, ungebügelt, schmuddelig, ekelhaft. Grünlich grüngrau in der Farbe. Ein fahlbrauner Schlips, nachlässig gebunden, viel zu schmal. Ein Hemd aus billigstem Nylon mit zerknittertem Kragen. Ausgetretene, ungebürstete, unmoderne Schuhe, schlechtes Wildleder, graubeige. Man sieht ihm an, daß er die dynamische Triebfeder einer lokalen, kleinen Firma ist, die ihr Glück auf dem europäischen Markt versuchen will, und jetzt will die Triebfeder sich selbst auf dem europäischen Markt versuchen.

Kit hört seine Stimme: „Do you do it the French way?“ Er sabbert die Frage hervor, unappetitlich, mit lautstarkem Zischen, fettglänzend frech, aufdringlich, denn er weiß sicher, wie man auf dieser Seite des Kanals loslegt.

Die Frau sieht verständnislos aus. Deshalb führt der Mann illustrierend die Hand an den Mund, jagt den Daumen zwischen die Zähne und fängt an zu schmatzen.

Kit wendet sich ab. Sie geht schnell weiter. Die beiden setzen das Gespräch fort. „The French way.“ Es konnte also auch verlangt werden, es „the French way” zu tun, man konnte dazu gezwungen werden, es „the French way“ zu tun, man konnte extra bezahlt werden für „the French way“. Ihr steht etwas Ungewaschenes vor Augen, etwas Dreckiges, Stinkendes. Schmutzige Kleidung. Urinflecken. Sie kniet. Er bleibt auf den Beinen. Beide angezogen. Und da sind nur Forderungen und Arbeit und übelriechende Kleidung und grober Tweed und furzender Gestank und Tränen in den Augen und hochgewürgte Spucke und Krämpfe im Kiefer und ungewaschen und dreckig und stinkend. Nein, das war es nicht, was sie wollte. Nicht auf diese Weise.

Die Möglichkeit hat sie nicht vorhergesehen. Kit wird ängstlich. Ihr Ekel ist so heftig, daß sie Brechreiz bekommt.

Aber an und für sich – gehört das nicht auch zur Absprache? Gab es überhaupt etwas, das sie verlangen konnte? Hatte sie Forderungen zu stellen? Es hatte so einfach geklungen: a – der erste, der sich an sie wandte; b – gegen Bezahlung. Denn Geld war zwischen ihnen nötig. Aber bedeutete das nicht auch, daß Ablehnung unmöglich war? Daß sie zu nehmen hatte, was sich bot? Jung, alt, sauber, dreckig? Auf der anderen Seite bedeutete es doch wohl nicht, daß sie genötigt war, die Schlimmsten aufzufordern? Sie konnte sich abwartend, passiv verhalten, vielleicht quasi indirekt ablehnend. Hatte sie selbst denn nicht das Recht, ein kleines bißchen zu entscheiden?

Sie wirft einen Blick zurück und stellt fest, daß die Frau den Kopf schüttelt und der Mann geht. Wenn sie es kann, kann Kit es auch – nein sagen, ganz offen. Oder vielleicht den Preis zu hoch ansetzen?

Endlich ist sie aufgewacht. Die Szene zwischen der Frau und dem Engländer hat sie gezwungen, der konkreten Situation ins Auge zu sehen. Aber gleichzeitig ist es, als ob die Dimensionen der Unternehmung wachsen. Sie schwillt an, wirkt, als sei sie kaum zu schaffen.

Nicht einmal das mit dem Preis wird Kit können. An den Tarif hat sie überhaupt nicht gedacht. ‚Wieviel und wofür?' Sie hat vage Ahnungen, die völlig irreführend sein können; sie hat eine einfache Information, die auf einer zehn, fünfzehn Jahre alten Anekdote basiert. Wie es überhaupt angehen?

Bis jetzt hat sie die ganze Zeit nur geträumt, sowohl zu Hause als auch hier. Jetzt erkennt sie, daß ihr die praktischen Dinge gar nicht eingefallen sind. Sie ist so beschäftigt gewesen mit der Staffage, mit dem Plan als solchem, mit Thomas, den Entschuldigungen, um wegzukommen, mit Auto, Kleidung, ja, sogar mit dem Parkplatz; sie hat geglaubt, wenn all das klappte, gäbe es keine weiteren Probleme. Und jetzt steht sie da. Ohne Thomas. Mutterseelenallein. In einem mehr oder weniger passablen Aufzug. Auf hohen Schuhen. Auf Kopfsteinpflaster. Mitten in einem dunklen Gäßchen im Nuttenviertel.

Und was, wenn nun der Engländer sie sieht? Ihr nachgeht? Tut sie es dann „the French way"?

Ohne sich umzusehen, stakst Kit eilig zurück zu der breiten, erleuchteten Fußgängerstraße mit Lärm, Gerüchen und wartenden Frauen. Aber wo ist die leere Türöffnung, in der sie sich aufstellen kann?

Zum ersten Mal fällt ihr auf, daß sie alle mit einem Satz Schlüssel in der Hand dastehen, mit ihnen schwenken, mit ihnen rasseln. Und ihr wird klar, daß die Schlüsselbunde nicht nur zur Zierde da sind. Und unmittelbar danach, daß sie selbst keine anderen Schlüssel bei sich hat als die zu ihrer eigenen Haustür. Sie hat keinen Ort, wohin sie Leute mitnehmen kann, kein Zimmer mit roter Birne, gemachtem Diwan, Waschbecken. Das war es ja, wofür sie hätte sorgen sollen, es ist ein Teil der Arbeit, einen Aufenthaltsort zu haben. Und was war mit den kleinen Hotels? Wieder ihre Aufgabe. Sie müßte sie kennen, einen Portier bestochen haben, ein Zimmer für eine Stunde zu vermieten, vielleicht ist es sogar nötig, einen Zuhälter zu haben, der die Geschäfte für sie führt.

Kit bleibt stehen und schaut in ein schwach beleuchtetes Geschäft mit moderner Kunst. Galerie Coyler hat eine Ausstellung primitiver Jugoslawen.

Sie betrachtet zerstreut detaillierte Bilder von Maisernte, Bauernhochzeit, Großvater lernt Lesen, Erinnerungen an die Türkenzeit, Moschee im Schnee, Schnapsbrennerei, hütenden Hirten, Feuer unter blühenden Apfelbäumen, und ihr wird angst und bange.

‚Zuhälter' – was ist das eigentlich, ‚Zuhälter'? Und was werden die Frauen wohl tun, wenn sie sich aufstellt? Sie angreifen? Ihre Zuhälter rufen? Da ist eine Neue angekommen, weißt du nicht, wie man sich hier aufführt? Die Neue ist die Schönste, zu wem gehörst du? Vielleicht wählt sie zufällig das Gebiet einer vorübergehend Abwesenden? Sie fallen über sie her mit Zähnen und Klauen, so jung und so prächtig. Sie erinnert sich an eine Schlägerei zwischen zwei Huren – Schreien, Heulen, Haareziehen, mit den Nägeln kratzen, Reißen an Plastiktaschen; und sie hatte sich an Thomas gedrückt und das Gefühl gehabt, sich über Folklore zu amüsieren.

Und die Männer? Sie würden alarmiert. Ein, zwei, drei dunkelhäutige Männer würden zu ihr kommen, Zuhälter: ‚So, hau einfach ab. Das hier ist nichts für dich. Verschwinde.' Sie zerren sie am Arm, werfen sie um, sie bekommt ein paar Tritte oder Ohrfeigen, nichts Schlimmeres. Und beim nächsten Mal kommt sie nicht so leicht davon. Es sei denn, sie bezahlt. Und einer von ihnen drängt sich ihr auf, der schicke Kleine in Anzug und weichem Hut, sie gehört ihm, sie rechnet mit ihm ab, so und so viel Prozent, und Gott vergebe und gnade ihr, wenn sie versucht, ihn übers Ohr zu hauen, wir haben unsere Augen überall, und das kommt teuer. Sie hat das Gefühl, ihr Leben ist bedroht. Sie ist ganz in seiner Hand, denn er ist ihr Zuhälter.

Kit geht weiter zum nächsten Fenster – ein Geschäft mit modernem Schmuck. Und sie verliert sich wieder in konzentrierte, geistesabwesende Inspektion, jetzt von Stahldraht, Zinn, Leichtmetall, poliertem Strandkies.

„In den letzten sechzehn Jahren hat es im Milieu fünfzehn unaufgeklärte Frauenmorde gegeben. Hat das Einfluß auf die Ausübung Ihres Berufes?"
„Ja, jedesmal, wenn ich zur Arbeit gehe, habe ich

Angst. Nächstes Mal kann ich es sein. Innerhalb meiner Branche gibt es keine Sicherheit. Zwar schauen wir die Männer, mit denen unsere Kolleginnen abziehen, genau an, damit wir sie später wiedererkennen, und wir schreiben Autonummern auf, und wenn eine Kollegin sich eine Zeitlang nicht hat blicken lassen, ist es ganz natürlich, daß wir uns an ihrem Wohnsitz umsehen. Selbstverständlich sieht man sich auch seine Leute an. Ich gehe zum Beispiel nie mit Ausländern, besonders nicht mit welchen aus dem Süden. Und unter keinen Umständen mit Arabern." „Würden Sie sich sicherer fühlen, wenn Sie eine Waffe hätten?" „Ja, die Polizei sollte uns gestatten, Schußwaffen zu tragen. Aber laut Gesetz haben wir nicht einmal das Recht, eine Tränengaspistole zu besitzen." „Wie haben Sie sich nach den letzten drei Frauenmorden gefühlt?" „Es ging mir entsetzlich. Zwei Tage konnte ich überhaupt nicht zur Arbeit gehen. Und jetzt bin ich viel vorsichtiger. Mein Motto ist: Besser zwei zu wenig als einer zu viel und keiner nach Mitternacht." „Haben Sie daran gedacht, den Beruf zu wechseln?" „Ja, ich habe mehrfach überlegt, wieder als Locherin zu arbeiten." „Glauben Sie, daß die ermordeten Frauen selbst die Schuld tragen?" „Nein, aber vielleicht hatten sie Angst, und das hat der Kunde bemerkt. Mein Motto ist: Der Kunde hat immer recht, und das ist auch eine Form von Selbstverteidigung."

Kit kehrt um. Ihre Schritte sind fest. Sie ist auf dem Weg von A nach B, und wenn sie vorher niemand angesprochen hatte, weil sie grübelte, wagen sie es jetzt nicht, weil sie so zielbewußt davonstolpert. Die Angst hat die Oberhand gewonnen.

Sie begibt sich eilig hin zur musikerfüllten Hauptstraße, wo die Körperwärme der Menschenmenge direkt spürbar ist. Sie kommt an dem Straßencafé vorbei, in das sie sich ursprünglich einen Augenblick hatte setzen wollen, einfach um zu sehen, was passieren würde. Sie biegt in noch eine kurze Gasse ein und steht dann fast blinzelnd auf einem breiten Trottoir und sieht die Autos in Kolonne, Stoßstange an Stoßstange, auf dem glatten, spiegelnden Asphalt dahinrollen. Da sind starke Neonlichter, Reklame, gewöhnliche Leute, Ruhe und Ordnung. Sie ist erleichtert. Sie hat einen Augenblick Aufschub bekommen. Sie kann sich sammeln, überlegen, was sie von nun an tun wird.

An einer Kreuzung etwas weiter entfernt ist ein Menschenauflauf. Zwei Autos stehen unvorschriftsmäßig geparkt an der Seite, und ein Mann in Hemdsärmeln dirigiert stolz, mit einem eifrigen Lächeln, den Verkehr drumherum. Um was herum? Kit muß an der Ansammlung vorbeigehen. Und sie zuckt zusammen. Sie sieht einen Jungen, der mit einem demolierten Fahrrad mitten auf der Fahrbahn liegt.

‚Was macht er bloß hier? Wie kann er so spät hier sein?‘ ist ihr erster Gedanke.

Sie betrachtet ihn erschüttert, ganz kurz, bevor sie sich abwendet. Er liegt völlig still. Er rührt sich nicht. Es ist kein Blut zu sehen. Eine ältere Frau hockt bei ihm, drückt ihn mit einem Griff an seine Schulter fest auf den Asphalt.

Ist er tot? ‚Gebe Gott, daß er nicht tot ist.' Aber es gibt ja etwas, das innere Verletzungen heißt. Das Gesicht der Frau ist leer, ausdruckslos.

Kit sieht haßerfüllt den hochnäsigen Mann an, der so frech Polizeibeamter spielt. Und in einem der parkenden Wagen sitzt ein jüngeres Paar und raucht mit Volldampf Zigaretten. Gleichgültig, schnatternd, lachend. Sie haben es nicht einmal für nötig gehalten auszusteigen. Sie wissen, daß sie keine Schuld haben. Niemand kann ihnen etwas vorwerfen. Niemand kann den kleinen, arschwingenden Mann, der sich einen Kindheitstraum erfüllt, tadeln. Sie waren einfach unterwegs zu einem festlichen Abend, und dann plötzlich, von links, die dunkle Gasse, ein kleiner Junge, ein Fahrrad, die Kontrolle verloren und ihnen direkt in den Kotflügel. Sie wollen nur hoffen, daß sie nicht zu lange aufgehalten werden. Und daß die Lackierung nicht zu viel abgekriegt hat.

Kit erträgt den Anblick nicht länger. Sie geht. Es tut geradezu physisch weh.

Der Krankenwagen kommt ihr entgegen. Blaulicht auf dem Dach. Infernalische Sirenen. Zwei Männer sind herausgesprungen. Sie ist schon ein Stück weit weg, hat sich aber trotzdem umgedreht. Die Männer legen eine weiße Decke über den Jungen. Sie bedecken doch wohl nicht sein Gesicht wie bei einer Leiche. Der Junge wird auf eine Bahre gehoben. Er rührt sich nicht. Der Körper wird mit

Riemen festgeschnallt. Würden sie es so sorgfältig machen, wenn er schon tot wäre?

Als sie die Bahre heben, um sie in den Krankenwagen zu schieben, ist es da nicht, als ob Kit quer durch Straßenlärm und Kneipenradau einen Schrei hörte? Ach, hätte sie ihn doch gehört. Ein Schmerzgeheul, ein Brüllen, ein Wimmern, wie tierisch und erschütternd es auch sein mochte – ach, wäre es nur das, was sie hörte.

Der Krankenwagen fährt los. Kit bleibt einen Augenblick stehen und sieht dem blinkenden Blaulicht nach. Dann durchfährt sie auf einmal der Gedanke: Bin ich denn verrückt geworden? Wahnsinnig? Bin ich irre?

Hier steht sie, Mutter von zwei Kindern, als Nutte aufgedonnert im billigsten Viertel der Stadt, im Begriff, sich an den ersten besten, der Lust hat zu bezahlen, zu verkaufen, als Folge einer Eingebung, die ihr lange Zeit zugesetzt hat, und zu Hause wartet nichtsahnend Thomas, und er ist wohl ins Bett gegangen, und die Kinder schlafen, und sie steht hier mit falschen Wimpern und vulgärer Kleidung und hohen Korksohlen. Bin ich denn geisteskrank?

Sie dreht sich um und fängt an zu laufen. So schnell sie überhaupt kann. Ohne die Leute auf dem Trottoir zu beachten. Sie schlängelt sich zwischen ihnen hindurch, rennt in sie hinein, denkt nicht an sie, läuft nur und läuft, läuft, getrieben von der Frage, in panischer Flucht davor: BIN ich geisteskrank? BIN ich verrückt? Die Worte bilden einen Rhythmus, sie schlagen den Takt zu ihren

Schritten, hetzen sie weiter, zwingen sie vorwärts. Sie fängt an zu schwitzen, sie wird kurzatmig, Haare und Tasche umflattern sie. Aber sie läuft weiter, nur weiter, läuft und läuft, bis die Beine einfach automatisch funktionieren, und sie kommt in eine Gasse, kommt zur Anlage um den Dom, wo es still ist, wo keine Menschen sind, wo sie auf einer Bank zusammenfällt und absolut nicht weiß, nicht weiß. Es schwirrt in ihrem Kopf, sie schnappt nach Luft, pfeifend, röchelnd, es dreht sich um sie, sie ist wirr, benebelt, konfus: BIN ich geisteskrank? BIN ich irre? BIN ich verrückt geworden?

Und was war mit der Zukunft? Ganz konkret? Paul Loften saß wieder in seinem Stuhl, rauchte wieder Zigaretten. Auf dem Weg zurück über den Rasen war ihm plötzlich der Gedanke gekommen, sehr hart und real. Handfest saß er jetzt eingeklemmt in die Vorstellung von den Jahren, die ihm noch blieben. Sie lasteten auf ihm wie ein Gewicht, dessen Realität die langsam, unweigerlich abwärtsgehende Bewegung war. Aber zugleich besaßen sie an sich einen Wert, der nicht nur der des Gewichts, und eine Dynamik, die nicht nur die der Schwerkraft war.

Die Zukunft war da. Die tatsächlichen zehn Jahre. Fünfzehn Jahre. Möglicherweise sogar zwanzig. Auf der anderen Seite – vielleicht viel weniger als zehn. Es war die Ungewißheit, die am meisten nagte, wie wenn man sich nichts vornehmen konnte, weil man nicht wußte, ob es morgen regnen würde. Und dennoch waren seine Pläne klar. Er hatte sie durchdacht. Er wollte nicht warten, bis er siebzig war. Der finanzielle Unterschied war vielleicht ziemlich groß, aber diesen Aspekt mußte er nicht so sehr in Betracht ziehen. Besser ein paar gute Jahre. Und er hatte es auch halbwegs satt. In der Bank war er längst nur noch eine Formalität und eine Unterschrift. Die Jüngeren machten die Arbeit. Vielleicht hatten sie sogar genug von ihm, das war mehr als wahrscheinlich. Zwar hatte er zu seiner Zeit die Hierarchie akzeptiert, aber wer sagte, daß die Jüngeren es in ihrem tiefsten Inneren auch taten, selbst in der konservativen Bankenwelt.

Und dann wollte er das Leben genießen, und dann wollte er reisen und unendlich viele Dinge tun, denn glücklicherweise war er noch immer gesund und in physisch guter Form.

Wollte und wollte – in welcher Hosentasche saß sein Wille? Wurde er krank, zog es sich länger hin als bei jüngeren Menschen; ein gebrochenes Bein konnte Pläne für ein Jahr danach ändern; eine kleinere Operation konnte Folgen haben, die er nie überwand. Es war ekelhaft, alt zu werden. Es war widerlich, den eigenen Körper in dessen Verfall zu spüren. Seine gradweise zunehmende Kraftlosigkeit zu fühlen. All das, was man nicht mehr tun konnte, und sei es nur, einen Koffer mit den Dingen zu heben, die man gern mitnehmen wollte. Hilfe zu brauchen, um die erlaubten zwanzig Kilo zu schleppen. Es war ungerecht, entwürdigend.

Paul Loftens friedliche Stimmung war dahin. Er stand auf. Fing an, im Zimmer auf und ab zu gehen, und auf einmal fiel ihm ein, daß dies etwas war, was er noch nie gemacht hatte. Aber war es nicht eine Gewohnheit seines Vaters gewesen? Das Wohnzimmer war nicht geeignet dafür. Da standen zu viele Möbel, und sie zwangen ihn zu trippeln. In seiner Eingebung rückte er ein paar Stühle näher zusammen, schob einen Tisch weg, schaffte sich so eine Bahn. Er legte die Hände auf den Rücken und schritt vom Lehnstuhl zur Tür, von der Tür zum Lehnstuhl, zurück und wieder zurück. Zuerst energisch, als wollte er Gedanken in die Flucht schlagen, dann gebückt und langsam mit Pausen, in denen er einen Aschenbecher nahm und ihn betrachtete, an einer Vase fummelte, den Boden einer kleinen Figur nach oben drehte, eine Fotografie nahm und sie anschaute. Aber die Fotografie sagte ihm nichts, sie war alt, vierzig Jahre mindestens, sie war begrabene Vergangenheit. Dann stellte er sie zurück und trottete weiter.

Er hatte seine Pläne längst gemacht, das wußte er; und obwohl er es vielleicht noch nicht erkannt hatte, war Elizabeths Tod Teil der Berechnungen – in allerhöchstem Grad.

Er blieb stehen. Sein Gang war so hektisch geworden; und er schnappte beinah nach Luft, als ihm aufging, was für Gedanken er sich eigentlich gemacht hatte, während er durchs Zimmer wanderte.

Er war frei. Diese entsetzliche Zeit, die so lange gedauert hatte, daß Tage, Monate, Jahre zu einer qualvollen breiigen Masse zusammengerührt waren, sie war vorbei. Es war zu Ende. Er war frei. Dann schob er den Gedanken wieder weg.

Paul Loften stand in der Gartentür und sah hinaus. Es war dunkel. Ein einzelnes Nachbarfenster leuchtete durch Büsche und Stauden; die Scheinwerfer eines eiligen Autos auf der Straße schnitten flüchtig die Silhouette eines Baums aus. Der Himmel war hell und über der Stadt etwas rötlich.

Die Stadt, die er gar nicht mehr kannte. In alten Zeiten war sie für ihn, für sie beide lebendig gewesen. Sie war ein Ort, wo es Freunde, Theater, Restaurants, Kinos, Konzerte gab. In den letzten Jahren war sie ein erweiterter Arbeitsplatz gewesen. Er war morgens hindurchgefahren, er war abends hindurchgefahren, er hatte dort mit Kunden, Kollegen, Freunden zu Mittag gegessen. In den letzten paar Monaten hatte er auch darauf verzichtet. Er hatte jede Repräsentation seinem Stellvertreter überlassen und war selbst mitten am Tag gekommen und gegangen.

Die Freunde waren notwendigerweise vernachlässigt worden. Die Einladungen waren zu rein offiziellen Angelegenheiten erstarrt, gute Bekannte dagegen hielten sich diskret zurück, um ihn nicht zu Absagen zu zwingen. ‚Wir hätten dich eingeladen, hätten wir nicht gewußt, daß' – wie oft hatte er gespürt, wie diese unausgesprochene Bemerkung, begleitet von einem mitfühlenden, entschuldigenden Nicken, eine unbedachte Schilderung gelungener Geselligkeit bremste. Und allmählich war es, als ob die Leute ihn scheuten. Er hatte den Eindruck bekommen, daß man ihn mied.

Die Rolle des loyalen, selbstaufopfernden Ehepartners war ihm aufgezwungen worden, und er hatte sie mit einer Tüchtigkeit, die Naturtalent andeutete, gespielt. „Selbstverständlich sollst du ausgehen, du mußt Menschen sehen, du brauchst dich nicht um mich zu kümmern, ich habe nichts dagegen, allein zu sein" – aber es war keine Überzeugung in der Stimme, möglicherweise aus dem simplen Grund, daß sie zu entkräftet war. Und wie hatte er auch an Festtafeln sitzen, ein bißchen betrunken nach Hause kommen können und dann, das Allerschlimmste – das leise Klopfen: ‚Schläfst du?', ‚Nein-wie-war-es?' und ‚war es lustig' und ‚wer war da?' – diese erschütternde Aufdröselung des Gleichgültigen von Angesicht zu Angesicht mit dem Wesentlichen.

Aber jetzt konnte er sich mit dem Wertlosen wieder beschäftigen. Paul Loften empfand ein ungeheures Bedürfnis nach Oberflächlichkeit – nicht nach Vulgarität als solcher, nichts, das direkt billig war, sondern nur irgend etwas, bei dem das nach außen Gerichtete, das Äußere, die Oberfläche im buchstäblichen Sinne des Wortes das war, was zählte. Wo alles Kulisse, Kostüm, Maske war, wo es glitzerte und strahlte und die Musik die Tanzenden im Walzertakt bewegte.

Er ließ sich von funkelndem Kristall, Tokajer, Husarenuniformen, Tüll in zarten Pastellfarben, schimmernden Edelsteinen verführen, bis ihm aufging, daß er sich vielleicht gerade deshalb dorthin wünschte, weil er hinter diesem Firnis eine seelische Not finden würde, die größer war als seine eigene – größer, weil sie so unartikuliert, so unverstanden war und deshalb nach brutalstem Gutdünken mit Menschen schalten und walten konnte. Sie waren ganz in ihrer Gewalt. Er hatte zumindest diesen kleinen Vorteil, daß er davon wußte. Vielleicht, dachte er, war die Faszination, die das Elend auf Leute ausübte, in letzter Instanz eine Folge desselben: Der Notleidende weiß jedenfalls, was bevorsteht, während der oberflächlich Sorglose in Angst vor dem Unbekannten lebt.

Was war das nur für ein Leben, das er in den letzten Jahren gelebt hatte? Es war eine Zeit, die sich allen Messungen mit konventionellen Instrumenten, eingeteilt nach dem Prinzip der regelmäßigen Abfolge, entzog. Gute Wochen hatten sich in leuchtender, unaufhörlicher Erleichterung ausgedehnt, Monate zum schmerzvollen Wachen einer einzigen Nacht verengt, die Jahre waren wie unverläßliche Punkte in einer schwebenden Chronologie. Und er selbst war wie gefangen gewesen.

Sie hatten miteinander eingesperrt im Leerlauf der Krankenzimmer gelebt, entweder zu Hause oder in Krankenhäusern und Kliniken. Jeder Aufenthalt außerhalb war ein Hofgang gewesen, bei dem man die Ungünstigkeit des Klimas in höherem Maß beklagt hatte, als die Frische, die als Symbol für unerreichbare Freiheit stand, zu schätzen. Die gierigen zentripetalen Kräfte der Krankheit hatten sie ständig zu einem Mittelpunkt hin gesogen, wo Umarmung der einzige Schutz gegen Kollision war. Jetzt war er gesprengt. In ihrer gewaltigen Intensität hatte die Implosion sie voneinander gerissen und jeden von ihnen auf seiner Kurve in ein Vakuum geschleudert. Allein würden sie schweben.

Und doch, dachte er, war dieses Alleinsein das einzig Richtige. Er wußte sehr wohl, daß er es zum jetzigen Zeitpunkt absolut nicht überblicken konnte. Er wußte noch nicht, wie groß die Einsamkeit sein würde, wie stark das Vermissen war. Er machte sich nur klar, daß all das, was der Inhalt seines Lebens gewesen war, mit Elizabeths Tod verschwand. Und er begriff, daß er nach neuem Inhalt suchen mußte, aber wo, hatte er keine Ahnung.

Doch, es war nötig. Wäre es nicht jetzt dazu gekommen, wäre er für den Rest seines Lebens gefangen, vielleicht zu einem gemeinsamen Tod verurteilt gewesen. Wochen und Monate, wer weiß, wie lange, wären damit vergangen, die Hand eines von Morphium bewußtlosen Menschen zu halten, Blumen zu arrangieren, beklommenen, aus Höflichkeit genötigten Bekannten zuzuflüstern, um dann zu merken, daß die eigene Kraft schwand, während zugleich das Leben des anderen verebbte, bis nur noch ein Weg offen stand – der eigene Tod. Ob dieser dann ein Tod bei lebendigem Leibe oder ganz konkret war.

Elizabeth hatte ihn befreit. Sie war zu der Erkenntnis gekommen. Er überlegte, in wie hohem Maß sie sich darüber klar gewesen war, was sie tat.

Hatte sie den Entschluß ausschließlich seinetwegen gefaßt? Hatte sie erkannt, daß er nach noch einigen Monaten, noch einem halben, vielleicht einem ganzen Jahr des Miteinanderlebens für immer an sie gebunden gewesen wäre, in einer Beziehung, in der sie zwar eins waren, aber in der keiner von ihnen *etwas* war – ein absurdes Ganzes, bestehend aus zweimal nichts.

Ihre Entscheidung war richtig gewesen. Sie hatte sich in ihre Welt zurückgezogen. Und ihn damit hinaus in seine gezwungen. Beide waren allein, jeder auf seine Weise. Aber er begriff vage, daß sie nie wieder eins werden konnten, wenn er nicht auf seine Weise einen Standort fand. Wie dies auch zugehen, als was er sich auch erweisen sollte. Aber das war das endgültige Ziel, und damit er es erreichte, hatte Elizabeth ihn befreit. Sie hatte sich von der Versuchung, ihn im Tod zu umarmen und mit sich hinunterzuziehen, distanziert. Sie hatte ihn von sich gestoßen, damit er sich um seinetwillen und um ihrer beider willen noch einmal dem Leben aussetzen konnte.

Ob sie das selbst ahnte?

Sie spürt Alinas Ungeduld, sieht sie rastlos zur Tür schielen, und sie kann sich das Lachen kaum verbeißen, denn nach und nach sieht sie aus, als ob sie kurz vor dem Platzen wäre, und selbstverständlich ist sie von ihrem Curt auch lange ferngehalten worden, da ist kein hübsches und freches und lustiges Profil mehr, nur eine Wut, die Höflichkeit und vielleicht besonders jugendliche Unsicherheit gerade noch im Zaum halten können, aber auch nicht mehr, gleich bist du wieder frei, meine Kleine, aber vorher legen wir noch einen Zahn zu, denn nachdem sie ihr ziemlich flüchtig das Haus gezeigt hatte, machte sie schließlich das Licht im Flügelzimmer an, so daß es scharf in den Atriumgarten hinausleuchtete, und sie winkte Alina hinein und schloß langsam die Tür hinter ihnen, so daß es im Garten wieder dunkel wurde und die beiden Curts begreifen konnten, daß sie die Bühne wieder für sich hatten, und das Licht würde sie warnen, wenn die Tür wieder geöffnet wurde, und sie hatte zu Alina gesagt, ich glaube, hier habe ich etwas, das eine junge Sängerin interessieren müßte, und sie hatte etwas absolut Belangloses hervorgefischt, eine alte Sammlung Volkslieder aus dem vorigen Jahrhundert, eine Faksimileausgabe eines Brahms-Liedes, ein paar Programme aus Bayreuth und Glyndebourne, und sie hatte geblättert und geredet, und Alina war von einem Fuß auf den anderen getreten, beinah so, daß man fürchten konnte, sie würde nach dem Weg zum Klo fragen, nur um loszukommen, aber sie hatte sie festgehalten und ein Erinnerungsbuch über Caruso gefunden, das sie in einem Antiquariat ausgegraben und als Zugabe zu zehn Kriminalromanen bekommen hatte, und es war staubig und voller Kaffeeflecken, und was war er doch für ein wunderbarer Sänger, und sie wollte gerade eine Platte von ihm auflegen, aber sie bezwang sich, denn das hätten sie hören können, und der Sinn war ja, daß Curt glauben sollte, und vielleicht war Alina auch deshalb so nervös und rastlos, weil sie fürchtete, und sie glaubte hoffentlich, daß Curt glauben würde, aber die Sache ist ja gerade die, daß sie nicht die Absicht hat, eine Diskussion über ihr und Curts Zusammenleben anzufangen, überhaupt nicht, auch wenn Curt es glaubte, und sie weiß, daß er fragen wird, wenn sie allein sind, es wird so an ihm nagen, daß er eine kleine, scheinbar achtlos hingeworfene Frage nicht zurückzuhalten vermag: ‚ich finde, ihr wart so lange drinnen am Flügel, worüber habt ihr geredet?', und Alina wird antworten: ‚ach, nichts', und Curt wird ihr nicht glauben, und er wird möglicherweise ebenso flüchtig wie vorher noch einmal fragen, und wenn er wieder die ehrliche Antwort bekam, nämlich daß sie in ziemlich belanglosen Büchern geblättert hatten, sogar ohne viel zueinander zu sagen, daß sie im Grunde über gar nichts geredet hatten, ja, dann glaubte er es einfach nicht, denn sie waren zu lange weg gewesen, und ihn würde der Gedanke quälen, daß sie ein richtig harmonisches Gespräch von Frau zu Frau gehabt hatten und daß sie, Brigit, ihr, Alina, alles von ihrem gemeinsamen Leben erzählt hatte, wie er war und wovor man sich hüten sollte und wie komisch er sein konnte, und er würde glauben, sie hätten sich über seine Schrulligkeiten und seine entsetzliche Eitelkeit amüsiert, sie hätten ihn lächerlich gemacht, denn er kennt sie gut genug, um zu wissen, daß sie aus Alina alles mögliche herausholen konnte, wenn sie wollte, und er fürchtet, sie hätten Erfahrungen verglichen und ein richtiges Frauenbündnis geschlossen, und wenn Alina antwortete: ‚ach, nichts', war er sich sicher, daß sie log, und er wurde irritiert und mißtrauisch, und es wäre eine Kluft zwischen ihnen entstanden, die sie schwerlich überwinden konnten, denn Alina sagte die Wahrheit, und die Wahrheit war so dumm und absurd, daß sie für einen normal begabten Menschen unmöglich zu glauben war, das konnte sie ihrer Großmutter erzählen, und keiner von ihnen würde begreifen, was in Wirklichkeit mit ihnen passiert war, und es bestand sogar die Möglichkeit, daß Curt noch irritierter wurde, weil er wegen der Sache mit dem kleinen Curt ein schlechtes Gewissen hatte oder vielleicht eine schwache Hoffnung hegte und Alina als einen Klotz am Bein empfand, aber damit konnte sie nicht mit Sicherheit rechnen, sonst wäre es herrlich gewesen, allein schon die Situation zu sehen, „na, aber ist es nicht an der Zeit, daß wir zu den Herren der Schöpfung zurückgehen und sehen, was die inzwischen gemacht haben, ganz ignorieren können wir sie ja nicht", und sie lächelt warm, und Alina sieht erleichtert aus, und sie versucht, eine halbe Stunde Gleichgültigkeit und Langeweile und Angst und Beklemmung mit einem herzlichen „was haben Sie doch für ein entzückendes Kleid an, Alina, es steht Ihnen ganz phantastisch" auszulöschen, während sie langsam die Tür öffnet, damit die beiden Bescheid wissen, und Alina ist so selig, davongekommen zu sein, daß auch sie mit einem genierten „ach, danke, finden Sie" warm lächelt, und so erreicht sie, was sie sich wünscht, sie treten mit freundschaftlichem

Lächeln und etwas, das wie typisch schwesterliche Verschworenheit wirken könnte, aus dem Wohnzimmer, aber wo sind die Herren der Schöpfung?

Sie sehen verblüfft zu den leeren Stühlen im Atriumgarten und dann zueinander, die Erinnerung an die schleppende Zeit am Flügel verzieht sich, und sie stellt sich vor, wie die beiden Curts im Schlafzimmer miteinander ihr Bett zerwühlen, verfilzte Haare, verschwitzt, abgeleckt, zugesabbert, mit zerknautschter Kleidung, aber so etwas passiert in Wirklichkeit nicht, obwohl es herrlich wäre, Alinas Gesichtsausdruck zu sehen, und im übrigen hat sie schon Licht in der Küche entdeckt, sie hören die Stimmen und das Knacken von Brot, als sie näherkommen, und Curts breites Lachen, und sie greift nach der Türklinke, und da sitzen sie und essen Käse und saufen Weißwein, und überall sind Krümel, und sie wird rasend, und sie reißt die Tür weit auf, hier stehen wir, zwei Rachegöttinnen, zwei Furien, in unserem Zorn noch fester verbunden, aber es ist, als ob an Curt alles abprallt, ihre lange Abwesenheit, ihr Bündnis, ihr ganzer Plan, er lacht nur und schenkt dem Kleinen ein, und sie gerät außer sich vor Wut, und mein guter Käse, und Curt lacht nur und sagt nichts, während der Kleine verlegen und etwas ängstlich wird, denn er hat ihren Zorn bemerkt und weiß, daß er zum Sündenbock gemacht werden wird, und sie will auch gerade herausplatzen, ob er nicht meint, es wäre besser, wenn er seine verdammte Uhr nahm und verschwand, statt hier zu sitzen und sich zu betrinken, denn Curt lacht nur, immer noch, und sagt kein einziges Wort, aber sie beherrscht sich, legt leicht die Hand auf Alinas Schulter und schubst sie vor sich in die Küche, „na, ihr habt vom Warten Hunger bekommen, was?“, und Curt antwortet, „ja, Mordshunger“, und der Kleine wirkt noch verwirrter und verlegener, hat Curt mit Absicht versucht, ihn betrunken zu machen, und plötzlich erinnert sie sich an das erste Mal, als sie mit Curt im Bett war, und danach war er aufgesprungen und hatte gesagt, ich kriege immer so einen Mordshunger, wenn ich gekommen bin, und sie waren munter und beschwingt hinuntergelaufen und hatten ein Taxi genommen und waren zu einem Restaurant gefahren und hatten Gazpacho und Paella gegessen und sich amüsiert, und es war das erste Mal, daß sie Gazpacho gegessen hatte, und sie hatte zu verbergen versucht, daß sie nicht wußte, was das war, und es war das erste Mal, daß sie Curts breites Lachen gehört hatte, und sie sieht von einem zum anderen und vom anderen zum einen, forschend, ein wonnevoller Verdacht, sie weiß nicht und will es vielleicht auch nicht wissen, aber das macht an und für sich nichts, wenn nur die Möglichkeit besteht und wenn Alina sie auch erkennt, könnte sie doch nur einen winzig kleinen Zweifel säen, sie denkt an Curts Lachsalve und die Verschämtheit des Kleinen und ihre eigene aufmüpfige Hoffnung, und sie sind ja auch lange weg gewesen, und Curt ist immer schnell zur Sache gekommen, und sie sieht Alina irgendwie verloren dastehen, und ein riesiges Stück Brot zerkracht zwischen Curts Schneidezähnen, und sie sagt, es sieht danach aus, daß die Herren der Schöpfung uns zuvorgekommen sind, „sie haben wohl allerhand Unfug getrieben“ und „haben Sie nicht auch Lust, einen Happen zu essen, Alina?“, aber Alina schüttelt mit einem unhörbaren Neindanke den Kopf und macht einen Schritt auf Curt zu, lächelt, und der Kleine schaut sie mit einem Lachen an, das seine Verlegenheit und damit möglicherweise auch die Möglichkeit ausradiert, aber Curt sieht jetzt trotz allem Alina nicht so warm und intensiv an, wie sie es erwartet hat, vielleicht waren das Essen und die aufgedrehte Heiterkeit, die der Kleine mit seiner Beschwipstheit zustande bringen sollte, doch eine Vergeltung für ihren Rückzug in die Welt der Frauen, und damit besteht wieder die Möglichkeit, diesmal in alternativer Form, der Rache, und wer sagt übrigens, daß sie sich nicht einfach verabredet haben, und Curt sieht sie an, vorbei an Alina, und es liegt ein Vorwurf in seinem Blick, aber auf der anderen Seite bedeutet es an und für sich, daß von allen vier Anwesenden sie beide doch die einzigen sind, die die Situation begreifen und richtig abzuschätzen wissen, was passiert ist oder was passieren könnte, und außerdem, daß sie und Curt sich trotz allem über die Köpfe anderer hinweg miteinander verständigen können, und sie weiß, sie hat ihn getroffen, sie hat auf irgendeine Weise den Dolch in ihn gestoßen, nur weiß sie nicht, auf welche, aber sein Versuch, den Kleinen betrunken zu machen und sich vielleicht verführen zu lassen, hat damit zu tun, sie hat auf jeden Fall die Oberhand über Curt, wie die Dinge jetzt liegen, und darüber ist er sich selber klar, denn es ist ein unerwarteter Schimmer des Flehens in seinen Augen, und sie wendet sich Alina zu, ohne genau zu wissen, warum, „was ist mit etwas Musik? wäre das nicht eine Idee – etwas Musik?“

„Musik, Musik, um diese Zeit, mitten in der Nacht“, und Curt fährt auf, also hat sie seinen Blick richtig gedeutet, er wittert eine Falle, fühlt sich durchschaut, Alina ist müde, sie hat genug gesungen für heute abend, sie mußte doch verstehen, er protestiert in Alinas Namen, „ja, ich weiß schon, ich bin mir absolut darüber klar, wie man sich nach einem Konzert fühlt, aber trotzdem“, und gleich darauf: „man soll ja auch nicht übertreiben“, und unerwartet bekommt sie Unterstützung von dem Kleinen, der aufgestanden ist und geschrien hat „jaja, jaja“, „Sie haben hier eine ausgezeichnete Begleitung“, und sie klopft ihm leicht auf die Schulter, und er strahlt und fühlt sich wieder ganz in Gnaden und Mutters breite Arme aufgenommen, „jaja, jaja“, „ich wollte so gern Ihre Stimme hören, nachdem mir so viel davon erzählt worden ist“, und sie sieht zu Curt und weiß, er ist auf der Hut vor einem Anschlag, der, darüber ist er sich klar, kommt, nur ahnt er weder wie noch wann noch eigentlich überhaupt warum, er ist in Panik, sieht sie, und der einzige Ausweg, den er hat, ist ununterbrochen zu protestieren, sich auf Alinas Müdigkeit sowie ihre eigenen Erfahrungen von Erschöpfung nach einem Konzert zu berufen, „es ist einfach unzumutbar, eine unmenschliche Forderung", und Alina steht zwischen ihnen und weiß nicht aus noch ein, Müdigkeit, Unmenschlichkeit, Unzumutbarkeit zum Trotz wird sie singen oder nicht, je nach dem Ergebnis ihres Meinungsaustausches, sie ist hilflos, hat eigentlich keinen Willen, sie ist zu einem Ball zwischen ihnen geworden, ist auf einen Gegenstand reduziert, und erst jetzt wird sie sich darüber klar, daß der Anschlag in Wirklichkeit genau darin besteht, Alina zu einem Automaten zu machen, der singt oder nicht singt, je nachdem, ob einer von ihnen es für gut hält, eine Münze hineinzustecken, und im selben Augenblick, in dem sie es entdeckt, hat auch Curt gewittert, daß der Anschlag, den er gefürchtet und abgewehrt hat, gerade durch sein eigenes Verteidigungsmanöver exekutiert wurde, noch einmal hatte er sich unwissentlich zwingen lassen, sein eigenes Grab zu graben, „dann spiel doch zum Teufel selbst, wenn du so versessen darauf bist, Musik zu hören", und er wird plötzlich unsicher und grob und plebejisch und stempelt sich durch seine Ungehobeltheit selbst ab, und Alina ist am Boden zerstört, sieht sie, und sie spürt, wie sie überlegt, ob sie nicht doch nur ein ganz kleines bißchen Selbständigkeit beweisen und anbieten sollte zu singen, wenn auch nur um zu verhindern, daß Curt sich noch mehr blamiert, und der Kleine schreit noch lauter „jaja, jaja" wie Applaus vor einem Konzert, und Curt ist immer noch so bäuerlich barsch und nervös, und so ändert sich Alinas Ausdruck zu mitleidsvoll schwesterlich verschworener Teilnahme, und sie fühlt, sie kann sich einen Seufzer, einen geneigten Kopf, die Fügsamkeit eines Märtyrers erlauben, „ja, gern, wenn du es möchtest, spiele ich selbstverständlich, aber das war es eigentlich nicht, was“, und sie lächelt kummervoll Alina zu, die gerade wieder drauf und dran ist, sich aber doch nicht traut und ihr statt dessen einen verständnisvollen Blick zuwirft, stummer Ausdruck der Bitte, ihnen dies zu schenken, und des Mitgefühls für die vielen Jahre des Zusammenlebens, und sie ist sich selbst nicht ganz sicher, ob sie in ihrem eigenen Netz gefangen ist oder ob sie ihn in die Reuse getrieben hat, in der sie ihn haben wollte.

Morgen würde er eine Leiche sehen, so unendlich einfach war es – eine beinah abstrakte Tatsache. Und Paul Loften spürte etwas, das er als Trauer bezeichnen konnte. Zum ersten Mal kam das Gefühl über ihn, und es war ebenso rein wie die Tatsache selbst.

Auf seine Weise wünschte er, er könnte davor fliehen, sagen, daß er sie nicht sehen, nichts damit zu tun haben, erst kommen wollte, wenn alle Formalitäten überstanden waren, wenn das einzige, was existierte, ein Sarg in einer Kapelle war. Aber gleichzeitig wußte er, daß das Richtige war, auch vom Körper Abschied zu nehmen, von den grauen Haaren, der wachsgelben Haut, den geschlossenen Augen. Er mußte es tun, und er wünschte sich auch, es zu tun. Zum letzten Mal über das Gesicht zu streichen, die Knochenstruktur, die Wangenknochen, das Kinn zu spüren, wenn es auch kalt sein würde, wie wenn man über eine Gipsmaske striche.

Er wußte nicht einmal, wie er es empfinden oder wie er reagieren würde. Er hatte nur das Gefühl, daß es anders sein würde, als er voraussah. Vielleicht würde er schluchzend zusammenbrechen, weil er erwartete, den Eindruck einer stoischen Haltung machen zu können. Vielleicht würde er tatsächlich ganz aufrichtig eine innere Festigkeit gewinnen, die ihm zu einer stoischen Haltung verhalf, gerade weil er erwartete zusammenzubrechen.

Er würde dort am hellen Morgen stehen, an der Leiche. Wie würde sie aussehen? Würde sie ruhig daliegen, als ob sie schlief, oder würde der Körper in Krämpfen verrenkt und die Augen vor Angst aufgesperrt sein? Würde sie gekrümmt daliegen, mit einer Kanüle aus einer Vene ragend? Würde sein Eindruck Frieden sein oder Seelenangst und Grauen?

Ihn schauderte bei dem Gedanken an starre, große, schreckgeweitete, gebrochene Augen mit der blauen Iris kreisrund und tot im Weißen. Und noch mehr bei dem an seine eigene Machtlosigkeit und fundamentale Einsamkeit, von der sie zeugen würden. Und erst wenn Fremde dagewesen wären, effektive, weißgekleidete, fürsorgliche Damen, würde er ein leichtes Klopfen an der Tür zum Wohnzimmer hören, ‚jetzt können Sie raufkommen und sie sehen', ‚ist sie nicht schön?', und vielleicht würden sie sogar Lob und Anerkennung für ihr Werk erwarten – ‚ja, sie ist wunderschön', ‚eine gute Arbeit, die Sie da geleistet haben', ,beinah, als ob sie noch lebte'. Würden sie ihr auch die Haare schamponieren und fönen?

Er würde am hellen Morgen hinaufgehen und sie finden. Zu einem Zeitpunkt, wo er den Tag sonst nicht kannte, wo das Licht auf eine bestimmte Weise fiel, wo die Luft besonders klar war. Er würde sich darüber wundern, daß schon hellichter Tag war, zu einer Zeit, zu der er sonst schlief.

Möglicherweise würde er bei ihr sitzen können, möglicherweise würde der Anblick so erschütternd sein, daß er schnell wieder die Tür schlösse.

Und danach – danach.

Er wartete, bis es acht, halb neun war, bevor er den gemeinsamen alten Freund anrief, ihren Kollegen, Kamerad schon seit dem Studium. Er würde ihn ganz kurz informieren, und es war sicher, daß er sofort kommen würde. Vielleicht hatte Elizabeth ihn sogar darauf vorbereitet. Vielleicht hatte er ihr das Nötige besorgt.

Würden sie einen Krankenwagen kommen lassen? Würde sie obduziert werden? Mußte man sich in solchen Fällen nicht immer absichern, daß kein Verbrechen vorlag? Sie würden die Polizei rufen.

Paul Loften empfand unerwartet Angst, unpassend, unangemessen. Aber er mußte zugeben, daß sie da war. Der schmuddelige, schlaue Kriminalkommissar der Kriminalromane trat mit taktlosen Rückfragen auf und fand ihn verwickelt in Selbstwidersprüche.

‚Ich bin gestern verhältnismäßig früh ins Bett gegangen und habe vorher zu meiner Frau reingeschaut, aber nichts Ungewöhnliches bemerkt; sie schlief.' ‚Ihre Tochter hat angerufen?' ‚Ja.' ‚Wir müssen zusehen, daß wir die Tochter erreichen, und hören, ob er ruhig oder nervös wirkte.'

‚Ich bin gestern ziemlich spät ins Bett gegangen und wollte meine Frau nicht stören, für den Fall, daß sie schon schlief. Also bin ich nicht, wie ich es sonst mache, zu ihr hineingegangen, um gute Nacht zu sagen.' ‚War es nicht eine feste Gewohnheit?' ‚Es gab Ausnahmen; wenn ich das Gefühl hatte, daß sie ihre Ruhe haben wollte, habe ich sie natürlich nicht gestört. Außerdem hatte sie ja ihre Klingel, so daß sie sich melden konnte, wenn etwas war.' ‚Und gestern abend hatten Sie also das Gefühl, daß sie ihre Ruhe haben wollte, wie Sie sagen?' ‚Sie hat es selbst zum Ausdruck gebracht, ja.' ‚Ausgezeichnet, aber wie wollen Sie dann erklären, daß?'

‚Ich habe heute nacht gar nicht geschlafen. Ich habe sehr schlecht geschlafen. Ich habe dagelegen und mich herumgewälzt. Deshalb wirke ich so unausgeschlafen. Wie Sie sehen, ist das Bett nicht gemacht. Ich habe das Bett gemacht. Das war das erste, als ich aufstand. Bevor ich zu meiner Frau reinging.' ‚Haben Sie nicht sonst eine Haushaltshilfe?'

‚Ich habe heute nacht gar nicht geschlafen. Ich habe die ganze Zeit unten gesessen und geraucht und nachgedacht. Meine Frau, mit der ich jetzt vierzig Jahre verheiratet bin, am sechsten September genau vierzig Jahre, hat mir gestern abend nach der Ausstrahlung der Fernsehnachrichten mitgeteilt, daß sie beabsichtigt, sich heute nacht, das heißt letzte Nacht, das Leben zu nehmen, aufgrund ihres unheilbaren Krebsleidens, das das Stadium erreicht hatte, in dem die Schmerzen so unerträglich geworden sind, daß der Rest des Daseins für sie nur ein tierisches, vom Morphium ausgelöstes Dahindämmern gewesen wäre.' ,Und Sie haben nichts getan, um es zu verhindern?' ,Nein.' ,Sind Sie sich im klaren, welche?'

Er würde nicht belangt werden. Von gerichtlicher Verfolgung würde keine Rede sein. Er war überzeugt davon, daß sie nie etwas getan hätte, wofür er büßen mußte. Außerdem war sie in den gesetzlichen Bestimmungen auf diesem Gebiet sicher bewanderter als er. Und die Leute würden verstehen. Die Polizei würde ahnen, aber ihn auch kennen. Er war ein ordentlicher Mensch. Er stand auf freundschaftlichem Fuß mit den Chefs der lokalen Polizei, hatte sie zum Mittagessen bei sich gehabt, wenn im Zusammenhang mit der Bank besondere Sicherheitsvorkehrungen diskutiert werden mußten. Er wußte, daß sie Forderungen nach Gesetz und Ordnung gegen Ethik, verantwortungsbewußte Liebe, mitmenschliches Gefühl abwägen konnten, zumindest in seinem Fall. Nein, er brauchte die Polizei nicht zu fürchten. Es wäre eine reine Formsache. Der Arzt würde für ihn sprechen. Und die Schlaflosigkeit als Trauer und Schock ausgelegt werden.

Aber dann kamen die Kinder. Die er anrufen mußte. Seine und Elizabeths Kinder.

Paul Loften wurde erneut unruhig. Er mußte wieder aufstehen, sich wieder auf die ungewohnte, tigernde Wanderung durchs Wohnzimmer begeben.

Er würde sie anrufen, alle drei; und sie tauchten fein säuberlich in seinen Gedanken auf, untergebracht in drei hübschen Kämmerchen ohne Verbindung miteinander. Die fehlende Verbindung fiel ihm auf, und er hatte das Gefühl, daß wohl er es war, der sie hätte herstellen sollen; aber das war nun einmal nicht geschehen, sie existierten jeder für sich, er konnte ihnen die Tür öffnen und sie beinah genüßlich als Einzelexemplare betrachten – Kit, die er gern hatte, deren Mann er nicht leiden konnte, sie, von der er am meisten enttäuscht war, weil sie sich nicht entwickelt hatte; Rudolf – und er machte die Tür gleich wieder zu; Brigit, die ihn irritierte, die ihn immer irritiert hatte, schon von klein auf, die ihn umso mehr irritierte, wie er versuchte, seine Irritation zu bekämpfen, der er deshalb besondere Freundlichkeit erwies, bis er weder sie noch seine Freundlichkeit noch seine Irritation länger aushalten konnte. Er würde sie morgen anrufen, sie würden angetanzt kommen, und zumindest Brigit würde ihr mütterliches Erbe verlangen.

Und dann Todesanzeige und Trauerfeier und Kondolenzen und Kollegen und Grabstein und Verbrennung-oder-Beerdigung und die Arbeit und das Aufräumen.

Die Sachen.

Die Sachen – sie machten ihm plötzlich Angst. Elizabeths Sachen.

Er würde überall auf sie stoßen. Belanglose Dinge, Kleinigkeiten, aber mit einer Identität und Funktion, die sie ganz zu ihren machten. Noch jahrelang würden sie mit ihren erinnerungsträchtigen Drohungen unerwartet auftauchen. Zuerst die, die sich am leichtesten entfernen ließen – Mäntel, Kleider, Unterwäsche, Puderdosen, Nagelscheren, Haartrockner, Gürtel, Schuhe, Parfums. Dann die Kleinigkeiten, über die er immer wieder fallen würde – ein Bleistift mit Zahnspuren, eine Postkarte, adressiert an, eine Haarnadel, ein Blatt gefaltetes Schreibpapier, ein Taschentuch, ein Stück Schnur, aufgewickelt auf ihre besondere Weise. Und schließlich die merkwürdigen Dinge, die in den Augen anderer keinen Wert hatten, für sie, die sie besessen hatte, aber voll von Bedeutung waren – ein Stein, der in Wirklichkeit ein Stück aufgesammelter Berg von weit her ist, ein Zahn, dessen Art nur ein Fachmann bestimmen kann, eine Haarlocke, ein Stück Stoff, ein getrocknetes Blatt, oder war es nur zufällig gepreßt worden – Dinge, die auf ihre ursprüngliche Geringfügigkeit reduziert wurden, wenn der Erinnernde nicht mehr da war.

Und auf einmal fühlte er sich selbst reduziert. Was war er im Grunde, wenn sie, die sich erinnerte, nicht mehr war? Wieviel von ihm verschwand mit ihr? Paul Loften meinte plötzlich, daß er des größten Teils seines eigenen Wertes beraubt worden war. Es war, als ob er blasser, kleiner würde, als er vorher gewesen war. Das Vermissen, das er empfand, galt nicht nur ihr, sondern auch ihm selbst. Sie hatte einen großen Teil von ihm mitgenommen; die komplexe, facettenreiche Figur, die in ihr gelebt hatte, war nicht mehr. Er mußte allein zurechtkommen, wie er war, in seiner ursprünglichen Bedeutungslosigkeit. Er war unendlich verringert – ein Nichts.

Paul Loften hätte sich gewünscht, einen riesengroßen Pappkarton bekommen und all ihre Sachen hineinwerfen zu können, all das Persönliche, das ihr gehört hatte, all das, worauf er in den Jahren, die kamen, treffen, all das Wertlose, das er im ersten Augenblick übersehen, das ihm später aber umso erschreckender entgegenkommen würde, falls es zufällig auftauchte. Raus, weg damit, so daß es keinen einzigen Gegenstand gab, der an sie erinnerte, abgesehen von dem, bei dem er entschied, daß er bleiben sollte. Damit er gegen unerwartete Erinnerungsschauer für immer abgesichert wäre. Alles aus dem Haus schicken. Es der Heilsarmee geben. Und wenn die es nicht haben wollten, fahr es auf den Müllabladeplatz. Weg muß es – ein für allemal.

Jetzt hatte er plötzlich das Gefühl, daß er auf das ganze Gerümpel obendrauf sich selbst werfen konnte, wie eine alte, abgenutzte, borstenlose Zahnbürste.

Rudolf sitzt da, die Hand unter dem kalten Hahn. Er hängt über dem Rand der Badewanne und hat einfach das Wasser laufen lassen. Die Kälte schnitt ihm ins Fleisch und machte die Finger gefühllos bis ins Mark. Aber er traute sich nicht, die Hand zurückzuziehen, er traute sich nicht einmal, sie anzusehen. Und jedesmal, wenn er findet, er sollte den tauben Fingern Ruhe gönnen, wenn er den Arm zurückzieht, ist da nur die brennende Handfläche. Er starrt auf die grauen Fliesen und hat längst alle Risse und Unregelmäßigkeiten miteinander kombiniert, jede Form, jedes Muster und jede Figur war ihm jetzt bekannt, und immer noch ist da das gleiche Stechen, wenn er die Hand vorsichtig aus dem kalten, hämmernden Wasserstrahl nimmt. Er starrte in die Badewanne, die verdreckte, mit Rändern von Seife und Körperdreck und Haaren und Sockenwolle, die klebten und Tropfen in Mustern fingen. Und er hörte unaufhörlich mit der zum Wahnsinn treibenden Monotonie des Baches, Wasserfalls, Flußrauschens das Pfeifen und Platschen des kalten Wassers. Ab und zu führte er seinen linken Arm in den Strahl und wischte sich Schweiß, der immer kälter wurde, vom Gesicht. Er führte eine hohle Hand Wasser unter die Lippen, saugte es ein, gurgelte, ließ es zwischen die Zähne sickern, sie reinigen, spuckte aus, um etwas zu tun zu haben, um sich eine innere Linderung gegen den äußeren Brand zu verschaffen. Schließlich hatte er die Brust ganz über den Rand der Badewanne geworfen, der Kopf baumelte nach unten, die Haare hingen und wurden naßgespritzt – eigentlich will er am liebsten aufgeben, alles aufgeben, denn er kann nicht mehr, ganz einfach. Und er schielt nach hinten, zum WC, rissig, gelb von Pisse, fleckig von

Scheiße, und nur das kalte, laufende Wasser mit seinem schwachen Geruch von Frische und Chlor verhinderte, daß der Gestank von der Schüssel und dem fleckigen Boden rundherum in Rudolf Schleim und verschluckten Speichel in würgenden, leeren Brechkrämpfen nach oben preßte.

Langsam beginnt es Rudolf zu dämmern, daß es so nicht weitergehen konnte. Das hier schafft er nicht allein. Wäre es nur die Brandwunde gewesen – er hätte sie ruhig gepflegt, mit Schnaps, Jod, antiseptischen Mitteln und Glaube, Hoffnung, Liebe. Aber es sind die Schmerzen, ganz einfach die Schmerzen. Und er begreift nach und nach, daß etwas getan werden mußte. Nicht umsonst war seine Mutter Dr. med.: Rudolf hat immer instinktiv gewußt, wann er einen Arzt brauchte. Was jetzt der Fall war. Er ist gezwungen, es zuzugeben. Es geht nicht mehr, schlicht und einfach. Er richtete sich auf, stand mit halbnassen Haarsträhnen in zerknitterten, schmuddeligen, feuchten Sachen da, spürte, wie seine Beine unter ihm merkwürdig schwankten, und meinte das damit erklären zu können, daß er so lange auf den Knien gelegen hatte. Unfallstation – das Wort taucht auf zusammen mit peinlichen Kindheitserinnerungen an einen dampfenden Hackfleischring aus fetten Frauen in nassen Wintermänteln und eine weiße, scharfgebügelte Mutter, die alle überfallen, murrend, klagend, nur weil sie Ärztin ist. Die Unfallstation, wo er aufgenommen werden, wo etwas für ihn getan werden, wo er ein Bonbon bekommen wird, ja, er weiß, da muß er hin. Freundliche Damen, liebe Frauen, blutjunge Mädchen, deren süße Lebensaufgabe es war, seine Wunden zu heilen. Ein unendliches Selbstmitleid füllte Rudolf Loftens Herz mit Blut und seine Augen mit Tränen: Es ist, als ob er auf die Unfallstation weniger seiner verbrannten Hand wegen müßte, sondern um sich schluchzend in den Schoß einer antiseptischen, sanften Frau, weiß, duftend, werfen zu können, sich ausweinen zu dürfen, getröstet, über Haar und Nacken gestreichelt zu werden.

Der Entschluß ist gefaßt, er mußte los. Aber es ist unmöglich, in dem Zustand, in dem er jetzt ist, irgendwo hinzugehen. Wie kann man in die Unfallstation kommen und nicht seine Sonntagskleidung tragen? Eine enorme Energie wallt in ihm auf. Beinah Lebensmut empfindet er, während er den Schlachtplan macht – rasieren, waschen, saubere Sachen, und dann los, los, in die Unfallstation. Voller Übermut greift er nach dem Rasierapparat und entdeckt im selben Augenblick, daß die rechte Hand nicht funktioniert, alles muß mit links gemacht werden. Fast automatisch hatte er die Finger ausgestreckt, im Griff angespannt und ist jetzt zitternd zusammengefahren, als hätte er einen Schlag bekommen. Er starrt mißtrauisch, feindselig auf den Apparat und glaubt tatsächlich, daß es darin einen Kurzschluß gegeben hat. Erst als er auf den Boden geschaut hatte, um zu sehen, ob er mit den Füßen in Wasser stand, machte er sich den eigentlichen Zusammenhang der Dinge klar. Der Schmerz war stechend gewesen, ließ aber nach, wurde bei dem neuen Gefühl des Rasierapparates in der linken Hand gewissermaßen vergessen. Er kann dessen Form, wie sie sich in die Handfläche schmiegt, genießen, sich über dessen Gewicht, das so ungewohnt vom linken Handgelenk getragen wird, freuen. Hand und Apparat spielten miteinander, während er zusah. Die Finger waren neue, unbekannte Wesen, die eine neue, ebenso fremde Schöpfung erforschen sollten. Er hat keine Herrschaft über sie, sie sind in ihrer Forschertätigkeit unabhängig, autonom. Und es überrascht ihn nicht, daß sie den falschen Schalter bewegen, als der Strom fließen soll. Rudolf amüsierte sich über das Spiel seiner Finger, genoß die Vibrationen des Apparats, die ihm vorher nie aufgefallen waren – der Griff der rechten Hand war zu fest; aber jetzt ruht der Apparat leicht zitternd, gestützt vom dicken Fingerballen des Daumens, in der linken. Vorsichtig fing er an. Sorgfältig hielt er den Apparat, ängstlich, daß er ihm entgleiten, hinunterfallen, beschädigt werden würde. Es ist lange her, deshalb ist der Bart nicht mehr widerspenstig, und er muß den Langhaarschneider benutzen, die Haare von allen Seiten bearbeiten. Es ging langsamer als sonst, er kann die Haut über dem Kiefer nicht straffen, und hinten an den Ohren kann er nicht sehen, ob er alles erwischt hat. Er hofft es einfach und genießt die Gelassenheit, die ihm aufgezwungen worden ist, freut sich an seiner Ruhe. Bis jetzt hatte er darauf geachtet, sich nicht in die Augen zu sehen. Er hatte sich die ganze Zeit auf Bart, Wangen, Kinn konzentriert, mit Absicht nicht über die Nasenspitze gesehen, nur abwärts, den Hals, die Kehle entlang, auf die fleckigen, dreckigen Sachen, die allmählich mit geschmeidigen Barthaaren übersät werden. Er hat Angst bei dem Gedanken an die blutunterlaufenen Augäpfel, die rosafarbenen, geschwollenen Lider, die blauschwarzen Tränensäcke. Aber auf einmal, und er weiß nicht genau, wie es dazu gekommen ist, wird sein Blick von seinem Blick gefangen. Er sieht in seine Augen, seine eigenen Augen im Spiegel. Er starrt sie an, sie starren ihn an. Den Rasierapparat läßt er ruhen, er sieht nur. Er schaut sein Gesicht an, betrachtet seinen Blick, und befreit, mit einer funkelnden Empfindung von etwas, das er beinah als Feierlichkeit bezeichnen wollte, macht er sich klar, daß der Blick der eines Menschen ist.

Rudolf Loften drückt die Nase am Spiegel in seinem Badezimmer platt, und als er sie wieder zurückzieht, ist dort mitten in Staub und Zahnpastaspritzern ein kleiner, runder, hautgefetteter Abdruck. Er betrachtet sein ganzes Gesicht. Ohne Scheu. Ohne Angst. Das ist neu für ihn. Die Umrisse der dunklen Flecken sind verwischt, die Farbe erscheint nicht scharlachgesprenkelt, sondern in dem hellen, warmen Licht von der Lampe über seinem Scheitel beinah gesund braun. Und sein Ausdruck war freundlich, er konnte mit einem Lächeln alle Falten auf der Stirn ausradieren, und jetzt, nachdem sein Bart weg war, konnte er um den Mund sanfte Linien herstellen, die sich simultan im ganzen Gesicht ausbreiteten. Aber es waren vor allem die Augen, die ihn beschäftigten. Er legt die Hand schützend über die Brauen und sieht die Pupillen wachsen, dann nimmt er sie jäh weg, so daß sie wieder zum Punkt werden. Und seine ziemlich kurzen Wimpern sind wie ein scharfer, kleiner Besen, und die empfindliche Haut seiner geschwollenen Lider hat Farbe bekommen, als hätte er das Gesicht am ersten Frühlingstag in die Sonne gehalten. Und seine Augen da drinnen reagieren auf seine Augen da draußen. Ihr Ausdruck ist verständig und forschend. Es sind Augen, die begreifen, Augen, mit denen man in Kontakt kommen, Augen, mit denen er als Mensch in Verbindung treten kann, wie die Position seines Kopfes auch ist, laß sie also gern blutunterlaufen sein, laß also die blaugraue Iris voll von dicken, roten Adern erscheinen; die Pupille war schwarz, tief, rein und öffnete den Weg zu einer Welt, die die einer menschlichen Seele war. Und ihm, ihm allein ist es beschieden, durch sie hineinzugehen, hinein, durch die dunkle, kreisrunde Öffnung, wo er das Abenteuer eines Menschen in einem menschlichen Universum erleben wird, das weiß er.

Rudolf Loften hat dagestanden und ekstatisch seine eigenen rätselhaften Augen betrachtet. In seiner Ergriffenheit vergißt er die schmerzende Hand. Er begreift, was der Blick da drinnen ihm mitteilen will, und als er dumpf und verhangen wird, ist er nicht enttäuscht, sondern fühlt, wie richtig das war, denn er hatte ja die Botschaft, die ihm gesandt worden war, erhalten. Also konnte er mit seinem Vorhaben ruhig weitermachen. Und er läßt Wasser in die Wanne ein, schält sich aus den Sachen, sein ungewaschener Körper stank und klebte, er manövriert einen Seifenrest durch alle Vertiefungen des Körpers und fährt ein paarmal damit durchs Wasser, das grau von menschlichem Schmutz und Schaumbadfett ist, während er die lädierte Hand in melodramatischem Gestus über den Wannenrand hält, um dann aufzustehen, aus dem schwappenden Wasser zu steigen, graziös auf Zyperns grüne Badematte zu treten, mit einem schamhaften, blauen Badelaken um die Lenden. Er ist neu, geläutert. Das warme Wasser hatte ihm Herzklopfen gemacht, ihm das Blut ins Gesicht getrieben, so daß die Schleimhäute die Nase verschlossen und es feuerrot war, aber, so kam es ihm vor, das war doch nur etwas Natürliches, es bestätigte seine Wiedererweckung. Zwar sind seine Adern, sein Hirn, der ganze Körper voller Alkohol, aber das war nicht mehr zu spüren; es ist verwandelt in einen Zustand leuchtenden Dunstes, amalgamiert zu einer Euphorie, die sich in einem funkelnden Ziel draußen konzentrierte und konkretisierte – in der Unfallstation.

„Sind Sie sich jetzt ganz sicher, daß wir Sie nicht überreden können“, sie sitzt am Flügel, läßt die Hände auf den Tasten ruhen, einladend, Alina zu begleiten, während sie verschmitzt zu ihr hochschielt und sich vorstellt, was sie wohl singen würde, wenn es dazu käme, etwas völlig Unpassendes, Vier ernste Gesänge, ein scheißlangweiliges Wolff-Lied oder eine gräßliche italienische Barockarie, oder was ist mit Die Liebe hat gelogen, meine Kleine, nachdem wir jetzt davon reden, was zu der Gelegenheit paßt, und sie schlägt eine fragende große Sexte an, und plötzlich hat sich Curt schützend zwischen sie und Alina gestellt, Alina sang nicht, und das kommt mit einem Zischen als letztes Wort vor dem Türenknallen in einer ehelichen Abrechnung, und sie erinnert sich, daß immer er es war, der im Protest davonstürzen mußte, Gott, ja, und sie zuckt nur die Schultern und sieht den kleinen Curt eine weiße Engerlingshand nach seiner Golduhr ausstrecken, als ob er Angst hätte, sie nicht mitzubekommen und sie sich in einem unbeobachteten Augenblick unter den Nagel reißen zu müssen, ja, zum Teufel, dann nimm sie doch, du kleiner Mistkerl, das Ganze ist ihr inzwischen so herzlich gleichgültig, sie braucht weder ihn noch seine Uhr noch Alina noch ihre Stimme, sie weiß nicht, was sie eigentlich will oder soll, sie ist sich nur klar darüber, daß es um Curt und sie geht, aber auf welche Weise, und er hat sich in Kampfpositur gestellt, mit gespreizten Beinen, gedrungen, quadratisch, mit kurzem Nacken und gepflegten Wurstfingern, und alles um sie ist Chaos, und es wirbelt rundherum, Dinge, Möbel, Menschen, Erinnerungen, abstrakt wird konkret, konkret abstrakt, und in dem luftleeren, windstillen Zentrum steht Curt, und jetzt soll, ein für allemal, dieser Mittelpunkt gesprengt und zersplittert in alle

Himmelsrichtungen geschleudert werden, um sich nie mehr zusammenzufügen, aber wie, um sich nie wieder manifestieren zu können, aber wie, und sie wendet sich zum Flügel, um damit Curt zumindest auf einen Stuhl zu zwingen, so daß sie Ruhe zum Überlegen hat, und auch die beiden anderen setzen sich, und sie weiß nicht, wofür sie sich entscheiden soll, denn das, was sie spielt, soll ja die Kettenreaktion auslösen, vielleicht hat sie sich deshalb in diese Position manövriert, aber tatsächlich wird die Entscheidung für sie getroffen, es ist passiert, und sie beugt sich über die Tasten und hört sich beinah ungläubig mit der linken Hand einen brutalen F-Dur-Akkord anschlagen und mit dem Italienischen Konzert in Jazzversion beginnen.

Sie spürt, wie sie alle drei zusammengezuckt sind, sie sind desorientiert, bestimmt haben sie einander angeschaut, nein, das haben sie sich wohl nicht getraut, zunächst hatten sie es wahrscheinlich als einen Scherz aufgefaßt, wenn auch von allerschlechtestem Geschmack, als ob sie, um lustig zu sein, gerülpst oder gefurzt oder die Unterhose ausgezogen hätte, aber das ist keine momentane Lustigkeit, sie hat weitergemacht, und jetzt sitzen sie wohl da und starren auf den Teppichboden oder lassen den Blick an einem sicher belanglosen Detail des Zimmers haften, und sie hämmert entschlossen los, was sie auch glauben oder denken, sie werden gezwungen, die Qual auszuhalten, sie wird spielen, sie wird, der Satan soll sie holen, spielen, und es klingt metallisch, und es klingt häßlich, es ist abstoßend, widerlich, und das soll es auch, und sie macht weiter, der ganze erste Satz wird durchgespielt, und sie weiß, daß Curt leidet, er mit seinen feinen Ohren, seinem raffinierten Geschmack, der kleinen, zarten Vogelseele in dem Boxerkörper, sie wird's ihm geben, sie gibt's ihm, der wird was hören, und sie weiß, er traut sich nicht, sich die Ohren zuzuhalten, er traut sich nicht, aufzustehen und zu gehen, er traut sich nicht, aufzuspringen und Zeter und Mordio zu schreien, er traut sich nicht einmal, seiner kleinen Alina in die Augen zu sehen und resigniert den Kopf zu schütteln, denn jetzt ist sie es, die die Oberhand hat, und er kann nur dasitzen und die Pein ertragen, da hat sie ihn, jetzt weiß er, was sie von ihm hält, Bach, ihr lieber Bach, ihr alter Bach, das Verbindungsglied, der Berührungspunkt, wo sie sich immer begegnen konnten, selbst wenn es auf keine andere Weise ging, das ist aus, mein Freund, das ist vorbei, mein Freund, und sie macht weiter, sie bringt es zu Ende, es soll bis zum Schluß durchgewalkt und durchgehämmert werden, und sie ist bei der Reprise, denn es gibt keine Berührungsfläche mehr zwischen uns, mein Freund, die alte ist tot, und wenn du versucht hast, eine ähnliche Verbindung mit Alina zu schaffen, dann ist es auch hiermit vorbei, sie funktioniert nicht, denn dieses brutale, harte, mißtönende Italienische Konzert wird jedes einzelne Mal, wenn du etwas in dieser Richtung versuchst, zwischen euch treten, du kannst nicht mehr, ich verbiete es, und sie hat es zu Ende gebracht, sie hat es getan, sie ist zum letzten F-Dur-

Klang gekommen, und sie wendet sich ihnen heftig zu und findet sie dahingesunken, genauso, wie sie es sich vorgestellt hat, erschüttert, meint sie, schreckensstarr, hofft sie, und sie schaut sie an, legt kokett, findet sie, den Kopf schief, „Gott, wie komisch ihr ausseht, ihr solltet euch jetzt sehen", und sie bricht in schreiendes Gelächter aus und lacht und lacht, „das habt ihr doch selbst so gewollt", und die Stimme überschlägt sich, und sie wirken immer gelähmter, verständnisloser und schafiger.

Sie kann sich das Lachen nicht verbeißen, sie kann nicht aufhören, sie muß immer weiterlachen, und die anderen haben keine Ahnung, was sie machen sollen, wer von ihnen die Situation retten soll und wie, und es ist ziemlich unmöglich für Curt, aufzustehen und zu sagen, was er am allerliebsten sagen würde: daß es, glaubte er, jetzt wohl an der Zeit war, daß sie nach Hause fuhren, denn das wäre eine Demonstration, und der Abend lud zu keinen anderen Demonstrationen ein als ihren eigenen, es ist deren Aufgabe, sich etwas einfallen zu lassen, einen Übergang, eine Kadenz zu schaffen, die es ihnen erlauben kann, zum letzten kurzen Satz, dem der Heimfahrt, zu schreiten, aber sie sind so ratlos und verwirrt, daß sie einfach nicht weiterwissen, und sie sitzen still, nicht einmal auf ihre Uhren zu sehen trauen sie sich, während sie lacht und lacht, und dann plötzlich fängt auch der kleine Curt an, sei es nun aufgrund von Wein, Dummheit, Speichelleckerei oder dem Wunsch, im Mittelpunkt des

Geschehens zu sein, auch er fängt an zu lachen, fast ebenso übergeschnappt verrückt wie sie selbst, er ahmt sie gewissermaßen nach, in Haltung, Stimme, Gestus, so daß sie schließlich nicht mehr weiß, ob es Kriecherei oder Frechheit ist, und es ist, als ob der Raum und die Welt nur aus dem Gelächter der beiden und aus Stille besteht, und als sie beide im selben Moment innehalten, bleibt ihr nur noch die Stille, und die ist gellend, schallend wie ihr Lachen vorher, und alle schweigen, und es kommt nicht das geringste Geräusch, auch nicht von der Straße, und die Stille wird immer intensiver, eine unerträgliche, greifbare Versteinerung des Alls, und da ist Curts und Alinas stummes Gaffen, und keiner von ihnen rührt sich, aber dann, ganz unerwartet, bricht der Kleine die Verhexung, ergreift die Initiative, geht zu Alina, und er streckt die Hand nach ihr aus, und er sagt nur „komm, Alina", Alina soll kommen, und Alina steht auf, und er geht zum Flügel und setzt sich an ihren Platz, mit einer Autorität und Kühnheit, die sie ihm nie zugetraut hätte, und Alina stellt sich abwartend in der Rundung auf, aber dann kann der Kleine plötzlich nicht mehr, nach all dem Wagemut ist das Gas aus dem Ballon entwichen, seine Bestimmtheit hat sich verflüchtigt, er hat die Führung verloren, ist ratlos, was er weiter unternehmen soll, und es herrscht wieder gedämpfte Bewegungslosigkeit, aber diesmal voller wirrer Gedanken, und sie wünschte, er hätte soviel Schwung, daß er mit der Internationalen oder der Marseillaise oder Deutschland, Deutschland, über alles loshämmerte, als ihm Curt mit einem Satz zu Hilfe gekommen, zu ihrem Regal gehechtet ist, nach einem Band Schubert-Lieder gegriffen, ihn mit einem Knall vor dem Kleinen aufgestellt, ihn aufs Geratewohl aufgeschlagen hat, so wirkt es, auf der ersten besten Seite, scheint es, aber so zufällig kann es doch auch nicht sein, denn der Kleine schlägt an, und als ob sie es vor langer Zeit miteinander verabredet hätten, beginnt Alina.

Sie hat die Worte nie verstanden, sie hat nie jemanden gefunden, der sie ihr hätte erklären können, und sie ist sich sicher, daß auch Alina nicht weiß, worum es eigentlich geht, aber trotzdem klingt die Stimme so überzeugend, so richtig, als ob sie alle Tiefen von Dichtung und Musik ausgelotet hätte, Der kennt euch nicht, ihr himmlischen Mächte, und Curt hat sich wieder bequem, entspannt auf den Stuhl gesetzt, und er sucht ihren Blick mit seinem, der in all seiner Primitivität sagt: ‚so, du hast deinen Willen bekommen, nicht, wie immer, wie du's immer gemacht hast', aber neben dem Vorwurf ist es auch eine Art Triumph, denn Alinas Stimme ist schön, und er weiß, daß sie nicht damit gerechnet hatte, daß sie so reich, so groß, so gefühlvoll war, mit einer herrlichen Ebenmäßigkeit in allen Lagen, trotz der Müdigkeit, trotz aller Gemütsbewegungen, Ihr laßt den Armen schuldig werden, aber sie hatte die Worte nie begriffen, müßte es nicht umgekehrt sein, Denn alle Schuld rächt sich auf Erden, das sah sie ein, obwohl ihre Erfahrung ihr doch sagte, daß es so nicht ging, das Leben ist ungerecht, und sie kann nur verächtlich zu Curt zurücklächeln, ‚wenn du glaubst, daß dies meine Absicht war, dann hast du mich und diese Situation wie immer besonders schlecht verstanden', aber sie sieht, daß er nichts aufnimmt, er sitzt nur da und vibriert mit einem eingebildeten Lächeln um die Lippen, stolz auf die kleine Puppe, die er vor ihr aufgezogen hat, und sie ist genötigt, gezwungen, sich selbst gegenüber einzuräumen, daß sie in Alina einem bedeutenden Talent gegenübersteht, und sie fühlt, daß das einem früh abgeklärten Temperament zuzuschreiben sein muß, einer menschlichen Reife, von der Alina überhaupt nichts weiß, da sie so überzeugend Worte singen kann, die sie nicht versteht, und als Alina fertig ist, nickt sie ihr unverbindlich freundlich zu, sorgt aber dafür, daß der Blick auch etwas Herablassendes hat, und Curt wendet sich ihr zu, um Applaus und Zustimmung einzuheimsen, hab ich es nicht gesagt, kapierst du jetzt, daß ich dich ihretwegen verlassen habe, und sie wünscht sich, Alina würde noch ein Lied aussuchen, eines, mit dem sie sich Hals und Stimme brechen konnte, eine jungmädchenhaft klingelnde Bocca-bocca-bella, ein melodramatisches Nun-hast-du-mir-den-ersten-Schmerz-getan, ein halbliderliches Agnus dei, aber statt dessen hört sie ein Arpeggio und Tiefe Stille herrscht im Wasser, und es ist nicht auszuhalten, und sie haben es mit Absicht gemacht, wohl um sie zu treffen, und sie haben jedenfalls das Messer in sie gerammt, und selbstverständlich muß es für eine Stimme wie Alinas wunderbar sein, diese langen, schwebenden Töne zu singen, aber gibt es nicht etwas, das elementare Rücksichtnahme heißt, und sie schaut zu Curt, zum ersten Mal beinah flehend, aber der sieht nicht so aus, als ob er da mitspielte, er hat keine Ahnung, wie schrecklich es ihr geht, wie sehr sie gequält wird, er starrt nur hingerissen Alina an, nein, sie muß es beenden, beenden, Keine Luft von keiner Seite, nein, mehr hält sie nicht aus, Todesstille fürchterlich, es ist eine Qual, sie leidet, leidet, leidet, dem muß Einhalt geboten werden, aber sie traut sich trotzdem nicht zu unterbrechen, und erst als sie fertig sind, steht sie jäh auf, um jede Form von Wiederholung zu verhindern, In der ungeheuern Weite reget keine Welle sich, und sie weiß nicht, wie sie sich sammeln soll, aber durch die Worte und Töne, die noch immer in ihrem Kopf auf sie einhämmern, kann sie gerade so mit einer Grande-Dame-Gastgeberin-Gebärde holdselig hervornäseln: „Sie sind müde, meine Liebe, es ist auch falsch von uns, Sie zu quälen“, und Alinas Augen verlieren ihren inspirierten Glanz, „Sie dürfen sich nicht überanstrengen, es war wunderbar, Ihre Stimme zu hören, ich finde sie sehr vielversprechend, aber ich bin natürlich kein Fachmann auf diesem Gebiet, Sie müssen wiederkommen“, und sie wendet sich an Curt, „ihr müßt wiederkommen, beide“, und sie bezieht mit Absicht den Kleinen nicht ein, „ich glaube, wir können einander so viel geben.“

Mervyn D. Collins hat natürlich getan, was er, das hatten alle gesagt, unter keinen Umständen tun sollte, er hat am Nachmittag geschlafen. Aber es war ganz einfach unmöglich, es bleiben zu lassen. Er lag mehrere Stunden nach dem Mittagessen in tiefer Bewußtlosigkeit. Später aß er im Hotel zu Abend, langweilige French fries und Hamburger. Jetzt ist er so frisch wie ein Neugeborenes und ist stundenlang herumgewandert in dieser Stadt, die er am allerliebsten verflucht, höllisch, teuflisch nennen würde, wäre er nicht gerade auf Urlaub.

Die Reise hinüber ist das schlimmste. Leichter ist die andere Richtung, sagen alle. Jetzt sind sie nach Hause gekommen. Zu diesem Zeitpunkt haben sie schon ein paar Drinks intus. Er hätte für später etwas zu essen gemacht. Und während es auftaute, hätte er entweder Charles oder Nat oder Carla oder vielleicht seine Ma angerufen und sich eine halbe Stunde unterhalten. Und weil das Wochenende so nah ist, hätte er sicher verabredet, mit einem von ihnen auszugehen. Und hier trottet er herum, mutterseelenallein, aber warum, verdammt noch mal, mußte Vinnie auch im letzten Augenblick Hepatitis kriegen. Am liebsten hätte er alles abgeblasen, aber das war völlig unmöglich. Er hätte sich zum Gespött gemacht, gegenüber allen, ihnen wäre absolut klar gewesen, was dahintersteckte, und außerdem hätte man ihm bestimmt nichts zurückerstattet.

Mervyn D. Collins läuft umher in dieser merkwürdigen fremden Stadt, und er denkt an seine schöne Wohnung mit Airconditioning, das haben sie hier drüben ja auch nicht, und den neuen, tollen, aber viel zu teuren Ledersessel, in dem er noch gar nicht richtig hat sitzen können. Er fühlt sich ihm gegenüber wie ein Verräter. Überhaupt ist er höchst ungern hier. Er kann Europa nicht ausstehen. Das wußte er schon vorher. Denn er hat Europäer nie ausstehen können. Die sind immer hinter Geld her. Für einen Dollar tun sie alles. Sie werden ganz wild, wenn sie einen Dollar sehen. Sie verkaufen sich selbst und ihre Kinder für einen Dollar. „Also versteck dein Geld; du darfst denen nie zeigen, daß du Dollars bei dir hast", hatten alle gesagt; zeig ihnen ruhig ihr eigenes Geld, das ist ihnen völlig egal. Und das war ihm auch im Laufe des Tages mehrere Male bestätigt worden: Er war verblüfft darüber gewesen, wie ruhig die Leute zeigten, was sie in ihren Brieftaschen hatten, wenn sie in den Geschäften Geld herausnahmen; das würde man doch zu Hause nie tun, aber es waren ja auch Dollars, mit denen man bezahlte.

Nein, er fühlte sich nicht sicher hier. Und sie konnten alle sehen, daß er Amerikaner war. Sie hatten ihn auf der Straße angeglotzt, ihm nachgestarrt, sich umgedreht. Die Europäer, die waren richtige Rassisten. Wer waren die zu Hause, die Rassisten waren, wenn nicht die Ungarn und die Deutschen und die Polen? Der Rassismus kam aus Europa, es gab niemanden, der das leugnen konnte, er gehörte ursprünglich nicht zu Amerika, er war etwas, das die Europäer eingeführt hatten, den Amerikanern war er fremd.

Mervyn D. Collins hat allmählich das Gefühl, daß es in dieser Stadt keine Straße gibt, die er nicht auf und ab gegangen ist. Er ist müde an Lenden und Fußsohlen. Als eine düstere, enge Passage, in die er klugerweise nicht hätte hineingehen sollen, sich öffnet, steht er auf einem dunklen Platz mit Bäumen und Bänken. In der Mitte ist eine Kirche mit zwei Türmen, die erleuchtet sind, was das Dunkel unten am Boden noch zu verdichten scheint. Er setzt sich und verschnauft.

Kit hat mittlerweile lange auf ihrer Bank gesessen. Die Zeit ist von ihr abgefallen, ohne daß sie es eigentlich gemerkt und ohne daß es ihr etwas ausgemacht hat. Sie ruht bequem in ihr, und der Gang der goldenen Zeiger auf dem fernen Ziffernblatt, das sie undeutlich zwischen zwei Giebeln sieht, hat keine stärkere Verbindung mit der Wirklichkeit als die wenigen Menschen, die ab und zu über den Platz schlendern. Sie hat längst aufgegeben zu denken und Stimuli von innen und außen zu empfangen, sie ist nur – aber was ist sie? Eine Haut trennt sie von beiden Welten, der äußeren und der inneren, sie ist dünn und klar, aber sie hat dennoch kein Bedürfnis hindurchzusehen.

Kit ignoriert Mervyn D. Collins. Und obwohl er sie sofort sieht, beschäftigt sie ihn nicht. Er registriert nur ihre krumme, schlaffe Haltung, die Arme, die zwischen den leicht gespreizten Beinen baumeln, die hohen Schuhe, die die Spitzen dem Himmel zuwenden. Sie sieht aus, als hätte sie aufgegeben, aber was das angeht, gibt es ja viele, die es getan haben. Und es ist eigentlich ein Zufall, daß er nur eine Bank von ihr entfernt sitzt. Er denkt: ‚Merkwürdig, daß eine Frau es sich erlauben kann, mitten in der Nacht allein auf einer Bank zu sitzen. Aber das ist wohl das friedliche Europa.‘ Und etwas später: ‚Sie ist deprimiert, sie ist traurig, jemand hat mit ihr Schluß gemacht, sie ist rausgeschmissen worden.‘ Und noch später: ‚Möchte wissen, wer sie im Grunde ist?‘ Und er hat längst gedacht: ‚Wie entsetzlich sie sich anziehen, die Frauen hier drüben, eine zu Hause würde sich nur über ihre Leiche in diesem Aufzug sehen lassen.‘

Kit fängt an, ihn immer stärker zu beschäftigen, während sich langsam in ihm eine Idee formt, die in all ihrer Einfachheit lautet: ‚Warum nicht?‘ Sie glimmt, glüht, brennt, flackert, und auf einmal ist sie aufgelodert, klar, neu, strahlend, in hellen Flammen: ‚Warum nicht?‘

‚Warum nicht?‘ steht Mervyn D. Collins vor Augen. Wenn jetzt Vinnie hier gewesen wäre, wäre er ohne Umschweife direkt zur Sache gekommen. Wie damals, als sie zusammen in Toronto waren. ‚Wir sehen uns im Hotel, bis dann‘, hatte er gesagt. Und Mervyn D. Collins hatte gesehen, wie Vinnies Hinterteil zu der flotten Blondine am Fernrohr auf dem Fernsehturm hingewackelt war. Und Mervyn D. Collins war ins Hotel getrottet, anständig und verlegen wie immer, und hatte versucht, sich zumindest als so sophisticated zu erweisen, daß er Vinnie nicht über dem Café complet ausfragte.

‚Warum nicht?‘ denkt Mervyn D. Collins. ‚Warum sollte ich nicht ausnahmsweise? Sie ist allein, sie ist traurig, und wenn nur, um sie zu trösten? Und wenn er es zu Hause auf die richtige Weise erzählte, glaubten sie es sicher auch. ‚Am ersten Abend, stellt euch vor, am allerersten Abend. Ja, die Frauen da drüben sind ganz wild nach uns, keiner von uns muß Angst haben, in Europa Schwierigkeiten zu kriegen.'

,Es gibt keinen Grund, nervös zu sein, schenk dir die Verlegenheit, sei nicht schüchtern wie sonst, es ist ganz natürlich, und wenn sie nicht will, dann will sie nicht, und keiner kennt dich, keiner erfährt davon, sie kann höchstens nein sagen', und er steht auf und geht zu Kit, und er setzt sich bums neben sie auf die Bank, und er sagt „Hi", und weil er weiß, daß er immer schroff aussieht, wenn er schüchtern ist, legt er beim Lächeln einen Zahn zu.

Kit ist zusammengefahren. Mervyn D. Collins vermutet, daß sie in Gedanken versunken war, tristen, traurigen Gedanken, und er will gerade aufstehen und sagen, daß sie wirklich entschuldigen muß, aber so würden sich weder Nat noch Vinnie verhalten, deshalb läßt er es, und zu seinem Erstaunen sagt auch Kit „Hi" und lächelt, so leicht kann es also sein.

Kit sagt „Hi" und lächelt, eine reine Reflexbewegung, und sie schaut zu dem Amerikaner, der so selbstverständlich neben ihr gelandet ist. Sie holt ihre Geistesgegenwart und einen Anflug von Freundlichkeit von weit her.

Mervyn D. Collins findet, Kit hat ein liebes Lächeln.

Kit ist immer noch desorientiert, sie weiß nicht, wie sie auf die Situation reagieren soll, und so wartet sie ab.

Mervyn D. Collins gefällt es, daß Kit der zurückhaltende Typ ist, ihr reserviertes Wesen bestätigt seinen Eindruck, daß sie eine anständige Frau ist, er nimmt in einer ganz unerklärlichen Eingebung ihre Hand und sagt, sie sollte nicht traurig sein; sie hat es nur schwer gehabt, sie hat heute abend etwas Entsetzliches erlebt, aber jetzt ist es überstanden.

Kit will gerade die Hand zurückziehen, erinnert sich aber plötzlich an ihren Entschluß, ihr ganzer Plan kehrt zu ihr zurück, und anstatt zu sagen, daß sie aber gar nicht traurig ist, senkt sie nur den Kopf.

Mervyn D. Collins ist so erstaunt über sich selbst, darüber, daß er ihre Hand genommen hat, daß er loslassen, aufstehen, sich entschuldigen, gehen will, als er fühlt, daß die Hand warm ist und gleichzeitig gewissermaßen zusätzliche Wärme sucht, und das bei ihm. Sie leistet ja keinen Widerstand. Sie wirkt nicht so, als ob sie etwas dagegen hätte. Deshalb legt er seine andere Hand auf ihre, und dann fällt ihm ein, daß sie so still ist, weil sie vielleicht gar kein Englisch versteht, obwohl ihm alle versichert haben, daß jeder Europäer Englisch versteht. Er fragt sie trotzdem, zur Sicherheit.

Doch, Kit versteht Englisch. Aber sie spricht ja ausgezeichnet Englisch, hat sie das in der Schule gelernt? Ja, Kit hat es in der Schule gelernt. Lernen alle Kinder in der Schule Englisch? Ja, alle Kinder lernen in der Schule Englisch. Wie früh lernen Kinder in der Schule Englisch? Kinder lernen sehr früh in der Schule Englisch. Lustig, daß sie mit so einem britischen Akzent spricht, lernen sie das auch in der Schule? Ja, das lernen sie auch in der Schule. Aber sie war vielleicht schon in England? Ja, Kit war schon in England, in Schottland, in Wales, mehrere Male. Und in London? Ja, Kit war schon in London und Oxford und Cambridge. Und genau dahin will Mervyn D. Collins in drei Tagen, wenn er hier abreist, das ist ja ulkig. Ja, das ist ulkig. Aber Mervyn D. Collins ist Amerikaner, er ist kein Engländer, das darf Kit nicht glauben, er kommt aus New York, er hat eine schöne Wohnung mitten in Manhattan, zwischen der achtundsiebzigsten und neunundsiebzigsten Straße, hier ist seine Karte, und er ist gerade angekommen, heute morgen, er ist zum ersten Mal in Europa, und er wohnt im Hotel Astor, kennt Kit das Hotel Astor? Ja, Kit kennt das Hotel Astor. Mervyn D. Collins wohnt gern im Hotel Astor, er freut sich, hier im Land zu sein, er findet, es ist einc hübsche Stadt, eigentlich hätte er zusammen mit einem Freund hier sein sollen, aber Vinnie mußte im letzten Augenblick Hepatitis kriegen, und da mußte Mervyn D. Collins ja allein reisen, er wird drei Tage hier sein, meint sie, daß er etwas Bestimmtes sehen sollte, Mervyn D. Collins findet das Hotel Astor hübsch und peinlich sauber, er hat Dusche und eigenes WC, und er bezahlt nicht mehr als zwanzig Dollar pro Nacht, das Restaurant ist nicht so besonders, aber man muß da ja auch nicht immer essen, und es ist auch nicht inbegriffen, und Mervyn D. Collins' Wohnung hat vier Zimmer, in Wirklichkeit fünf, könnte man sagen, und Airconditioning, merkwürdig, daß man Airconditioning in Europa nicht kennt, aber das hatten ihm alle gesagt, daß man das nicht kannte, und jetzt konnte er es selbst sehen, war sie schon mal in New York, sie mußte unbedingt kommen, sie war herzlich eingeladen, er war sicher, es würde ihr gefallen.

Ohne recht zu wissen, warum, legt Kit einfach den Kopf an seine Schulter. Mit dem Nasenrücken fühlt sie seine weiche, feine Haut am Schlüsselbein, sie riecht den Duft eines unbekannten, stark würzigen Aftershave. Sie beugt den Nacken nach hinten, hebt ihr Gesicht zu seinem. Er senkt ganz leicht den Kopf, küßt sie zart mit geschlossenen Lippen und danach fest, innig. Mit Verwunderung spürt sie die dicken Lippen, ungewohnt, ganz glatt, gleitend, mit einer Realität, die ebenso stark ist wie die der Zunge, so daß sie fast nicht weiß, was was ist, ein neues Element, das sie nie zuvor geahnt hat, ist hinzugekommen. Und sie drückt sich an ihn, versucht, ihn fühlen zu lassen, daß sie ihm all die Wärme gibt, die sie besitzt, sich selbst, ganz; denn es gibt einen Unterschied zwischen ihr und den professionellen Frauen mit den rasselnden Schlüsselbunden. Sie ist keine von denen. Das darf er nicht glauben. Ihre Begegnung ist ein Zusammentreffen zwischen zwei echten Menschen. Es ist ein himmelweiter Unterschied zwischen ihr und den geschäftstüchtigen Damen. Die verkaufen ihren Körper, sie gibt ihre Seele. Glaub ja nicht, laß ihn ja nicht glauben, daß sie eine von denen ist. Das ist sie nicht, das wird sie nie sein.

Und noch heftiger drückt sie sich an ihn. Sie sitzen schweigend da. Beide mit übereinandergeschlagenen Beinen. Er den linken Arm fest um ihre Schulter und die rechte Hand heiß auf ihrer Hinterbacke. Sie den Kopf an seinem Hals und die Hände fast wie im Gebet an seiner Brust gefaltet. Und Mervyn D. Collins weiß nicht recht, er versteht nicht ganz: Er ist überrascht, aber gleichzeitig auch zu Überraschungen bereit. Und er erwartet eine Initiative, denn hier ist er der Fremde. Er ist sich nicht ganz darüber klar, wie er sich verhalten soll. Er ist nur verblüfft über diese Frau, die sich so unerwartet an ihn gedrückt hat. Sie ist unglücklich, weiß er jetzt, und sie ist Europäerin, und von Europäern kann man alles erwarten. Am allermeisten Treulosigkeit. Zumindest eines hat er von Kindheit an gewußt: Binde dich nie an eine Europäerin – also gibt es keinen Grund, Illusionen zu hegen. Verlaß dich nie auf einen Europäer – das waren Vinnies letzte Worte.

Der Abschied war peinlich gewesen, sie waren beinah davongeschlichen, sie hatte es gerade so geschafft, sich zu sammeln und es so aussehen zu lassen, als ob sie vor die Tür gesetzt wurden, hoffentlich empfanden sie es so, vor allem der Kleine, den sie hätte erdolchen können, aber zu ihrer Überraschung waren keine entsprechenden Worte gekommen, er war als letzter gegangen, und sie hatte nach ein paar beißenden Bemerkungen gesucht, aber dann hatte sein trippelndes Warten darauf, daß sie sich von Alina und Curt verabschiedet hatte, den Aufbruch trotz allem zu einer Konventionalität gemacht und sie auf Gäste von gleichem Rang wie er selbst reduziert, ein netter Abend, und wir sehen uns in drei Wochen drei Monaten drei Jahren, wir bleiben in Kontakt, wir rufen an, du mußt rauskommen, ihr müßt rauskommen, nein, wir sind dran, aber das sollte er zu spüren bekommen, der kleine Satan, und Curt und Alina waren als erste den kleinen Vorgartenweg hinunter aufs Trottoir gegangen, und der Kleine hatte gesagt, danke für heute abend, Wiedersehen, hatte herablassend gelächelt, denn jetzt hatte er die ganze Situation begriffen, sie hatte sich bloßgestellt, er wußte, was in ihr vorging, aber dafür sollte er bezahlen, sie wird ihm zeigen, was eine Harke ist, und sie waren draußen auf dem Trottoir stehengeblieben, und sie hatte Curts Stimme gehört, und sie war stärker, lauter geworden, sie spürte, daß sie erleichtert waren, plötzlich waren sie in diskret gedämpftes Gelächter ausgebrochen, ausgelassen vor lauter Glück darüber, daß sie davongekommen waren, gleichgültig, ob sie sie rausgeworfen hatte oder nicht, und Curt hatte ganz sicher den Kleinen gefragt, ob er ihn zum Bahnhof oder irgendwo anders hin mitnehmen könne, aber der Kleine war allein weggegangen, also war er mit dem Auto gekommen, hatte sie in seinem Alter ein Auto gehabt, aber vorher hatten sie geredet, und sie hatten noch geplaudert, und ohne Zweifel hatten sie verabredet, sich zu sehen, der Kleine sollte einfach anrufen und rauskommen, und Alina würde mit ihm spielen, und Curt würde mit ihm spielen, und alle würden mit allen spielen, aber keiner würde mit ihr spielen, und sie hatte in der Küche gestanden, sie hatte hinter der Gardine gestanden, sie konnten sie nicht sehen, und sie hatten sie im übrigen auch vergessen, keiner von ihnen schenkte ihr einen Gedanken, und wenn sie es taten, sahen sie sie nur vor sich als eine, die umherging und Aschenbecher leerte und leere Gläser hinaustrug, und schließlich hatte sie es nicht länger ausgehalten, sie hatte alles Licht, das in der Küche war, angemacht, und der plötzliche, scharfe Schein vom Fenster hatte sie zum Schweigen gebracht, sie hatten einander mit gedämpften Bemerkungen gut gelaunt gute Nacht gesagt, sie hatte sie endlich davongejagt, zu guter Letzt, wie sie sich vorstellte, daß man Raubtiere von einem Zeltlager wegjagt, indem man ein glühendes Stück Holz zwischen sie wirft.

Sie sitzt am Flügel, die Hände ruhen schlaff auf der Klaviatur, die Tasten sind nicht hinuntergedrückt, aber sie hat jetzt ja auch den Mechanismus straffen lassen, damit sie üben kann, auf den brillanten, harten Steinway-Flügeln zu spielen, der Anschlag wird vielleicht etwas unnuanciert, das weiß sie, aber wir leben nicht mehr in den eleganten Salons des neunzehnten Jahrhunderts, heute sind es große Konzertsäle, die gefüllt werden müssen, oder Schallplattengesellschaften, die mit Klaviermusik immer Schwierigkeiten haben, aber wo sind die Konzertsäle, wo sind die Gesellschaften, und sie weiß nicht ganz, was sie spielen soll, sie weiß nur, daß sie muß, und nicht die große Bravournummer, sondern die schlichte, stille, kann sie überhaupt noch etwas zustande bringen, etwas, das direkt und natürlich ist, kann sie die Tiefen im Einfachen ausdrücken, und unter all den Noten, die verstreut daliegen, merkt sie, hat sie nach Schuberts Sonaten gegriffen und sie weggelegt, und Haydn und Mozart und Chopins Mazurkas und Beethoven, sie gibt sie auf, und plötzlich liegt das Italienische Konzert vor ihr, ja, sie muß Abbitte tun, sie muß sich demütigen, sie muß zeigen, daß sie es bewältigen kann, sie weiß jetzt, worin die Prüfung bestehen muß, sie greift nach dem ersten Band des Wohltemperierten, schlägt die erste Seite auf, und sie konzentriert sich, nun wird es sich entscheiden, jetzt und für immer, jetzt, jetzt ist die Stunde gekommen, kann sie es, oder kann sie es nicht, wird sie es oder wird sie es nie können, und sie hat keine Ahnung, welches Tempo, für welches Tempo sie sich entscheiden soll, denn es darf nicht zu langsam und es darf nicht zu schnell sein, aber was muß es dann sein, es muß richtig sein, alles muß richtig sein in diesem Augenblick, und sie fängt an, die Finger finden von selbst ihr Tempo, die Tonstärke ist ein Mezzopiano, denn es geht darum, ein Faktum festzustellen, ein Argument vorzubringen, und sie spielt mit Absicht trocken und in einem Takt, der scheinbar metronomgenau ist, aber trotzdem jedesmal, wenn der halbe Takt wiederholt wird, ein ganz minimal, beinah unmerklich langsameres Tempo aufweist, und gradweise wird der Unterschied zwischen den beiden Hälften stärker, es entsteht eine Spannung zwischen ihnen, eine Echowirkung, die doch so wenig auffallend ist, daß sie nur der Feinfühligste ahnen kann, und dann kommt das tiefe G im Baß, wie oft hat sie das Stück nicht schon analysiert, versucht, es in Sektionen, harmonische, melodische, aufzuteilen, seine Symmetrie und seinen Aufbau zu finden, um dann aufgeben, erkennen zu müssen, daß sich die innere Struktur auf diese Weise nicht finden läßt, sie ist ohne Zweifel da, weiß sie, aber sie entzieht sich der Analyse, und erleichtert hat sie sich diesem tiefen G untergeordnet, hat sich erlöst gefühlt bei diesem Ton, der ein Steigen ankündigt, dem sie folgt, von dem sie sich mitreißen läßt, und die Spannung zwischen den beiden Hälften der Takte löst sich auf, sie wird von einem Zusammenhang ersetzt, bei dem der erste Teil eine schwächere Einleitung zum zweiten ist, die Takte sind ein Ganzes, im Gegensatz zu vorhin, jeder einzelne hat jetzt eine zunehmende innere Dynamik, die immer größere Teile, ganze Phrasen, ganze Zeilen umfaßt, bis er mit dem Klang einer Orgel in den F-Dur-Akkord mündet, sie hat auf ihn gewartet, sich zu ihm hinaufgearbeitet, die tiefen Cs, die das klare, reine, sommerblaue, eisblaue F-Dur stützen, das in einem langsameren, immer feierlicheren, gewichtigeren Tempo, und hier läßt sie das Pedal den ganzen Takt hindurch liegen, mit größer und stärker klingendem Reichtum Form annimmt, um in der Kadenz in die C-Dur-Nüchternheit transformiert zu werden, und im letzten Takt ist es unmöglich, sich auf das Pedal zu verlassen, es muß als Hilfsmittel aufgegeben werden, die

Kraft der Finger an sich muß Stärke und Fülle erzeugen, nicht zu hart, nicht zu brutal, nicht zu scharf, und doch müssen die drei letzten Töne mit einem Crescendo und einer Macht gespielt werden, die zum Fortissimo des Schlußakkords hinaufführen und es rechtfertigen können, und sie hält die Hände fest auf den Tasten, denn der Anschlag war der richtige, füllig, kräftig, und sie wünscht sich beinah, den C-Dur-Klang andauern zu lassen, sie stöhnt nach der Anstrengung, es schwoll an, es klang majestätisch wie eine Orgel, es wurde so, wie sie es haben wollte, sie konnte es, es war richtig, aber war es richtig so, konnte sie es tatsächlich, und auf einmal sinkt sie mutlos zusammen, läßt die Finger von den Tasten fallen, war das eigentlich der Sinn dieser Musik, dieses Stücks, war es richtig gespielt, und würde sie es auf die gleiche Weise wiederholen können, würde sie es überhaupt können?

Sie beginnt erneut, fängt das Stück von vorn an, obwohl sie weiß, daß der Impuls, der sie vorher getragen hat, verschwunden ist, sie kann nicht auf dieser Welle, die in einem pathetischen Crescendo vorwärtsführt, hineingleiten, und das ist wohl auch gut so, denn es war billige Melodramatik, es war im Grunde völlig falsch, aber jetzt ist nichts mehr übrig, nur ein wackeliges Klimpern in einem unbestimmbaren Tempo, und sie versucht es noch einmal, spielt es so langsam und sanft, daß sie vor Langeweile beinah von der Bank fällt, und noch einmal so schnell und spitz, daß es klingt wie eine Etüde für Harfe, und noch einmal und noch einmal, und jedesmal wird es ihr gleichgültiger, grauer, langweiliger, wer hat im Grunde Lust, sich mit derlei Dingen zu beschäftigen, welchen Wert hat es, für wen spielt man eigentlich, sie ist draußen, sie steht vor etwas, in das sie nicht eindringen kann, einer Tür, die nicht aufgehen will, sie haut, sie hämmert, sie schlägt, und schließlich legt sie beide Arme auf den Notenständer, die Stirn auf die Handrücken, und sie schluchzt, aber nicht einmal Tränen bringt sie zustande, es kommt nur zu ein paar tiefen, seltsamen Seufzern, sie ist draußen, so weit ist es also gekommen, nichts hat sie mehr in sich, nichts zu sagen, nur Technik, nur Kälte, und beinah verzweifelt fährt sie auf und stürzt zu ihren Noten, und sie findet die Hefte aus ihrer Kindheit, mürbe, ausgefranst, ohne Rücken, zerrissen, in lose Blätter aufgelöst, sie wühlt in ihren Etüden herum, und glücklicherweise ist genau die da, die sie gesucht hat, auf der letzten Seite, und die letzte Seite ist eingerissen, aber man kann sie immer noch lesen, und sie legt sie auf den Notenständer, sie fängt an, diese gleitende, suchende, einfache Melodie zu spielen, die unaufhörlich um einen Grundton kreist, ohne je zu ihm hinzukommen, deren Schlußkadenz zum Anfang zurückführt, so daß sie im unendlichen senza fine fortgeführt werden kann, und sie macht weiter, sie spielt sie mechanisch, wie ein perpetuum mobile, sie macht einfach weiter, denn sie erinnert sich an ihre erste Klavierlehrerin, die warm und groß und mütterlich und wohl etwas hysterisch war und Chopin und Mozart und Schubert liebte, und einmal, als sie dieses Stück aufgehabt hatte, beschrieb die Lehrerin, wie sie von der Beerdigung ihres Vaters nach Hause gekommen war, und es war so entsetzlich gewesen, denn es hatte Schnee und Hagel gegeben, geregnet und gestürmt, und dann hatte sie sich ans Klavier gesetzt, und sie hatte diese Etüde gespielt, genau diese, wieder und wieder, nur sie gespielt, stundenlang, sie hatte nicht zu Abend gegessen, nichts Flüssiges oder Festes zu sich genommen, sie hatte nur gespielt und gespielt, und es war Nacht geworden, spät in der Nacht, als ihre Mutter endlich zu ihr hereingekommen war, und ihre Mutter war ein so guter und lieber Mensch, und sie hatte sie zu Bett bringen müssen, als wäre sie ein kleines Kind, damals, als ihr Vater gestorben war, und war nicht auch sie ein so guter und lieber Mensch gewesen, hatte sie nicht für ihre Schüler gelebt, ihnen auf den Weg geholfen, war sie nicht glücklich gewesen, wenn sie jemanden bekommen hatte, der die Gefühle bei Chopin und Mozart erfassen konnte, was bedeutete es dann, wenn sie eine undisziplinierte, unpädagogische Klavierlehrerin, eine ledige Klavierlehrerin gewesen war, ihr Vater war tot, und sie hatte es verstanden und in dieser Etüde durchlebt, und hier sitzt sie nun selbst und spielt sie, und sie spielt sie weiter, wieder und wieder, ohne Unterlaß, vom Ende zurück zum Anfang, wieder und wieder, sie hört sich selbst, fühlt, wie sich von ihrem Inneren, vom Kopf, vom Körper hinaus in die Finger, ins Instrument, in die Töne, in den Raum eine große Leere ausbreitet, bis alles Leere geworden ist, bis sie selbst das Zentrum einer kosmischen

Leere ist, in der das banale, das sentimentale, das nichtssagende Stück Musik daherdröhnt, mit so starken Schwankungen, daß sie beinah physisch spürbar sind, und sie hält inne, denn das hier ist ja unaufrichtig, es ist nicht ihre Etüde, es sind nicht ihre Gefühle, dieses Stück ist eine ekelerregend süßliche, primitive Krebsgeschwulst an der zweifelhaften Geschmacksrichtung eines dahinsiechenden Zeitalters, sie haßt diese Etüde, haßt sie, haßt sie, wie sie sich selbst haßt, und sie nimmt das Heft, reißt es mittendurch, wirft es auf den Boden, sie hat nur imitiert, sie hat Gefühle nachgeäfft, die nicht ihre waren, die nie ihre werden konnten, und sie macht im Zimmer schnell das Licht aus, geht hinaus in den Atriumgarten, entdeckt den grauen Schein des frühen Sommermorgens, die Sonne wird bald aufgehen, wie bald wird die Sonne aufgehen, und wie lange wird sie anhalten, diese Kälte, dieses innere Eis, das sich über alles gelegt hat, und sie wird sich darüber klar, daß dieses Einfrieren jahrelang vonstatten gegangen ist, ohne daß sie es geahnt hat, unmerklich; wann es angefangen hat, wagt sie sich nicht auszurechnen, sie weiß es nicht, die vollkommene Technik, die kühle Beherrschung von Kunst und Fach, und wie weit der Prozeß fortgeschritten ist, wird er anhalten, noch tiefer gehen, wird alles, was in ihr ist, zu klingendem, glitzerndem Eis gefrieren, wird es jemals schmelzen, kann es jemals tauen, und sie ahnt angstvoll, daß Jahre und Jahre und Jahre vergehen werden, während es immer noch friert und bevor eine einfach wärmende Glut kommt, und sie weiß, daß sie es jetzt weiß, aber wird sie es morgen wissen, wird sie sich daran erinnern, wenn das bleiche Licht, das alle Pflanzen des Gartens mit grauem Staub zugedeckt hat, wenn das tödlich weiße Licht vom gesunden Schein der Sonne aufgesogen ist, wird sie sich dessen dann immer noch bewußt sein, oder wird sie es vergessen und es nur als eine dumpfe Freudlosigkeit in sich haben, mit der sie leben muß, bis auch sie in blendendem, grellem Eis eingefroren ist, ist es ihr Schicksal, ihre Zukunft, die sie so unklar vor sich sieht, in einem einzelnen Augenblick, sie weiß es nicht, sie spürt nur ihre eigene Verzweiflung, Aussichtslosigkeit, Kälte, Verzweiflung, Verzweiflung und Hoffnungslosigkeit, und sie setzt sich schwer in einen Stuhl, stützt die Ellenbogen auf seine Armlehnen, verbirgt das Gesicht in den Händen, und sie will weinen und weinen, sich ausweinen, aber das ist ihr völlig unmöglich.

Das Krankenhaus ist ganz neu, aber von großen, alten Bäumen umgeben und scheint in pietätvollem Überperfektionismus in erster Linie im Hinblick darauf geplant worden zu sein, zwischen Birken, Pappeln, Pyramideneichen, Tulpenbäumen, Gingkos, Blutbuchen – den Resten des eingeebneten Botanischen Gartens – zu passen. Rudolf stellte sich die vorsichtigen Manöver der Bulldozer im Labyrinth der Stämme vor, während er im Labyrinth der kleineren Gebäude, die ein pompöses, dreizehn-, vierzehnstöckiges Hochhaus umgaben, nach der Unfallstation suchte. Er ist auf einen

Seitenweg gekommen, und Neonlichter, die im bleichen Morgengrauen mit jeder Sekunde verblaßten, führten ihn schmale Pfade zwischen graugrünem Gebüsch entlang, das bald nur Vogelgesang sein würde. Gleich ist die Nacht vorüber. Und Rudolf wußte, in kurzer Zeit würde das Sonderbare eintreten, daß es Tag war, während es noch Nacht ist. Etwas, das er nie recht begriffen hat, etwas, das ihm von Kindheit an durch Gardinen und Konventionen vorenthalten worden ist – daß es mitten in der Nacht hellichter Tag mit Sonne und flötenden Vögeln sein kann. Er bleibt stehen, er unterscheidet schon die Farbe der Blätter, sie sind ganz grün. Und er fühlt sich wie ein Maler, der zum ersten Mal die wirklichen Nuancen des Laubs entdeckt, und im Namen der künstlerischen Wahrhaftigkeit begreift er, daß er gezwungen ist, es grün zu malen – was für ein Wagemut. Aber er muß sich zusammennehmen – die Unfallstation. Und gleich darauf steht er in einem der niedrigen Gebäude vor einer unscheinbaren Tür. Er öffnet sie und befindet sich in einem unfreundlichen Korridor ohne Fenster, mit gleißendem, kaltem Licht und zahllosen Türen, nur Türen und Türen, einige mit Namen, einige mit Nummern, einige mit stilisierten menschlichen Silhouetten versehen, einige Türen sind braun. Und weit vor ihm, ganz hinten, wo der Korridor scharf nach rechts abbiegt, hängt ein großes Metallschild, Rezeption, Unfallstation. Rudolf trottete dorthin, stolz darauf, gerade gehen zu können, denn er kontrollierte sich mit Hilfe des Musters auf dem Fußboden. Dafür sind seine Bewegungen mit der linken Hand noch so unkoordiniert, daß er beinah ins Wartezimmer hineinfällt. Da sitzt eine Frau mit einem Kind. Sonst ist dort niemand. Aber die Wandfarbe ist schmutzig blaßgrün, der Geruch antiseptisch, Bänke und Stühle sind unbequem, die Tische abgenutzt, die Illustrierten zerlesen und älter als das Gebäude selbst. Rudolf erkennt das Ganze wieder. Plötzlich ist die Angst da. Er ist zu Hause.

Rudolf will gerade flüchten, aber ob da eine geheime Klingel ist oder was – eine Krankenschwester kommt herein. „Was ist los?" Und ihre Augen sind müde, trübe vom Nachtdienst. Rudolf hat sich verbrannt. Verwirrt und unschlüssig streckt er die rechte Hand aus und ist sich beinah im unklaren darüber, ob es jetzt wirklich auch die war, mit der etwas nicht stimmte. „Hm", antwortete sie und hatte ihn schon so verunsichert, daß er sich nicht zur Wehr setzt, als sie sie ganz brutal packt und sie sich unter die Nase hält. „Hm", sie schnüffelt daran, „nehmen Sie bitte Platz", und sie verschwand. Rudolf setzte sich folgsam auf einen harten Holzstuhl, er wartete. Was sie jetzt wohl zu den anderen sagte? ‚Noch ein alkoholisiertes Wrack, dem was daneben gegangen ist! Um den ist ein Gestank, daß man gleich selbst umfällt. Bei den Schnapsdünsten, die der verbreitet, müssen wir in den nächsten zwei Monaten das Wartezimmer nicht desinfizieren. Eigentlich sollte der in der Ausnüchterungszelle seinen Rausch ausschlafen, bevor wir was machen.' Warum ist er überhaupt hierher gekommen? Wo ist das liebe, hübsche, blonde Mädchen mit den weichen, sauberen Haaren, dem warmen Lächeln, der frischgebügelten weißen Tracht? Und er hat sogar ein frisches Hemd angezogen, eine saubere Hose, saubere Socken, saubere Unterwäsche. Warum nennt man ihn dann Alkoholiker? Warum kann er nicht einfach ein präsentabler, verbrannter armer Kerl sein? Er hat sich sogar den Mund gespült, die Zähne geputzt, etwas Übelriechendes, Scharfes zum Gurgeln gefunden. Er hatte in einem Automaten Pfefferminzkaugummi gezogen. Rudolf sitzt auf seinem Holzstuhl, mit gebeugtem Rücken, hängendem Kopf, die verletzte Hand ruht auf seinem Knie, und es ist beinah so, daß ihm die Tränen in die Augen steigen. Er schielte zu der Frau mit dem Kind, sie beachtete ihn nicht, das Kind sah aus, als ob es schlief. Ein Kind in der Unfallstation, denkt Rudolf, und es heult nicht, es muß etwas Ernstes sein, aber warum tun sie dann nichts? Warum lag es nicht auf einer Bahre, im Operationssaal, wurde ausgepumpt, bekam eine Bluttransfusion? Rudolf wollte gerade aufstehen, an eine Tür hämmern, gleichgültig, welche, mit etwas klingeln, im Namen der Frau schreiend auf den Korridor laufen, sie war sicher zu arm, zu einfach, sozial niedrigstehend, sie war vom System eingeschüchtert, und sie tun nichts, haben keine Lust, etwas zu tun, warum tun sie nichts, jeder kann mit halbem Auge sehen, daß das Kind todkrank ist, als die Tür aufgeht und eine noch härtere, noch müdere, noch blassere Krankenschwester erscheint und ihm die Worte zuspuckt: „Sind Sie der, der sich die Hand verbrannt hat?“ und ohne die Bestätigung abzuwarten: „Da lang.“ Aber warum soll Rudolf vor der Frau mit dem Kind drankommen? Sie wirken doch, als ob mit ihnen ernstlich etwas nicht stimmte. Und er bekommt plötzlich Angst, daß sie in seinem Fall etwas beschlossen haben, etwas noch Schlimmeres, sie wollen ihn einweisen, ihn hier festhalten, sie waren übereingekommen, daß man so einen Menschen nicht frei herumlaufen lassen kann, ein Mann wie er kann nicht die Verantwortung für sich übernehmen, und sie trauen sich nicht, es an seiner Stelle zu tun. Sie wollen ihn behalten, auf unbestimmte Zeit, die Ursache ist rein oberflächlich betrachtet eine Brandwunde, in Wirklichkeit aber die, daß er nicht zurechtkommt, aber nein, das dürft ihr nicht, ich will nicht eingewiesen werden, ich protestiere, und obwohl ich vielleicht etwas betrunken bin, habe ich immer noch meine gesunde Urteilskraft, und ich habe mein persönliches Recht und meine persönliche Freiheit, mit mir ist alles in Ordnung, ich habe mich nur verbrannt, und wenn ihr nicht auf mich hört, ich habe eine Mutter, die Ärztin ist, sogar Doktor med., und sie kann bezeugen, daß ich völlig zurechnungsfähig bin, daß ich imstande bin, die Verantwortung für mich zu übernehmen, ich muß nicht eingewiesen werden. Und Rudolf war kurz davor zu schreien: ‚Ich will nicht eingewiesen werden, ich will nicht rein!‘, und er will der Krankenschwester gerade einen Schubs versetzen und unbekannte Korridore entlang weglaufen, davonrennen, als sie eine Tür öffnet, mit einem säuerlichen „Bitte“ als erste hineingeht, und er ist in einem völlig quadratischen Raum mit einer Pritsche in der Mitte.

„Ah, Sie sind’s, der sich die Hand verbrannt hat“, es klang genauso übellaunig wie vorher, und ist es nicht sogar ein bißchen ironisch? Die Stimme hallt unheilschwanger durch den Raum, und erst etwas später wird sich Rudolf darüber klar, daß sie von einer Frau im weißen Kittel an einem Schreibtisch kommt. Sie sprach zu ihm mit dem Rücken zu ihm. Name, Adresse, Alter, Stellung – ihre Fragen kamen blitzschnell, während er sie dem gebeugten Nacken beantwortet. „Legen Sie sich auf die Pritsche“, und erst, als er dem Befehl gehorcht hat und an die Decke starrt, spürt er, daß sie sich umdreht und zu ihm kommt. Er streckt die rechte Hand aus, aus Demut, um ihr die Anstrengung zu ersparen herauszufinden, um welchen Körperteil es sich handelt? Ist es flehend, ein Beweis dafür, daß er so gut, so gut ist und so fügsam, daß es nicht nötig ist, daß sie ihn also nicht behalten müssen? Konnte es ein natürlicher Reflex sein? Ich bin kein Alkoholiker, ihr braucht mich nicht einzusperren. Ich habe die Hand nur in den Wahrheitsmund gelegt. Ist das nicht das Allernatürlichste? Und die Hand ist mir nur abgehauen worden zum Zeichen, daß ich gelogen habe. So kann es also gehen.

Doch die Frau betrachtete nur seine Brandwunde, kühl, findet Rudolf, oberflächlich. Erspar mir bloß noch ein ‚Hm‘, und wie von diesem Gedanken hervorgerufen, kam es natürlich. Es muß die Ärztin gewesen sein. Rudolf schaut zu ihr hoch – der gleichgültige Blick, müde Furchen an der Stirn, die Nachtarbeit nagt am Teint, aber sie hat selbstverständlich unendlich vieles gesehen, das schlimmer ist als das, womit er hier auftaucht, und er hat das Gefühl, daß ihr Griff um seine Hand diese in einen bedeutungslosen, leblosen, wertlosen Gegenstand verwandelt hat, keine Behutsamkeit, keine Wärme kommt von ihren Fingerspitzen, sie halten die Hand fest, bestimmt, obwohl keineswegs brutal, beinah als wäre sie Eisenporzellan vom Alltagsservice, von dem man trotzdem nicht allzu viel zerdeppern will. Hätte seine Mutter einen Patienten je so behandelt? Dennoch empfindet Rudolf das Bedürfnis, ein bißchen Kontakt zu ihr zu knüpfen, sie vielleicht sogar zu erfreuen: „Ich habe sie mindestens zwei Stunden, glaube ich, unter fließendes Wasser gehalten." „Ja, das war vernünftig, das hat Ihnen viel erspart", und das kam wie noch ein Strahl aus dem kalten Hahn. Sie wandte ihm wieder den Rücken zu und ging zurück an ihren Schreibtisch. Sie sagt etwas zur Krankenschwester, leise. Könnte man nicht sagen, daß sie etwas flüstert, wäre das nicht die richtigste Bezeichnung für das, was sie tut? Doch, sie flüsterte etwas, und was sagte sie wohl? ‚Ja, Sie haben recht, er stinkt nach Schnaps, er steckt zu tief drin, wir müssen ihn behalten', und streckt sie nicht gerade die Hand nach dem Klingelknopf aus? ‚Wenn er Widerstand leistet, müssen wir die Träger rufen, es ist wohl das beste, wenn wir sie gleich alarmieren.' Und dann werden sie ihn behalten. Sie werden es als ihre Pflicht empfinden, ihn zu behalten: ‚Wir sollten ihn lieber sofort einweisen, zu einer Entwöhnungskur, der strengsten, das ist ein typischer Fall, den Sie da sehen, jetzt haben Sie das auch gelernt, so sind Alkoholiker, sie kommen mit einer scheinbar unbedeutenden Kleinigkeit, einem geringfügigen Unfall, einem gebrochenen Bein oder einer verbrannten Hand in diesem Fall', und warum sah sie ihn nicht an, als sie es sagte? War es nicht gerade auffällig, daß sie ihn nicht ansah, sie ist darin geübt, so über Leute zu reden, daß diese nicht das Gefühl haben, daß über sie diskutiert wird. ‚Und man weist sie ein, keiner ist sich darüber klar, daß sie Alkoholiker sind, keiner denkt daran, die Promillezahl zu messen, man glaubt einfach, die haben einen kleinen Schwips, und dann, einige Tage später, haben wir plötzlich das heftigste Delirium tremens; aber hier ist es ja ganz deutlich, wir müssen dafür sorgen, daß er nicht rauskommt.' Und gleich, in einem Augenblick würden sie fragen, ob es nicht so wehtat, daß er meinte, er brauchte eine schmerzstillende Spritze, aber Rudolf wollte keine schmerzstillende Spritze, denn er wußte ja, was sie mit schmerzstillender Spritze meinten, er würde vierundzwanzig Stunden später in einer Zwangsjacke in einer Gummizelle in der geschlossenen Abteilung aufwachen. Rudolf bewegte sich, er richtete sich halb auf, ‚raus', denkt er, ‚weg hier, bevor es zu spät ist, und wenn die Wunde sich entzündet, brandig, faulig wird, wenn die Hand amputiert werden muß, ihr dürft mich nicht zurückhalten, ich will nicht eingesperrt werden, ich will nicht jahrelang in einer Irrenanstalt dahinsiechen, bis ihr meint, ich kann wieder raus.‘ Und wie machen sie den Entzug, Pawlowsche Hunde, das ist es, was sie machen, Elektroschocks, Medikamente, physische Gewalt, bis die Frage ist, was zuerst nicht mehr da war, der Verstand oder das Bedürfnis zu trinken. ‚Nein, nein‘, und Rudolf richtet sich ganz auf, will gerade türmen, die Beine über die Pritschenkante schwingen und sie in die Hand nehmen, als sie plötzlich hereinkommt, dasteht, sie stand da, war da, ist da, „nein, bleiben Sie einfach liegen.“ Und sie lächelt, und das Lächeln ist kurz davor, in liebevolles Lachen überzugehen, und sie legt ihm beruhigend die Hand auf die Schulter, und ihre Augen sind blau.

Aber die Haare sind rot, echt rot, selbst Rudolf begreift, daß kein Damenfriseur mit dem Pinsel am Werk war. Und er wußte nicht mehr, ob diese klaren blauen Augen in Verbindung mit den roten Haaren selten sind oder umgekehrt die klaren braunen. Aber das ist auch gleichgültig. Er sieht nur an den Augen vorbei die ungewöhnlichen Haare an, die nur vom Namen her rot, in Wirklichkeit mit dem Mysterium des Herbstlaubs im Bunde sind. So vollkommen braun, so strahlend braun, so golden braun, wenn das scharfe Licht der Deckenlampe auf die zarten Stellen an den Schläfen traf. Traute er sich, es zu sagen, traut er sich nur, es sich selbst einzugestehen: Ihre Haare sind wie rötestes Gold. Aber um Gottes willen, laß niemanden diesen Gedanken hören, allein daß er ihn gedacht hat, macht ihm Angst, als ob er ihn in aller Öffentlichkeit hinausgeschrien, als ob er ihn geschrieben hätte und ihn jetzt vor sich sieht, in scharf herausgehauenen Buchstaben, signiert. Und doch tut er es, er traut sich, er denkt ihn, aber gleichzeitig betet er: Laß diesen Gedanken allein bei ihm bleiben, laß ihn sich nicht verbreiten, indem er formuliert wird, laß ihn nicht in Umlauf gebracht werden, und falls er ihm entschlüpfen sollte, laß dann niemanden wissen, daß er von ihm kam. Ganz vorsichtig, voller Furcht, daß die Worte Realität bekommen und als Brandmal auf seiner Stirn stehen würden, ließ Rudolf sich ängstlich fallen, überließ sich dem Gedanken: Ihre Haare sind wie rötestes Gold. Und auf einmal faßte er Mut, und es wäre ihm völlig egal, wenn der Gedanke in alle vier Himmelsrichtungen ausposaunt, wenn er für ewig ins St. Gotthard Massiv eingemeißelt würde, unterschrieben mit seinem vollen Namen, er denkt ihn, ganz einfach formuliert er seinen Gedanken, er steht zu seinem Gedanken, akzeptiert ihn, er ist stark genug, ihn gegenüber jedem, wer es auch sein sollte, zu verteidigen, er denkt: ‚Ihre Haare sind wie rötestes Gold.' Und in diesem Augenblick hört er ihre Stimme, und sie ist etwas gebrochen, leicht, als wäre sie im Stimmbruch: „Wie haben Sie das nur gemacht?" Und Stimme und die roten Haare sind einen Vogelzug weit weg, in warmen Ländern, in fernen Gegenden und damit eine Verheißung von Wiederkehr. Rudolf sinkt zurück, er läßt sie gewähren.

‚Wie lange sollen sie eigentlich noch so sitzen?' denkt Mervyn D. Collins. Er weiß nicht ganz, wie man es hierzulande anfängt. Er findet, eine Ewigkeit ist schon vergangen, und sein linker Arm ist eingeschlafen, eingeklemmt zwischen Kits Rücken und dem der Bank. Tut man nichts? Soll man Stunde für Stunde in derselben Position bleiben? ‚Wenn es nun' – aber er verscheucht den Gedanken, der ist es nun einmal nicht, sondern er ist es, Mervyn D. Collins, und er hat das Gefühl, daß er hier handeln muß.

Deshalb legt Mervyn D. Collins in den Griff um Kits Hinterbacke etwas mehr Wärme, drückt sie fester an sich, wodurch er auch Gelegenheit bekommt, den linken Arm aus dem engen Zwischenraum herauszumanövrieren. Er neigt den Kopf leicht über sie, mit der Wange deutet er an, sie solle ihr Gesicht zu ihm heben, er küßt sie lange, theatralisch, leidenschaftlich, und seine rechte Hand gleitet auf ihre Brüste und danach hinunter zwischen ihre Beine.

Kit denkt nur: ‚Also ist es passiert.' Selbstverständlich konnten sie nicht hier sitzen, bis es hell war, was es im übrigen schon bald sein würde. Etwas mußte geschehen, und das tat es also jetzt. Sie hatte abwarten wollen. Sie war es wohl nicht, die die Initiative ergreifen sollte. Aber gleichzeitig beginnt sie zu fürchten, daß auch der Kuß eine Unendlichkeit dauern wird; und so befreit sie mit einer spielerischen Zungenbewegung behutsam ihren Mund und schaut Mervyn D. Collins tief in die braunbraunen Augen.

– Wie heißt du eigentlich? – fragt Kit. Sie empfindet ihre Stimme wie ein Instrument, auf dem sie lange nicht geübt hat.

– Merv –, antwortet Mervyn D. Collins – und du?

– Lisa –, antwortet Kit und lehnt sich etwas zurück, um ihn näher in Augenschein zu nehmen, aber eigentlich vor allem, weil sie die Situation gern ändern, die Dinge sich weiterentwickeln lassen will.

– Lisa, ist das dasselbe wie Eliza?

– Ja, das ist es wohl – Kit überlegt etwas überrascht und fühlt sich unerwartet gezwungen, zu ihrer Eingebung Stellung zu nehmen.

– So heißt meine Schwester auch –, und Mervyn D. Collins schiebt Gedanke und Bild augenblicklich weg.

– Nein, wie lustig – Kit versucht, ihre Augen vor Wärme, Freundlichkeit, ja, sogar Liebe leuchten zu lassen.

Mervyn D. Collins lächelt ein wenig nachsichtig. Er spürt ihren prüfenden Blick. „Sie schauen dir nach", hatten alle gesagt, „aber daran ist nichts zu ändern. Du mußt es nehmen, wie es ist. So sind die Europäer. Sie sind uns nicht gewöhnt." Er ist sich ziemlich sicher, daß es von Kits Seite reine Neugier ist, es ist nicht unfreundlich gemeint, kein Ausdruck von Haß. Und deshalb will er auch nicht aus Trotz anfangen zurückzustarren, wie es Vinnie zufolge Jimmy getan hatte, als sie zusammen in Urlaub waren, und die Leute waren ganz rot und verwirrt geworden. Einfach mit gleicher Münze heimzahlen, war Jimmys Motto gewesen. Aber so ist Mervin D. Collins nicht – obwohl es trotzdem nicht schön ist, so angeglotzt zu werden.

Noch einmal muß Kit erkennen, daß sie in derselben Position erstarrt sind. Sie hat das Gefühl, daß es gewissermaßen ihre Schuld ist, daß sie nicht weiterkommen, vielleicht aufgrund ihrer mangelnden Erfahrung und ihrer Initiativlosigkeit. Aber dann schlägt die Domkirchenuhr – ein Viertelstundenschlag, zwei Viertelstundenschläge, drei Viertelstundenschläge. Und sie denkt daran, wieviele Schläge sie wohl schon geschlagen hat, während sie hier so miteinander gesessen haben; sie macht eine kleine, entschiedene Handbewegung, einen Ruck, den Mervyn D. Collins erfaßt – es muß etwas geschehen, er muß etwas tun, es ist eine direkte Aufforderung an ihn. Und ohne nachzudenken, fragt er verlegen und ziemlich direkt, ob Kit sich vorstellen könnte, mit ihm zurück ins Hotel zu kommen: „Willst du mit mir zurück ins Hotel?"

Im selben Augenblick geht es Mervyn D. Collins auf, daß er gar nicht weiß, was er da vorgeschlagen hat. Ist es überhaupt möglich, eine Frau mit ins Hotel zu nehmen? Soll er zum Portier gehen und mitteilen, daß er seine Meinung geändert hat und doch lieber das Doppelzimmer haben will? Soll er sie hineinschmuggeln und hoffen, daß sie sich selbst hinausschmuggeln kann? Was hat er sich im Grunde gedacht? Er drückt Kit fester an sich, bekommt heiße Ohren, wünschte, er hätte nie etwas gesagt.

Mervyn D. Collins ist erleichtert, als er Kit den Kopf schütteln sieht. Denn diese Möglichkeit hat sie gar nicht in Betracht gezogen. Sie wird nervös. In welchem Hotel wohnte er noch mal? Ist sie dort schon gewesen? Kennt sie es nicht? Wird der Nachtportier sie ‚Frau Direktor' titulieren, während er fidel die Fahrstuhltür öffnet, um sie zu einer der billigsten Dachkammern hinauffahren zu lassen, zusammen mit einem amerikanischen Merv, der zwischen der achtundsiebzigsten und der neunundsiebzigsten Straße in Manhattan wohnt? Kit drückt sich an Mervyn D. Collins, und dieses Sich-an-ihn-Pressen ist eine Ablehnung seiner Einladung. Aber damit die Situation doch nicht dieselbe bleibt wie vorher, fängt sie selbst ein wenig hektisch an, die Hand über Mervyn D. Collins Körper gleiten zu lassen.

Es überkommt sie wieder – der Entschluß, die Absprache. Mit ihrem ganzen Gewicht. Wer ist sie, die sie hier sitzt? Was soll das, zimperlich sein, in Träume versinken, sich eine Würde vorstellen, die man nicht hat? Was war es, was sie sich gesagt hatte? Wie war der Wortlaut? Aber anstatt sich an alte Pakte zu erinnern, sich das Unnötige ins Gedächtnis zu rufen, drückt sie sich immer heftiger an Mervyn D. Collins, findet seinen Mund mit einer fieberhaften Aggressivität, deren Unbeholfenheit sie als Leidenschaft zu tarnen versucht, und ihre Hand sucht erogene Zonen an seinem Körper, berührt sie, im selben Rhythmus, wie seine Zunge an ihrer spielt, beide finden plötzlich Halt aneinander, und Kit muß sich klarmachen, daß sie alle Übereinkünfte mich sich selbst vergessen hat.

– Was ist mit einem anderen Hotel? – Mervyn D. Collins unterbricht sie und flüstert. Er ist sich sicher, daß sich eines finden lassen muß. Wenn sie jetzt zu Hause wären, will er gerade sagen, als ihm die Nutzlosigkeit seines Wissens und dessen weiterer Verbreitung in all ihrer Aktualität dämmert: Er ist hier fremd, er hat keine Ahnung.

Instintiv schüttelt Kit den Kopf. Sie hat nicht die Kraft, kann nicht. – Das ist ziemlich schwierig –, antwortet sie. Und versucht, ihre Unschlüssigkeit mit dem selbstsicheren Tonfall einer Hotelrezeptionistin zu kaschieren, aber in Wirklichkeit ist sie sich klar darüber, daß das ziemlich Schwierige daran impertinente Portiers, Abweisung, Nepp, Verachtung, Vorausbezahlung, Gemessenwerden und Gewogenwerden sind – und das Kostüm, mit dem sie sich zugerichtet hat.

– Aber wo dann? – und es ist fast unmöglich zu sagen, von wem es kommt.

Mervyn D. Collins hätte nie gedacht, daß er es über sich bringen könnte, es vorzuschlagen, und er weiß nicht, was in ihn gefahren ist, aber plötzlich fragt er: – Ist nicht ein Park hier in der Nähe? – und dann errötet er, und er ist froh, daß Kit es nicht sehen kann, denn das kann sie nicht, er weiß es. Und er ist sich nicht ganz sicher, ob er sich eher die Zunge hätte abbeißen sollen, als es zu sagen, oder ob er nicht eigentlich ziemlich zufrieden mit sich ist.

Ein Park? Und Kit versteht nicht ganz, was er meint; es geht ihr erst auf, als sie der Tauben, der alten Damen, der zahmen Eichhörnchen, der brüllenden Kinder und dann der Rosen – ja, die Rosen – in ihren Gedanken Herr geworden ist. Ein Park? Aber das ist ja völlig unmöglich; es könnte ja jemand kommen, es wird schon hell, kann Merv denn nicht sehen, daß bald die Sonne aufgeht? Sie starrt ihn verständnislos an, und er fühlt sich aufgerufen, es zu wiederholen, als ob sie die Vokabel als solche nicht verstanden hätte: – Ein Park –, und er fügt hinzu: – Ein Wald –, und macht eine illustrierende Handbewegung für den Fall, daß sie auch dieses Wort nicht verstanden hat.

Ein Wald? Der Wald? Der Wald, wo sie als Kind gespielt, als junges Mädchen geturtelt hatte, als Verlobte umhergestreift und als Mutter spazierengegangen ist, wo sie jeden einzelnen Pfad zu kennen meint? Aber warum eigentlich nicht? Im Grunde? Kit schlägt ein, als ob es etwas wäre, das sie jeden Abend tut. Sie greift die Idee auf: Doch, da ist ein Wald, am Stadtrand, tatsächlich nicht sehr weit von hier, und sie will gerade sagen, daß sie dann zu ihrem Auto müssen, als ihr einfällt, daß das mit ihrer Rolle nicht übereinstimmt. – Aber dann müssen wir ein Taxi nehmen –, und sie stehen von der Bank auf.

Kit und Mervyn D. Collins halten im Taxi Händchen. Sie hat den Kopf an seine Schulter gelegt, eine Bewegung, die auf den Taxifahrer gemünzt ist und ihm beweisen soll, daß sie nicht eine der

Schlimmsten ist, sie ist nicht nur hart gesotten und kalt, sie legt Gefühl in die Ausübung ihres Berufes.

Mervyn D. Collins riecht den Duft ihrer Haare, und ihm ist seltsam zumute. Er ist unterwegs auf wilden Wogen. Was hat er vor erst vierundzwanzig Stunden gemacht? Wenn jetzt Charles oder Nat ihn sehen könnten. Ob sie es glaubten? Oder, was noch schlimmer als Unglaube wäre, sie zuckten nur die Achseln und sagten: ‚Da kannst du mal sehen, so ist Europa.' Und was vor achtundvierzig Stunden? Aber ist das hier nicht etwas vom Wahnsinnigsten, was er sich je hat einfallen lassen? Er hätte es nie getan, wäre er zu Hause gewesen. Wer garantiert im Grunde dafür, daß sie nicht irgend etwas vorhat? Wo fahren sie hin? Da stehen merkwürdige Häuser von einer Art, wie er sie noch nie im Leben gesehen hat. Sie fahren und fahren weiter. Und wer sagt, daß der Taxifahrer nicht mit ihr unter einer Decke steckt? Er hatte von den gurgelnden Instruktionen, die sie ihm gegeben hatte, kein einziges Wort kapiert. Vielleicht war es gar kein beliebiger Taxifahrer? Vielleicht gehörte er zum Plan? Mervyn D. Collins wird aus der Situation nicht mehr klug. Wer ist sie, letzten Endes? Ist sie wirklich eine ordentliche Frau? Vielleicht ist sie Mitglied einer Bande, die sich darauf spezialisiert hat, harmlose Amerikaner auf Abwege zu locken und sie dann zu beklauen? Liegen da fünf, sechs Mann auf der Lauer, wenn sie aussteigen? Er wünschte, er wäre nicht so dumm gewesen, all seine Reiseschecks mitzunehmen, und seinen Paß hatte er auch bei sich; wie idiotisch, daß er zu mißtrauisch gewesen war, um das Hotel zu bitten, ihn aufzubewahren.

Kit sagt nichts. Sie hat keine Lust zu reden. Und sie ist erleichtert darüber, daß Merv schweigt. Sie hat endgültig aufgegeben, darüber zu reflektieren, was sie eigentlich tut. Sie läßt sich einfach von ihren Handlungen davontragen. Sie kennt fast jedes einzelne Haus auf der Fahrt, sie rollen an der mondänen Kirche vorbei, wo sie mit Thomas getraut worden ist, und ihretwegen könnte sie genausogut eine Schokoladenfabrik sein. Sie findet alles nebelhaft, irgendwie unklar, und der Taxifahrer fährt und fährt einfach, als ob er alles wüßte. Denn er muß sich ja darüber im klaren sein, was hinter der Fahrt in den Wald steckt. Aber Kit ist es absolut egal. Sie fühlt sich so merkwürdig frei, sie wird davongefahren, eingeschlossen in ein Auto, sie fährt an allem vorbei, nichts hat Einfluß auf sie; ist sie hinauskatapultiert und auf dem Weg durch die sieben Himmel zum luftleeren Raum?

Der leichte, kalte, scharfe Wind, der Tau, der augenblicklich die Füße naß macht, das schwache, gräuliche Licht, das abnimmt, wo die Bäume am dichtesten stehen – es schlägt Kit entgegen wie einem Betrunkenen, der plötzlich in frische Luft kommt. Ihr Schritt schreckt eine Eule auf, aber sie erkennt das Sinnlose daran, Mervyn D. Collins darauf aufmerksam zu machen. Für ein Stadtkind wie ihn, nimmt sie an, kann eine Eule nur irgendeine Form von Vogel sein, und ihr lautloser Flug, ihr Schrei, ihr Sich-an-den-Stamm-Schmiegen sind uninteressante Petitessen. Noch eine. Sie sieht das Paar auf einen noch größeren, noch höheren Baum zugleiten und sich einen Platz suchen. Beinah ärgerlich wünscht sie sich, sie könnten stehenbleiben und es betrachten. Aber es ist sie selbst, die Mervyn D. Collins weiterzerrt, weiter, hektisch, fieberhaft, nur noch ein kleines Stück, sie kennt eine Stelle, und sie ist ganz besorgt, daß er als Amerikaner nicht so weit gehen, umkehren will, jetzt kann ich aber nicht mehr, aber sie kennt eine Stelle, dort, wo das dichte Gebüsch sich öffnet, und da kann sie niemand sehen, sie müssen bloß durch die Öffnung zwischen den Bäumen, über eine kleine Rinne springen, dann sind sie da.

Aber Mervyn D. Collins ist verwirrt. Es ist seltsamer, als er angenommen hat. Der Park ist menschenleer, merkt er. Und er wird mitgezogen von dieser Frau, die nichts sagt, die nur so schnell weiterläuft, daß er fast außer Atem gerät. Seine schicken Schuhe sind ganz naß geworden, und die Füße sind feucht; durch die kleinen Luftlöcher im Oberleder ist Wasser eingedrungen. Auf der anderen Seite ist er beruhigt und sich darüber klar, daß nicht geplant ist, ihn zu beklauen. Was immer sie sich einfallen lassen kann, er weiß, er hat die Oberhand; es ist ganz unwahrscheinlich, daß sich hier draußen Kumpane versteckt halten und warten. Aber gleichzeitig ist er mehr und mehr verblüfft. Er ist erstaunt über ihren Leichtsinn. Wie tollkühn sind doch Frauen, denkt er. Wer garantiert dafür, daß er kein Sexualverbrecher ist, der darauf kommen könnte, sie zu vergewaltigen, zu erwürgen, die Leiche zu vergraben, und die wird gefunden, wenn überhaupt, wenn er längst irgendwo anders in Europa ist oder sogar zu Hause in Manhattan. Sie ist in seiner Gewalt, er kann mit ihr machen, was er will, sie ist ganz seiner Gnade ausgeliefert, seinem Gutdünken, ihm. Es ist ja beinah so, daß die Situation zu Gewalt auffordert, man könnte merkwürdige Ideen bekommen, sie lädt direkt dazu ein. Das hier ist ja der reine Wahnsinn von ihrer Seite. Und plötzlich kommt ihm der Gedanke: Sie ist doch nicht geisteskrank? Sie ist doch nicht eine total verrückte Wahnsinnige, die aus einer Irrenanstalt entkommen ist? Und es will ihm gerade kalt den Rücken hinunterlaufen, als sie sich plötzlich umgedreht hat und er sich zu Boden gezogen fühlt. Er kann gerade noch denken: ‚Geisteskrank oder nicht geisteskrank', als er aufhört zu denken.

Sie preßt sich ans Gras. Ein Ast, ein Zweig liegt unter ihrem Rücken. Sie drückt dagegen und fühlt, wie ihre Wirbelsäule ein stumpfes Stück Holz zerquetscht. Es rutscht seitlich weg, sie preßt sich noch fester an den Boden und spürt ein dumpfes Ziehen – die Haut ist nicht verletzt. Sie hat ihre Sachen abgestreift, sie liegt nackt im Gras und den harten Buchenblättern des letzten Herbstes. Mit den Füßen entledigt sie sich der Schuhe, sie sieht kurz die Armbanduhr hinter Mervyn D. Collins Nacken und löst sie, nimmt sie ab, legt sie in Reichweite hin. Nichts hat sie mehr an. Sie ist ganz, die sie ist. Ein Nichts. Nichts. Nur Körper. Ohne Identität. Und sie preßt Mervyn D. Collins an sich, als wollte sie ihn mit sich in die Erde ziehen. Sie drückt ihn aus Leibeskräften, sie verhindert, daß er seine Sachen ablegt, nicht das geringste soll er ausziehen, nichts, nicht einmal das Jackett, das unter seinen Armen hochrutscht, laß ihn alles anbehalten, alle Sachen, laß ihn sie anbehalten, ist ihr einziger Gedanke, ihre Bitte, und sie fühlt, wie seine harten Schuhe ihre Schienbeine entlangschaben, riecht den Geruch von Stoff und Haut, von Schweiß und Mann, Knöpfe und rauhes Leinen kratzen ihre Brüste. Selbst den Schlips soll er anbehalten, und der kommt von Zeit zu Zeit speichelwischend zwischen ihre Münder. Und sie macht weiter, aus Leibeskräften, sie rammt ihren Hinterkopf gewaltsamer und wilder hinunter ins Gras, sie klammert sich an seine Arme, so daß er sie nicht bewegen kann, sie umschlingt ihn, schnürt ihre Arme eng um ihn, bis sie merkt, daß er im immer gierigeren Stoßen die Sachen, sie, alles vergißt, und als er kommt, hebt er das Gesicht von ihr und brüllt auf, ein einziger Aufschrei, unidentifizierbar, ist es Mensch oder Tier, daß es im Wald widerhallt. Aber sie ist noch nicht fertig mit ihm. Sie wälzt den großen Körper herum, er liegt auf dem Rücken, sie beugt sich über ihn, schmeckt die Säfte von sich, die Säfte von ihm, sie spürt federnde Weichheit hart werden, Speichel und Schleim Brechreiz hervorrufen, aber sie macht weiter und weiter, und wenn es bis zum hellichten Tag ist, und mit der linken Hand hält sie ihn zu Boden gepreßt, mit all der

Kraft, die sie bei ihrer Arbeit entbehren kann, sie drückt ihm auf die Brust, dann auf den Hals, dann aufs Kinn, bis er sich halb aufrichtet, ein Naturgesetz gegen einen menschlichen Willen, der Oberkörper hebt sich wie die Leiche in einem Krematoriumofen, und sie hört seine Stimme, heiser verzerrt: – You bloody bitch, you fucking little white whore –, und schließlich ein Schrei und noch ein Echo, und sie läßt nicht los, zwingt sich, sich in die Arme des angezogenen Mervyn D. Collins sinken zu lassen, und liegt dann mit duftendem Mund nackt an seinem kleinen, wohlgeformten Ohr.

Paul Loften fuhr mit einem Ruck auf – die Klingel! Die Klingel aus Elizabeths Zimmer. Er hatte also doch gedöst. Obwohl er sich so fest gelobt hatte, daß er diese ganze Nacht wachen würde. Er war sicher, es war Elizabeths Klingel, die ihn geweckt hatte. Was sollte er tun? Er stand an seinem Stuhl, hielt sich an der Rückenlehne fest; er zitterte, er lauschte, er spitzte die Ohren. Warum klingelte es nicht noch einmal? Es war völlig still im Haus; er hörte nichts. Im Garten hatte ein Vogelpaar angefangen zu singen, und die ganze Welt draußen schien voll von Klängen und Tönen; nur das Haus war wie isoliert – ein geräuschloser Raum in einer Welt von Geräuschen.

Er empfand Angst. Sie traf ihn, rollte zurück und versteckte sich im Zimmer überall. In diesem Augenblick gab es nichts, an das sie sich nicht klebte. Etwas war passiert, er hatte keine Ahnung, was, aber das Echo gellte in der Stille, und als Angst kam es ihm von allen Seiten entgegen. Hatte es geklingelt? Hatte es nicht geklingelt?

Träge, verschreckt, fast pflichtschuldig ging er zur Tür, öffnete sie widerwillig mit einem langsamen, sachten Druck –, und er schnappte nach Luft, als er entdeckte, daß in der Diele und an der Treppe zum ersten Stock das Licht brannte. Wer hatte es angemacht? War ein anderer Mensch im Haus gewesen? War da immer noch jemand? Alles kam ihm völlig still vor, beinah zu still, bedrückend still, und plötzlich hatte er Angst, daß jemand eingebrochen war, daß er vielleicht mit einem lauernden Wesen mit angehaltenem Atem und einer Leiche allein im Haus war. Sollte er von hinten niedergeschlagen, tot am Fuß der Treppe gefunden werden, ein Raubmord und ein Leichenraub? Würde er Elizabeths Zimmer geplündert, im Chaos, sie selbst quer über das Bett geschleudert finden, ohne Ringe, Schmuck, Geld? Könnten Heroinsüchtige gehört haben, daß sie hier leidend lag, und glauben, daß Stoff im Haus war? Er sah sich ängstlich um, entdeckte aber keine verdächtigen Schatten im Zimmer. Und er blieb stehen, starrte die Treppe an, den Teppich, das grauweiße Geländer, während er sich klarmachte, daß diese Angst vor einem Fremden gewissermaßen etwas konkretisiert hatte. Die schlichte Zufälligkeit, das brennende Licht, hatte seine panische Angst vertrieben. Auf einmal war er imstande zu denken. Und ohne daß er es wollte, tauchte eine fast obszöne Vorstellung in ihm auf: War es Elizabeth, hatte sie sich aufs Klo geschleppt, bevor sie sich die Spritze gesetzt hatte? Und nur mühsam konnte er den Gedanken abschütteln, bevor er sich festsetzte.

Sollte er rufen? Hatte er Mut genug, seine eigene Stimme zu hören, gedämpft von den belanglosen Gegenständen, die die Diele füllten? Konnte er die Stimme überhaupt benutzen? Er räusperte sich, um es zu versuchen, aber als er den Mund aufmachte, stellte er fest, er war stumm. Die Worte blieben ohne Ton. ‚Hattest du geklingelt?' hätte er rufen wollen. ‚Ist etwas?' hätte er zum Beispiel sagen können. ‚Hast du geklingelt?'

Paul Loften konnte nur flüstern. Und wispernde Töne würden den Raum, in den er sprechen mußte, nicht füllen. Er stand gelähmt in der Türöffnung zum Wohnzimmer, als ihm plötzlich aufging, als eine ziemlich dürre, eine schlichte Tatsache, daß das Haus leer war. Ganz einfach. Abgesehen von ihm selbst war kein lebendes Wesen hier.

Er stand nur da und starrte, starrte weiter – Treppe, Teppich; Treppe, Geländer; Teppich, Treppe. Er wußte, daß er begriff, und begriff dennoch nicht. Begriff er im Grunde etwas? Er stand da in der leuchtenden Diele. Er konnte schreien, er konnte rufen, er konnte flüstern, er konnte sprechen, aber nichts würde die Stimme eines Menschen ausrichten können. Sie war nur Geräusch und mußte als Reflex kommen, falls sie überhaupt kam.

Es ging ihm auf, was passiert war. Er wußte mit Sicherheit, die Grenze war überschritten. Er hatte keine Ahnung, wann. Vielleicht genau in dem Augenblick, als er beim Geräusch der Klingel aus seinem Dösen aufgewacht war. Das würde er nie erfahren. Er war sich nur ganz klar darüber, daß es jetzt überstanden war. Und er lief voller Panik zurück durchs Wohnzimmer, hinaus ins Freie.

Er stand auf dem Rasen, verstört, gehetzt. Das Geräusch der Klingel hing ihm in den Ohren. Ständig hörte er es. Ein Schrillen, das mit der Gnadenlosigkeit eines Telefons immer weiterging. Was war passiert? War es ein Krampf? Ein letzter Hilferuf? Reue, als es schon zu spät war? War es der Tod, der in einem Anfall von Übermut auf den Klingelknopf gedrückt hatte, bevor er das Haus verließ? Das rhythmische Klingeln kam unaufhörlich, unerbittlich und schien so wirklichkeitsgetreu, daß Paul Loften sich mit aller Macht der Ratio zurückhalten mußte, um nicht zu reagieren. Es war nur im Kopf, mußte er sich andauernd sagen. Und trotzdem wollte er die ganze Zeit wieder hineinlaufen, die Treppe hinauf: ‚Was ist denn, mein Schatz? Kann ich irgend etwas tun?' Aber es war zu spät, mußte er sich sagen. Es ist zu spät, wußte er. Es war geschehen, Der Augenblick war gekommen, er war gewesen, er war wieder verschwunden, er war zu einer Begebenheit in der Vergangenheit geworden. Das Leben hatte Elizabeth verlassen. Vielleicht war die Seele in Form einer kleinen, leuchtenden Gestalt vom gleichen Aussehen wie sie selbst in ihrem letzten Atemzug davongeflogen. Elizabeth war tot. Und er hatte geschlafen.

Paul Loften ging hinunter in den tiefsten Teil des Gartens. Der war mit einer hohen, dichten Hecke vom Haus abgeschirmt. In alten Zeiten, als die Kinder klein waren, war er ein Küchengarten mit Büschen, Kräutern, Gemüsen gewesen. Jetzt war es ein wildwachsendes Sammelsurium, wo die Enkel auf Schatzsuche nach einer einzelnen wurmigen Himbeere gehen konnten und wo im Herbst Laub verbrannt wurde. Er hatte unwillkürlich diese Ecke aufgesucht, weil das Haus von hier aus fast nicht zu sehen war. Er ging auf dem kleinen Pfad, den Kinderbeine um das große, wilde Beet in der Mitte getrampelt hatten, rundherum. Beinah taktfest wanderte er, und das rhythmische Klingeln in seinen Ohren hatte sich in Worte verwandelt: tot-tot-tot-tot, kam es wieder und wieder, regelmäßig, bis es ihm seinen Tritt aufgezwungen hatte: tot-tot-tot-tot. Und das Wort wurde schließlich wieder zu kurzen Klingeltönen ohne anderen Inhalt als das rein Akustische.

Denn was bedeutete es? Was sollte es heißen? Elizabeth war vor einigen Minuten gestorben. Sie war von ihm gegangen. Sie war fortgegangen. Sie war für immer weg. Aber was ist ‚für immer'? Er fühlte sich wie ein Kind, das erfuhr, daß Mutter dort ist, wo Großmutter ist, Mutter ist oben beim lieben Gott, Mutter ist dort, wo die Engel wohnen. Das merkwürdige Wort ‚tot' hatte für ihn eine ebenso große und ebenso kleine Realität wie für ein Kind. Er stand ihm gegenüber und war nicht viel mehr als ein Knirps, den mitleidsvolle Verwandte nur bei sich aufnehmen und erklären können: ‚Gut, daß er es nicht versteht.‘ Aber verstanden sie? Verstand er selbst? Das Wort war eine Brücke, die sich vom Land der Wirklichkeit erhob, sich ohne Stütze in die Ferne erstreckte, um dann mitten im leeren Raum aufzuhören. Es wurde zu abstrakten Buchstaben, zu Vokalen, Konsonanten, zu Lauten. Eine Brücke, die sich nur erstreckte und ein Etwas mit einem Nichts verband, eine Brücke mit nur einem Brückenpfeiler, eine Brücke, auf der man weiter und weiter vorwärtsgehen, aber nie die andere Seite erreichen konnte, weil es keine andere Seite gab. „Tot“, er wiederholte das Wort: „Tot, tot, tot.“ Und er sah ein, daß es ihm tatsächlich nicht mehr sagte als einem Kind. Nein, er hielt erschüttert inne, in Wirklichkeit sagte es ihm ja weit weniger als einem Kind.

Genauso verhielt es sich – das Wort sagte ihm nichts. Er wußte nicht, was es war, hatte keine Ahnung, was es umfaßte. Er konnte es deklinieren, es in verschiedenen Verbindungen benutzen, es in Fremdsprachen übersetzen, aber davon, wofür es eigentlich stand, hatte er keinen Begriff. Es war nur ein Wort. Tod, wo ist dein Stachel?

Da ging ihm auf, daß es sich auch auf ihn selbst bezog. Ebenso würde er ja eines Tages sterben, tot, eine Leiche, ein Körper ohne Leben sein. Er blieb stehen, getroffen von dem Gedanken; er blieb stehen, ohne genau zu wissen, wie lange.

Die Erkenntnis kam für ihn als etwas Neues, obwohl er sich die Frage oft überlegt hatte, während er Elizabeth pflegte. Jetzt aber brach sie über ihn herein, mit einer solchen Nüchternheit, daß er einen Augenblick meinte, er könnte seine eigenen weißen Knochen in einer unordentlichen Ansammlung, einen kleinen Haufen rötlicher Asche mit einem einzelnen nicht pulverisierten Wirbel und so und so vielen Zähnen sehen. ‚Auch ich, auch ich', klang es mit einer Realität, in deren unverhohlen linderndem Bild er voll Dankbarkeit versinken konnte, wie wirklichkeitsgetreu es auch war. Würde er eine schöne Leiche sein? würde er eine Leiche sein, die Todeskampf und Todesangst und unerträgliche physische Schmerzen fast bis zur Unkenntlichkeit verzerrt hatten? Wie würde er als Leiche sein? Und wie war sie? Lag sie jetzt da oben mit Zügen, geglättet in grenzenlosem Frieden? Daß ihm die Augen aufgehen würden für eine Persönlichkeit echter als jede, der er im Leben begegnet war? Würde sie sein, wie sie eigentlich war? Ihr letztes Geschenk an ihn und nur an ihn, wenn er es denn zu empfangen wußte – die endgültige Enthüllung von Tiefen, die er früher nur geahnt hatte.

Durch ein Loch in der Hecke sah er über das hügelige Terrain nach Osten. Der Himmel war jetzt blendend hell, ein paar Wolken am Horizont spiegelten schon die ersten Sonnenstrahlen wider, aber wie lange es dauern konnte, bis sich die Sonne selbst zeigte, wußte er nicht. Er hatte im Gefühl, daß es jeden Augenblick passieren konnte, aber die Augenblicke zogen sich in die Länge und wurden zu Zeiteinheiten. Jetzt würde es passieren, dachte er, jetzt würde es passieren, und doch passierte es immer noch nicht. Alles wurde nur heller, im

Garten um ihn war es wie Tageslicht, konnte es noch heller werden, fragte er sich, war es möglich, oder würde vorher alles im Licht explodiert sein?

Er würde sterben. Die Realität des Wortes, das kurze Aufblitzen, war wieder dahingeschwunden, und es wurde zu einer Tatsache ähnlich denen, daß er essen, daß er trinken, daß er reisen, daß er arbeiten würde. Es war erneut ebenso fern von ihm und enthielt ebensoviel Wirklichkeit wie eine Mahlzeit.

Die Einsicht eines Augenblicks – er versuchte wieder und wieder, sie zu finden, aber sie entschlüpfte ihm und lag nur lauernd da wie die Sonnenstrahlen hinter der Kimmung, wie ein Traum, den er geträumt hat, der sich aber nicht fangen läßt. Auch ich werde sterben, und er fiel in Gedanken zurück, die er sich so oft, ständig, könnte er behaupten, gemacht hatte, während er Elizabeth betreute. War er nicht, wieviele Jahre lang, erinnerte er sich kaum noch, von dem Gedanken an die Vergänglichkeit von allem umgeben gewesen? Der Tod war für ihn eine Realität, war in all seiner Handgreiflichkeit da gewesen, repräsentiert von Elizabeth. Und jetzt, als sie nicht mehr war, wo war er dann? Tod, wo bist du? Und er hatte das Gefühl, daß er überall und nirgends war; und plötzlich erkannte er voller Angst, daß er auch ihn verlassen hatte. Er war allein, ganz allein, um alles gebracht; nicht einmal der Tod war noch mit ihm.

Paul Loften konnte seine Gedanken nicht mehr steuern, und er fing wieder an zu wandern. Nichts begriff er, abgesehen von einer unbegreiflichen

Einsamkeit. Er fühlte, er hatte einen Punkt erreicht, von dem aus er nicht weiterkommen konnte. Sein Blut war ins Gehirn gestiegen, so kam es ihm vor; es war, als wären alle Blutgefäße erweitert; er hatte das Empfinden, daß die Windungen geschwollen waren und den doppelten Raum füllten. Wie ein Mensch mit den ersten Herzproblemen plötzlich empfindet, daß er ein Herz hat, bekam er plötzlich das Gefühl, daß er ein Gehirn hatte – und daß dieses Gehirn überfordert war. Es war ihm zu viel, der Druck war zu stark, es konnte die Situation nicht bewältigen. Es drängte von innen wild gegen den Schädel, es wollte hindurch, es wollte hinaus, es war zweigeteilt, wußte er, und er empfand es in diesem Augenblick als zweigeteilt. Es wollte etwas einfangen, es wollte eine Einsicht packen, und es war begrenzt auf seinen eigenen Kopf. Es konnte nicht darüber hinaus. Das Flüchtige, das es nie begriffen, das es nur geahnt hatte und bei dem es trotz allem zufrieden und glücklich sein mußte, es gespürt zu haben, ihm würde es in seiner unendlichen lokalisierten Begrenztheit nie näherkommen.

Paul Loften hatte zum ersten Mal in seinem Leben das Gefühl, daß er sich zu Boden werfen, ins Gras werfen, ins Gras beißen, mit geballten Fäusten auf die Wurzeln im Rasen hämmern, hämmern und hämmern und seine Frage hinausschreien, Antwort verlangen konnte. Aber welche Frage? Und welche Antwort? Und von wem? Er war wieder unterwegs zum Haus. Er wußte nicht, warum. Er sah hinunter und erkannte im taunassen

Gras seine Fußspuren von vorhin. Eine einzige Frage, aber welche? Er war nicht wie der junge Mann, der die drei Rätsel der Prinzessin erraten soll. Hier war er es selbst, der die Frage stellen mußte – die schwierigste aller Aufgaben. Und er war hilflos. Könnte er sie doch nur finden, könnte er sie doch nur formulieren. Wenn er nur eine Frage fände, gäbe es auch eine Antwort. Oder sie würde widerhallen, und ihr Echo in der Leere wäre an sich schon Antwort. Aber es gab keine Frage. Sie kam nicht. Sie konnte nicht kommen. Und er wurde sich plötzlich darüber klar, daß das richtig war. Nicht einmal eine Frage sollte übrig bleiben. Nichts würde dort sein, und es war richtig, daß es so war. Und beinah mit Frieden kamen die Worte zu ihm: „De profundis clamavi ad te. De profundis clamavi ad te." Anderes konnte nicht kommen, anderes sollte nicht kommen, anderes konnte das arme Menschenhirn nicht ersinnen. Ursachen, Schuld, Sünde, Strafe, Recht, Unrecht – es war ja nur Menschenwerk. Die Frage würde sich später melden, war ihm klar. Heute nacht bewältigte er auch die nicht.

Paul Loften ging langsam auf das Haus zu. Er ging hinein und die Treppe zum ersten Stock hinauf. Er hatte beschlossen, bei der toten Elizabeth zu wachen, bis der Morgen so weit fortgeschritten war, daß er einen Arzt rufen konnte. Im entscheidenden Augenblick hatte er geschlafen, jetzt wollte er mutig sein. Er hatte nicht wachen können, jetzt wollte er sie sehen. Ihre Hand halten. Fühlen, wie die Wärme den Leib, die Leiche nach und nach verließ. Er empfand ein tiefes Bedürfnis, sie zum letzten Mal zu berühren. In der Stille bei ihr zu sein, wie sie so oft zusammen gewesen waren. Auch das war richtig. Eine Abbitte für einen Augenblick der Nachlässigkeit.

Er stand im ersten Stock, auf dem weichen Läufer vor der Tür zu ihrem Schlafzimmer, und vorsichtig, so langsam er konnte, drückte er die Klinke hinunter und versuchte, die Tür aufzuschieben. Sie ging nicht auf. Sie war von innen abgeschlossen.

Paul Loften befiel keine Panik. Er fühlte sich nur dumpf und apathisch. Er war nicht unglücklich. Er drehte sich um und ging hinunter. Ihre letzten Augenblicke waren also von Zweifel an ihm überschattet gewesen. Mit diesem Zweifel hatte sie ihn freigegeben, ihn wieder zum Menschen gemacht. Er stellte sich in die Gartentür und sah hinaus. Die Reaktion würde kommen, das wußte er. Wann, war ihm gleichgültig. Jetzt war er nur wie betäubt, schmerzfrei, er hatte den Frieden, der Leere, völlige Leere war. Er sah in die Büsche, in die Bäume, ein paar Strahlen bahnten sich ihren Weg durch das Laub, ein paar Vögel flöteten, bis er erfaßte, daß die Sonne aufging.

Sie hatten ihn nicht dabehalten. Rudolf Loften war mit steifen Säuferschritten und einer großen, dicken, weißen rechten Hand in einer Schlinge um den Hals auf dem Heimweg vom Krankenhaus. Er ist außerhalb ihres Reviers. Sie können nichts machen. Er war ein friedlicher Passant, der nur

Pech gehabt hat, sich das Handgelenk verstaucht, einen Finger gebrochen, einen Nagel abgerissen oder sich verbrannt hat wie in diesem Fall. Wie es nun einmal passieren kann. Man macht sich etwas zu essen, schaltet die größte seiner elektrischen Kochplatten an, und dann rutscht man zufällig auf dem Küchenfußboden aus, rutscht ganz einfach aus, vielleicht in einer Wasserlache oder einer Öllache oder einer Butterlache, das kann ja in der Küche so leicht passieren wie nichts, oder auf einer Bananenschale, einer Apfelsinenschale, einer Kartoffelschale, und was hatte man dann Schlechteres oder Besseres zu tun, als vor sich zu greifen und sich mit der rechten Hand auf der angeschalteten Platte abzustützen. Und es war eine Blitzkochplatte. Und er hatte sich natürlich sogar besonders stark abgestützt, um den Sturz aufzufangen. Aber dann war er auch augenblicklich ins Badezimmer gerannt und hatte die Hand unter das kalte Wasser gehalten, zwei Stunden mindestens, denn er weiß, das ist das beste, was man tun kann, das wußte er, denn das hatte ihm seine Mutter beigebracht, und seine Mutter ist Ärztin. Und die Schwester sieht aus, als ob sie ihm glaubte, und in ihren Augen ist ein kleines Lächeln, während sie halb der heruntergeleierten Hausaufgabe zuhört und gleichzeitig mit behutsamen Bewegungen seine Hand behandelt. Und selbst als sie ihn verabschiedet hatte, und es war nicht nötig, ein Taxi zu bestellen, er konnte es ohne weiteres schaffen, und ihm die Tür geöffnet und gesagt hatte, daß er zu seinem eigenen Arzt gehen und den Verband wechseln lassen sollte, selbst da hatte es immer noch in den blauen Augen geglitzert, und die Stimme war heiser, und der Bruch, den man in ihr hörte, wirkte wie ein Übergang zu einem klingenden Lachen. Und er hätte sie küssen können, aber Gott sei Dank tut er es nicht. Aber er wird wiederkommen, Rudolf kommt wieder, ob es regnet oder schneit, er wird draußen stehen, auf dem Trottoir warten, wenn sie nach dem Nachtdienst übermüdet aus dem Tor kommt. Und der Riesenblumenstrauß wird das Lächeln in die müden blauen Augen zurückbringen und einen Sonnenstrahl reines Gold in den roten Haaren hervorlocken. Und er stolpert steif weiter in dieser merkwürdigen Nacht, die nicht mehr richtige Nacht ist, sondern Morgen und doch nicht richtig Morgen. Und im Takt mit seinen Schritten, in ihrem Rhythmus kommen Worte, tröpfelnd, regelmäßig: Rudolf Loften ist klar, er muß ein Gedicht für sie schreiben.

Kit ist ratlos. Wie es ihm sagen? Sie weiß, es muß heraus, sonst ist alles umsonst, und sie kann genausogut wieder von vorn anfangen. Das ist der letzte, unumgänglich notwendige Teil der Absprache – sie muß bezahlt werden. Aber die Zeit rennt, sie verpaßt die Chancen, sie bringt es einfach nicht über ihre Lippen. Und als sie ganz aus dem Wald heraus- und ins Reihenhausviertel kommen, ist sie mutlos und verwirrt, nervös, erregt. Sie kann nur an eines denken – Geld, Geld: Ich brauche Geld, leihst du mir Geld, gib mir Geld, ich brauche Geld, Geld, Geld.

Durch seine Verlegenheit hindurch fühlt Mervyn D. Collins sehr wohl, daß Kit etwas fragen will, er spürt ihren Blick, und er ist sich völlig darüber im klaren, worum es geht. Aber sie muß verstehen, daß er nur ein Tourist auf der Durchreise ist. Zwar ist er ledig, aber trotzdem – eine Liebesaffäre quer über den Atlantik, daran glaubt Mervyn D. Collins nicht. Verliebe dich nicht da drüben, hatten auch alle gesagt. Und er hält Kit sanft um die Schultern und denkt, wie seltsam, daß sie sich so in ihn verlieben mußte, und er hat das ein wenig feierliche Gefühl, daß so, genau so das Gesetz des Lebens ist – zwei Menschen begegnen sich, trennen sich, jeder geht seiner Wege, und das war es. Eigentlich ziemlich ungerecht. Und gleichzeitig hofft er, daß er nur nicht mit unkontrollierten Liebeserklärungen, Abschiedstränen, Gefühlsausbrüchen konfrontiert wird. Deshalb übt er sicherheitshalber feste, aber doch milde Abschiedsrepliken und bereut, daß er ihr seine Visitenkarte gegeben hat.

Am Halteplatz steht ein einzelnes, bleiches Taxi mit einem übernächtigten Fahrer hinter der Zeitung von gestern, und Kit weiß, daß das die letzte Möglichkeit ist. Soll sie es frei heraus ins Blaue sagen, eher als ein Einfall, formuliert ohne eigentlichen Bezug auf Mervyn D. Collins?

Es soll zu Ende gebracht werden, es muß zu Ende gebracht werden, irgendwie, und zwar jetzt, bevor sie im Wagen sitzen, bevor sie wieder ins Zentrum kommen. Und endlich hat sie die Eingebung, in dem Augenblick, als Mervyn D. Collins die Tür aufhält, um Kit zuerst einsteigen zu lassen.

– Nein, du mußt allein zurückfahren; ich muß –, und sie winkt in die Richtung weiterer Vorstädte und öffnet ihre Tasche, als ob sie etwas suchte.

Mervyn D. Collins versteht augenblicklich. Er wohnt nicht umsonst in einer Großstadt. ‚Die Arme', denkt er, ‚es fahren keine Busse mehr, keine Züge, und sie kann sich ein Taxi nicht leisten, und nach alledem, was sie für mich getan hat, und ihren Gefühlen.' Aber wie soll er es ihr sagen? Wie soll er ihr Geld anbieten, ohne sie zu verletzen? Sie, die da so unglücklich steht, mit all ihrer Liebe, und der Verlierer ist, während er weiterreist. Er reagiert spontan. Und zugleich ein wenig erleichtert, als ob Aussicht besteht, sich von Tränen und den Verletzungen, die er ihr zugefügt hat, freizukaufen.

– Hör zu –, sagt Mervyn D. Collins, – du darfst mich nicht mißverstehen –, und er legt Wärme und Innigkeit in seine Stimme, – ich will dich nicht beleidigen, aber laß mich dir zumindest Geld für ein Taxi nach Hause geben.

Kit nickt nur, und Mervyn D. Collins begreift, daß es nicht Undankbarkeit ist, sondern unglaubliche Verlegenheit und wohl auch aufrichtiger Kummer. Er schaut in seine Brieftasche. Er sieht merkwürdige Scheine in seltsamen Farben, und dann fällt ihm ein, daß er sich nicht an den Kurs erinnern kann. Er sieht nur große Zahlen, die auf jeden Fall nicht Dollars bedeuten. Schnell überlegt er es sich anders. Was würde ein Europäer nicht für amerikanisches Geld tun, und zumindest ist sicher, daß ein Taxifahrer es annehmen wird. Aber wieviel? Pfeilschnell hat er Entfernungen und Wartezeiten in Staus zu Hause überschlagen. Zwanzig Dollar? Das ist zu hoch gegriffen, vielleicht viel, viel zuviel, und in plötzlicher Beschämung darüber, der Knauserei bezichtigt werden zu können, faltet er einen Zehner mit dem Zwanziger zusammen. Er wendet sich Kit zu; zum letzten Mal, weiß er, ist sie in seinen Armen; er fühlt mit Freude, wie in einem langen Kuß seine Mattheit weicht und die Kraft wieder in seinen Körper zurückkommt. Aber er hat nicht die Absicht, es noch einmal zu machen, das wäre unklug, würde ihn noch mehr binden; deshalb schmuggelt er sorgsam die Scheine in Kits Handfläche, faltet ihre Finger darum. Erfrischt macht er sich los und steigt schnell auf den Rücksitz des Taxis. Er sagt: – Hotel Astor –, und fühlt sich glücklich und zufrieden, jung und unglaublich erleichtert, um Szenen herumgekommen zu sein. Nur ein einziges Mal dreht er sich zurück, um Kit zuzuwinken, Kit, die mit all ihrer Liebe so verloren dasteht – aber das Leben ist nun einmal ungerecht.

Rudolf Loften fühlte, wie seine Schritte entspannt wurden, als er durch die morgengrauen Straßen ging. Die Alkoholsteifheit verschwand, und zum ersten Mal hatte er gespürt, wie der Druck in ihm ganz von selbst abnahm. Aber wer weiß, wem es zu verdanken war, dieses Gefühl von Freiheit, von geschmeidigen Muskeln, klarem Kopf, von Beinen, die ohne Zwang tragen, von Gliedern, die nicht angeschwollen sind. Der ganze Körper wurde eine Einheit, und durch den Takt koordinierter Bewegungen hörte er das Gedicht kommen. Er wußte, es war auf dem Weg. Das erste, das er je gemacht hatte. Und inzwischen kann er sich über die ungewohnte Stimmung in den bekannten Straßen freuen. Aus einer Wohnung klingt lautstark Musik, alle Fenster sind aufgerissen, rötliches Licht hinter Netzgardinen, Silhouetten, tanzend. Und er stellt sich die verschwitzten Körper vor, den Boden, bestreut mit pulverisierten Salzstangen, Peanuts, zertretenem Schinken, der an den Absätzen hängt, ein Stück Emmentaler zwischen den Zehen des Mädchens, das darauf besteht, in der Wohnung barfuß zu gehen, wie all ihre leckeren mohammedanischen Freunde. Und das junge Gastgeberpaar, das die Tür zum Schlafzimmer verbarrikadiert hatte, damit ihre besten Freunde nicht dahinterkamen, welche von ihren Partnern in alkoholisiertem Ewigkeitsgefühl auf dem imitierten afghanischen Bettvorleger liegen und ficken. Aber vor allem war da der Schweiß, der Geruch von Eau de Cologne, Haarwasser, Parfums, Deodorants, Aftershaves, Essen, Kerzen, Alkohol, Blumen, Make-up, Haarspray, alles gemischt mit Schweiß aus jeder einzelnen Pore der Körper, von Kopfhaar, Achselhaar, Schamhaar, Brusthaar, Schenkelhaar. Und es waren Menschen, die lachten, die sich amüsierten, die Spaß hatten, und der Ton des unartikulierten Hoho-Hoho einer Frauenstimme zu Gitarrenbegleitung hat die Silhouetten in träge Bewegung versetzt und sie zu grotesken Einheiten verschmelzen lassen. Er wußte so genau, wie das ablief, er hatte das Empfinden, daß er sich nicht nur in Gefühle und Gedanken hineinversetzen, sondern sofort ganz konkret sagen konnte, wieviele es sind, was jeder einzelne anhat, wie die Möbel in der Wohnung stehen, was sie gegessen haben, was sie trinken. Wie oft war er bei so etwas dabeigewesen, und wie oft wird er es wohl in Zukunft sein. Ein Mädchen lehnte sich weit aus dem Fenster, sie brauchte einfach frische Luft, und Rudolf will ihr gerade zuwinken. Aber er hält sich zurück. Er hat nicht die Absicht, sich aufhalten zu lassen. Er hat anderes zu tun. Er ist auf dem Weg. Aber wohin? Und er spürte ein Bedürfnis, dennoch in der Nähe anderer Menschen zu sein. Er konnte nicht einfach direkt nach Hause in seine Wohnung gehen. Und er beschloß, statt dessen hinunter zum Hauptbahnhof zu gehen. Es würde dort jedenfalls möglich sein, eine Tasse Kaffee zu bekommen. Und Menschen würden dort sein, wenn auch nur ein paar verschlafene, junge Touristen. Und Züge mit verlockenden Namen und herrlichen, traumhaften Schildern.

Kit hatte mehr als ein paar Minuten warten müssen, bis ein weiteres Taxi kam. Es fährt sie durch Straßen, die trotz Tageslicht mystisch menschenleer sind, und sie versucht, sich die Gedanken des Taxifahrers, falls er sich denn welche macht, nicht vorzustellen. Sie steigt bei ihrem Auto aus, das in weißschimmernder Einsamkeit auf einem beinah leeren Parkplatz steht.

Sie setzt sich ans Lenkrad und nimmt die beiden Scheine heraus, die sie schnell in ihre Tasche gesteckt hatte. Sie entfaltet sie, betrachtet eingehend

Form, Bilder, Farbe, Unterschriften, während sie in ihrem Kopf mechanisch die Umrechnung ablaufen läßt. Dreißig Dollar, dreißig Dollar. Der Kurs steigt und fällt, was sind dreißig Dollar heute wert? Was kann man dafür bekommen? Was konnte sie sich für dreißig Dollar kaufen?

Es ist besonderes Geld, das nicht in einem Haushaltsbudget verschwinden, nicht aufs Taschengeld draufgelegt werden soll. Wären es neue, ungebrauchte Scheine gewesen, hätte sie sie vielleicht für den Rest ihres Lebens behalten, hätte sie mit Glas und Rahmen aufgehängt. Aber jetzt will sie sie ausgeben. Sie umtauschen. Etwas dafür kaufen. Etwas, das bleibt. Etwas, das genau dreißig Dollar wert ist, unter keinen Umständen weniger, denn es soll bis zum letzten Heller verbraucht werden. Vielleicht kann sie etwas drauflegen, aber wiederum nicht zuviel. Der Hauptanteil soll dieses Geld sein, genau dieses. Es ist ihres, ausschließlich ihres, von ihr für sie, für den Rest des Daseins.

Anstatt nach Hause zu fahren, steigt Kit deshalb aus und fängt an, die ladengesäumte Hauptgeschäftsstraße hinaufzuschlendern. Die Luft ist süß vom Duft der Bäume, beinah überwältigend schwer, unbeeinträchtigt von stinkenden Dünsten. Ein paar Vogelpfiffe kommen auffallend schrill, und die Sonne fängt an, in den Schaufenstern zu schimmern, während Kit sich anschickt, den Schatz auszusuchen, den Motten und Rost nicht zerfressen können und der genau dreißig Dollar kosten soll. Sie geht langsam, läßt Ideen und Pläne wie Wellen über sich hereinrollen und ins Geldmeer der Unmöglichkeit zurückfließen. Und doch weiß sie bestimmt, daß sich schließlich etwas zeigen wird.

Erst als sie fast bis zum Hauptbahnhof gekommen ist, taucht vorn eine menschliche Gestalt auf. Ein Mann schwankt linkisch quer über die alte Fahrbahn der Fußgängerzone und stolpert zielbewußt weiter, bis er einen Augenblick stehenbleiben muß, scheint es, sich auf die Rückenlehne einer Bank stützen, stillstehen. In der leeren Straße ist es, als ob seine Anwesenheit den Eindruck von Einsamkeit nur verstärkte und eine Stellungnahme erforderte. Kit antwortet mit einem Übermaß an Lebensgefühl. Aber gleichzeitig ist etwas in der Art eines Bandes zwischen ihnen, wie bei zwei Wanderern, die sich in einer menschenverlassenen Gebirgslandschaft begegnen. Sie weiß, sie muß an ihm vorbei, es nützt nichts, sich hinzustellen wie er und zu warten, daß einer von ihnen die erste Bewegung macht. Denn das könnte als Feindschaft und Furcht gedeutet werden. Sie muß an ihm vorbeigehen, ganz ruhig. Vielleicht sogar ‚guten Tag' sagen.

Der Mann ist halb abgewandt, und es hat nicht den Anschein, daß er sie schon bemerkt hat. Als Kit näherkommt, sieht sie, daß er die Jacke locker über die Schulter geworfen hat, und als sie ihm noch näher ist, entdeckt sie den schneeweißen Verband der rechten Hand. Erst als sie ganz nahe an ihn herangekommen ist, kann sie das Profil sehen, und auf einmal begreift sie. Sie geht direkt zu ihm hin. Er dreht ihr langsam das Gesicht zu, aber ohne ein Zeichen des Wiedererkennens, und sie bleibt entsetzt stehen. Er trägt zwar saubere und fast neue Sachen, aber trotzdem ist ein großer Klecks Zahnpastaschleim auf sein dunkelgrünes Hemd gelaufen; er ist schlecht rasiert, an der Kehle und unter dem Kiefer steht büschelweise Bart; die Haare sind fettig, strähnig, sie hängen wirr und strubbelig herunter; die Gesichtshaut ist trocken, voller Falten und Furchen, die sie noch nie gesehen hat, und es sind scharlachrote Flecken an Wangen, Stirn, Hals; die Lippen sind aufgesprungen und gewissermaßen geschrumpft. Aber am schlimmsten ist der ausdruckslose, irgendwie wilde, verstörte Blick aus den blutunterlaufenen Augen und ihr toter, wahrnehmungsloser Ausdruck. Kann er es sein? Ist er es? Die geschwollenen Lider sind rotfleckig, und die starren, geraden Besen der Wimpern wirken noch kürzer. Erst als sie in einem beinah fragenden Ton „Rudolf" gesagt hat, ist es, als ob er ein wenig aufwacht. Aber keiner von ihnen rührt sich. Sie stehen einander gegenüber, betrachten einander, und Kit spürt auf einmal, daß ihre alte Welt endgültig gesprengt und in einem Universum reinen Menschseins aufgegangen ist. Sie begreift, sie weiß es. Sie ist eine von ihnen.

Rudolf Loften merkte, daß ihm eine Gestalt näherkam. Er hatte sich auf eine dieser altmodischen, gebogenen, grünlackierten Banklehnen gestützt. Es geht ihm sonderbar, eine klappernde Kälte kroch in ihm hoch, löst aber keinen kalten Schweiß aus. Er muß nur warten, Luft holen, den Herzgalopp zum Stehen bringen. Die Person steuert direkt auf ihn zu, und er weiß, daß es eine Frau ist. Erst als sie ein paar Schritte vor ihm stehenbleibt, dreht er ihr das Gesicht zu. Er sah eine seltsame Erscheinung. Eine Figur steht unsicher auf hohen Korksohlen, und er spürt, daß es kein Suff, sondern mangelnde Gewohnheit ist, die es ihr schwer macht, das Gleichgewicht zu halten. Sie schwankt, daß ihm selbst beinah schwindlig wird. Sie ist in einem völlig lächerlichen Aufzug: kleiner, hellblauer Minirock, der zerknittert, voller Lehmflecken, aufgerissen oder in der Naht aufgegangen ist. Sie hat eine tief ausgeschnittene, lachs-orangefarbene Bluse an, oder ist es ein T-Shirt, bestickt mit kleinen Silberpailletten. Ihr Make-up ist verwischt, um ihren Mund ist überall billiger rosa Lippenstift, und eine künstliche, schwarze Wimpernreihe flattert lotrecht in trotziger Unabhängigkeit vom Lid. Perlmuttblauer Lidschatten hat sich über die Schläfen ausgebreitet, und ihre Haare sind wirr, wild, sie stehen ab mit einem trockenen Zweig darin, der hervorsticht wie die Haarnadel einer Japanerin. Und auf dem Hals unter beiden Ohren breiten sich bräunliche Striemen aus, wahrscheinlich Erde, die aber wie getrocknetes Blut oder Scheiße aussahen und einen glauben ließen, daß sie gewürgt worden war. Nur gradweise erkennt Rudolf Loften seine Schwester. Er sah ihr in die Augen, die blaugrau sind, mit merkwürdig geschwollenen Lidern und ziemlich kurzen, starren, geraden Wimpern, nur schlecht kaschiert von den künstlichen. Und als er ihre Stimme „Rudolf“ sagen hörte, so eindringlich sanft, so voller Wiedererkennen und Verstehen, da weiß er, wie sein Gedicht anfangen wird: „Hermes, Vermittler zum Jenseits, Beschützer der väterlichen Macht, ich bitte dich, sei mein Retter und Mitkämpfer, denn ich befinde mich auf der Erde, ich bin zurückgekehrt." Und Rudolf steht seiner Schwester gegenüber, ziemlich lange, bis er ihr beide Hände entgegenstreckt. Denn er weiß, sie wird antworten: „O du freudvolle menschliche Gestalt, die vierfach meine Freude ausdrückt; es ist mein Los, zu dir zu sprechen wie zu meinem Vater; und die Liebe, die ich hätte hegen sollen für meine verhaßte Mutter, dir kommt sie zu, auch die der unschuldig geopferten Schwester; denn in dir finde ich meinen treuen Bruder, der mir die Ehre wiederbringt, die man mir schuldet." Und Kit ergreift seine Hände, sie nimmt sie in ihre, und er zieht sie an sich, und sie stehen lange fest umarmt.